MY FATHER'S TEARS

John Updike

父亲的眼泪

〔美〕约翰·厄普代克 著　陈新宇 译

人民文学出版社
PEOPLE'S LITERATURE PUBLISHING HOUSE

著作权合同登记号　图字 01-2017-9287

John Updike
MY FATHER'S TEARS

图书在版编目(CIP)数据

父亲的眼泪/(美)约翰·厄普代克著;陈新宇译
.—北京:人民文学出版社,2021
(短经典精选)
ISBN 978-7-02-013839-5

Ⅰ.①父…　Ⅱ.①约…　②陈…　Ⅲ.①短篇小说-小说集-美国-现代　Ⅳ.①I712.45

中国版本图书馆 CIP 数据核字(2018)第 031773 号

总 策 划　**黄育海**
责任编辑　**马爱农**
特约策划　**骆玉龙**

出版发行　**人民文学出版社**
社　　址　**北京市朝内大街 166 号**
邮政编码　**100705**

印　　刷　**上海利丰雅高印刷有限公司**
经　　销　**全国新华书店等**

开　　本　**890 毫米×1240 毫米　1/32**
印　　张　**8**
字　　数　**193 千字**
版　　次　**2012 年 4 月北京第 1 版**
印　　次　**2021 年 9 月第 1 次印刷**

书　　号　**978-7-02-013839-5**
定　　价　**59.00 元**

如有印装质量问题,请与本社图书销售中心调换。电话:010-65233595

SHORT CLASSICS

短经典精选

目录

摩洛哥

滨海路高低起伏平缓有致，与美国的公路相比，空旷得可怕。其他车辆气势汹汹地冲过来，快如子弹，骑跨在路的中央。路边，阳光所及之处，穿着五颜六色柏柏尔人①服装的小姑娘们伸出一束束鲜花——紫罗兰？罂粟？——我们害怕，不敢停下也不敢接受。我们怕什么？陷阱。抢劫。怕钱给少了或给太多。法语不太懂，阿拉伯语或柏柏尔语全不会。“别停车，爸爸，别！”孩子们叫道。真的，当我们在集市上停下时，好奇的人从各处冒出来，聚集在我们租来的雷诺汽车旁，盯着车里，发出一些莫名其妙的邀请。

一九六九年，我们是生活在英国的美国人，四月间我们来到摩洛哥，天真地以为来这儿绝对跟每年此时东部美国人奔向加勒比海岸的阳光一样。

雷斯廷加荒凉多风，一家跟我们一样对它的当季气候一无所知的英国旅行社把我们送到了这里。旅店呈半圆形，是积极进取、注重旅游业发展的国王刚刚下令兴建的。入夜，七弯八绕的走道门砰砰合上，一位身着带帽兜斗篷的孤独保安守卫着空荡荡的房间以及旅游旺季之前就来的这家奇怪的美国人。白天，海浪太大不适合游泳，地中海不是葡萄酒那般醇厚的深红，而是墨黑得如同石油。沿

① 北非民族。

着海滩漫步，我们双脚会沾上焦油块。躺在海滩上，风把沙子吹进耳朵。远处，粉红色的水泥公寓楼慢慢建起来，看得出，不出一个月，这些空旷的广场、木栅栏围住的拱廊里就会挤满各处拥来的游客。但是现在，这儿只有狂风、有气无力的太阳，以及不远处孤单、懒散、沉默的——阿拉伯人。或许，他们是柏柏尔人？不管怎样，是披着袍子的黑皮肤，他们吓着了我们的小宝贝吉纳维芙。现在的她穿着镶着亮片的迪斯科舞服，那么高那么可爱，可那时只有八岁，胖乎乎的，想来真是不可思议。当时卡莱布十岁，马克十二岁，朱迪斯正是含苞待放的十四岁。

“真可惜，”我对雷斯廷加旅馆的经理说，这是个穿着蓝色毛衣的年轻人，四处走着关上被风吹开的门，“风太大，无法去海水浴。”①

“风太大。”②他笑着表示同意，仿佛让我们安心，我们并没有看上去的那么蠢。

“孩子们真倒霉，我太太也是。风太大，没法出门。这家旅馆，在夏天真漂亮。”③我本该用虚拟语气和未来时的，而且不该试图解释。

对我们的离开，经理送上了淡淡的祝福，但又用一连串的财经法语解释，为什么他无法把我们在伦敦预付的钱退还给我们。结果我只剩下极少量现金、一张赫兹④信用卡、四个孩子、妻子以及还要将我们困在摩洛哥十来天的机票。

我们坐公共汽车去丹吉尔⑤。中午时分站在空旷的公路边上，六个漂泊的美国人，矮矮胖胖、脆弱不堪，穿着英国羊毛服装，行

---

①②③ 原文为法语。

④ 赫兹是全球最大的租车公司。

⑤ 摩洛哥北部古城、海港，丹吉尔省省会。

李箱里塞满了在白百合[①]买的欧洲大陆户外装、企鹅出版社的旅行读物。太阳烤晒着我们，还有大风。路向两端延伸出去，融化在远处的粉红色流云之中。“我简直不敢相信，”妻子说，“我想哭。”

“别吓着孩子们。”我说。“我们能怎么办？”我问，“没有出租车，没有钱。”

“一定有别的办法。”她说。不知怎么，记忆中那时的她戴着一顶海军蓝贝雷帽，样子真的不敢恭维。

“我害怕。”吉纳维芙宣布道，紧紧抓着她的背包。她穿着厚厚的灰色外套，看起来热得难受，满脸通红。

“小宝贝。”她的姐姐不屑地说。她不管走到哪里，都能引起当地男人的注目，因此觉得自己相当有力量。

“汽车会来的。”当爸爸的保证道，目光越过他们的头顶，望向公路尽头。公路消失在应国王之命缓慢修建的粉红色建筑群中。

一个身着肮脏土耳其长袍的瘦黑男子突然现身，用拖得很长的鼻音和我们说话。他摊开手掌，仿佛要让人看手相。

“爸，这人在跟你说话。”马克很难为情地说。当时他还那么稚嫩，现在已是计算机专业的毕业生。

“我知道他在跟我说话。”我无可奈何地告诉他。

“他说什么，爸？”吉纳维芙问。

“他在问这里是不是汽车站。”我撒谎道。

那个人，还在说着，更靠近了些，口气中有一股浓厚的穆斯林味道——当地辣椒的味道、牙齿腐烂的气味，还有虔诚斋戒后口腔发出的焦干的味道。他说得越来越快，越来越急迫，但是他充血的眼里的光芒却慢慢淡了下去。

---

① 英国著名体育用品专店。

“让他走开。”这个建议来自卡莱布，我们沉默、淡定、理智的孩子，现在他是大学动物学专业的三年级学生。

“我想他会的。”其实我也没把握，但他冲我们这群没有反应的白痴摇摇瘦骨嶙峋的头，真的走了。我们这个小家庭聚拢在一起，松了口气。沙子吹进我们的鞋子里，那座我们刚刚离开的旅店、在这片陌生土地上我们唯一的家，它那些半圆形大厅在我们身后咆哮着，像某种低沉、笨拙的乐器。

巴士！去丹吉尔的巴士！我们挥着手——我们拼命挥着手——巴士将信将疑地停下了。车顶上绑着枯萎了的绿草、装着鸡的鸡笼以及一卷卷地毯。车里都是摩洛哥人：灰尘满面、弓着腰、耐心的陌生人，头上戴着、脚上穿着针织小饰物，身子裹在长袍里。女人们全身素黑，有的还蒙着脸。看到拥上来这样一群满脸通红、孩子气的美国人，所有人的眼睛都变得闪烁，全往上翻，既警惕又惊异。

司机迟疑地收了车费，几个迪拉姆①。他留着纳赛尔②式的小胡须，下巴也很像纳赛尔。巴士最后面还有点位置。当我们吃力地把笨重的行李箱搬到走道上时，车子摇晃着开动了。我真害怕我们无辜的庞大体积会让这辆脆弱的车以及刚好达到微妙平衡的货物散架。车厢深处，那股当地气味，像是绳索在燃烧的味道，更浓烈了。

在丹吉尔，摇晃的巴士换成了超载的出租车，出租车司机自作主张，把我们载到了赫兹公司门前，还试图进去帮我们交涉。感谢

---

① 摩洛哥货币单位。

② 纳赛尔（1918—1970），埃及第二任总统。

真主，他的帮助其实并无必要：我出示的黄色塑料赫兹卡就包办了一切。要是我也能出示灰绿色的美国运通卡就好了，那我们悬而未决的漫长旅途，从丹吉尔到拉巴特①到卡萨布兰卡②，然后穿越杰迪代③、索维拉④和泰夫劳特⑤的狭长街道的漫长旅途，会轻松好多，因为在每家旅馆，我们必须乞求他们接受伦敦银行开出的个人旅行支票，除了最昂贵的酒店外，没有一家旅馆愿意冒这个险。结果在逃离地中海大风的拮据行程中我们能不时奢侈一下。

当我们驶进拉巴特时，大街小巷铺天盖地的红色。看到有锤子与镰刀、列宁的海报时，我们放弃了受欢迎的任何想法。多面派的国王接待了包括柯西金、波德戈尔内在内的苏联高级访问团，我们发现拉巴特希尔顿酒店被他们全订满了，无法收容最有需要的孩子们。

但是，一家苏联人不想住的旅馆接纳了我们。吃中饭时，饥肠辘辘的我们在铺着小地毯的圆形厅堂中落座，记忆中，四周摆着巨大的铜盘，一个笑嘻嘻的赤足女孩踮着脚在我们身后走着，朝我们头上洒玫瑰花水。马克觉得痒痒的，做了个鬼脸。

在高于海平面的草坪上，这种受到隆重接待同时又很好玩的感觉再度重现。在走过一连好多英里的空旷野地后，我们饥肠辘辘，靠着一个木制箭头的指引，看到一家极小的饭馆，几乎就是个斜搭的小棚。我们停下租来的雷诺车，排成一列纵队，战战兢兢地穿过草地，如同走向气味浓烈的巴士尾部时那样，我们再度感觉到了自

---

① 摩洛哥首都。
② 摩洛哥第一大城市。
③ 摩洛哥西部港市。
④ 摩洛哥西部城市和旅游胜地。
⑤ 摩洛哥南部山城。

己的巨大。一个男人从简陋的小棚子里扛着一张桌子出来，我们停下脚步，又一个男孩搬着椅子走出来。在一种愉快的氛围中，这些家具被安放在我们示意的地方——绿油油的草地上。葡萄酒、米饭、烤肉串和可乐被及时地从小棚子里端出来，我们面对大西洋、淡褐色的悬崖和只有一头驴子在吃草的牧场，享用着它们。我们得知，我们是这家临海饭馆接待过的唯一一群客人。

在回泰夫劳特的路上，进入下阿特拉斯山脉的石山时，汽油表居然显示为零，目力所及之处没有房屋，没有一头绵羊、山羊，只有一个小女孩站在没有铺沥青的路面低洼处，朝我们伸出一把鲜花。这条路是干涸的河床，全是石子，所以我们的雷诺车行进得很慢，慢到当她看到我们真的没打算停车时，有时间用那束花抽打我们汽车的挡泥板，还把它们从开着的车窗扔进来。有一两朵花掉在我们大腿上，余下的都落在她脚边的沥青上。从后视镜里，我看到小女孩在愤怒地跺脚，也许她哭了。她的年纪跟吉纳维芙相仿，当她在我们身后渐渐变小，直到看不见时，吉纳维芙也感同身受，流露出哀伤的神情。

在泰夫劳特，卡莱布目不转睛地盯着一个瘸得很厉害的男人看：男人有点像蜘蛛，用他的双手快速地在拥挤的地面上移动，小身板在两手间拖行。实际上，他并没有行乞，他四处移动，像是一位当地要员，正赶着去办什么要紧的事。

在阿加迪尔①北部，我们在旅馆房间里等着吃中饭，时间一点一点慢慢过去，我们发觉外面马路上的车辆行人全停了下来。警察飞快地赶来了，开始对开一辆脏兮兮货车的司机展开问询。这个年

---

① 摩洛哥西南部港市。

轻人穿着一件浅色工作服，懒懒地靠着驾驶室，头耷拉着，当警察问话时，他一直不停地点头、点头。马路上双向交通都中断了，我们待在自己这一边，纯粹的游客，感兴趣而已。很难看清发生了什么，有捆什么东西被车轮挡住了看不见。喧闹声中，警察把一位母亲带过来，马克穿过马路去看。

马克回到我们站的路这边时，脸色苍白，也没做搞笑的鬼脸。我们问他看到了什么。“你不会想看的。”这是他的回答。

“是个小女孩。”他后来告诉我们。

这位母亲个头矮矮的，穿着黑衣服，没戴面纱。她在路对面的斜坡上来回跑着，她怪异的号丧、恸哭声划破长空。男人们在她身后追赶，想把她摁倒在地。他们失手了，兴奋的追逐人群越来越庞大，一队笨拙的人在她身后撵着她，她的悲哀里有超人的力量。没有哪个美国人能发出她那种声音。她胸腔里所有的气息直冲云霄，如此突然，如此有力，令她身躯震颤。古老的哀悼仪式支撑着她。她的表演这般赤裸裸，这般纯粹，我们扭过头去不想再看，我们不是来摩洛哥见证这种场面的。当两个男人最终捉住她，用手摁住她时，她晕倒在地。

在阿加迪尔，我们找到了想要的天气。那里的海滩宽阔，阳光、海水都很温暖，海滩上几乎空无一人。我们找其他度假的人，想在他们旁边安坐下来，却一个也没看到。我们在离防波堤不远处摊开毛巾。朱迪斯离开我们走到远处，穿着比基尼的她腼腆，肌肤如珍珠般洁白细腻。她拣小石子，凝视大海，离父母兄妹远远的。吉纳维芙和卡莱布开始砌沙堡。马克仰面躺着，一门心思想把皮肤晒成古铜色。

我们慢慢才意识到三十码之外躺着一个身穿长袍的阿拉伯人，

他面朝我们。他的脸——黝黑，五边形——一直冲着我们这边，从缩水的皱巴巴的袍子里凝视着我们，眼睛似乎因刺痛而充血，默默地冒着欲火。吉纳维芙和卡莱布默不作声地建沙堡，朱迪斯回到我们身边，我们都不敢冒险穿过沙滩上的垃圾、穿越那个阿拉伯人沉默摇曳的眼光走向诱人的海边。妈妈小声对我说："别看，那个男人在自慰。"声音如此细小，孩子们不可能听见。

他真的是在自慰。从他的袍子里，冲着朱迪斯和我们。

我站起来，腿在哆嗦，领着大家飞快地从海滩撤退了。那天下午我们找到一个私家泳池，门票不过一个迪拉姆，全是欧洲人在这里游泳、晒太阳，安全地避开了周围的文化环境。我们在阿加迪尔的五天里天天都去那儿。阳光明媚，微风习习。我们找到一对法国老夫妇经营的小旅馆，旅馆包围在九重葛花丛中，庭院里有只鹦鹉，吃饭还有欧式菜单。

不到十年前，就在一九六〇年二月二十九日，阿迪加尔发生的一场大地震造成了约一万两千人死亡，这座城市也遭受重创。我们看不到这场灾难的一丝痕迹。在阿加迪尔我们重新回归了中产阶级，我们又有钱了。我给伦敦银行拍了电报，他们与阿加迪尔的一家银行达成了一项可爱的英式"协议"。这家银行建于一九六〇年，大理石正门相当整齐体面，可里面却有股浓烈的牲畜臭味。穿着牧羊人长袍的商人们在长而嘈杂的柜台前嘟囔着、等候着，每有一笔交易，都会有人用阿拉伯语大声叫出当事人的名字。当我的名字被喊出来时，显然从伦敦汇来的钱的金额也一道被喊了出来。嘟囔声停止了，柜台前惊异的褐色眼光全朝我这边飞射而来。我一下子膨胀得像个巨人——有钱的奇人、怪物。当我把那些色彩柔和的钞票塞进钱包时，我满脸通红，想解释一番："我有孩子要养活。"

吉纳维芙喜欢喂那只在我们旅馆周围徘徊的狗。外国的宠物也很奇怪：想想吧，它们比你更懂法语或阿拉伯语。它们跟美国动物不大一样：斜着眼，走路的样子也有点不同。后来才发现，我们的相机里充斥着这些动物的照片，而且都没对准焦，是孩子们拿尼康相机照的。

我们好不容易才逃离阿迪加尔，逃离摩洛哥。在篮球大小的地球仪上，我们昨天开过的距离也就拇指指甲那样的一小块。在摩洛哥航空公司，他们告诉我们从阿加迪尔飞往丹吉尔的航班上没有六个空位，而我们在丹吉尔定好了当晚的酒店，还有第二天清晨飞往巴黎的航班。别无他法，只能驾车前往。这个距离我们曾花好几天穿越过，全长五百英里，八百公里，沿着非洲西北侧一路前行。

我们黎明时分出发，保险起见，我们带了一大箱橙子和巴黎矿泉水。爸爸开车，一小时接一小时。妈妈拒绝在摩洛哥开车，也许是因为租车条款并没有把她列为司机。你们这帮孩子，四个人挤在一辆小小的雷诺车的后排，很安静。孩子天性使然，你们仿佛感觉到了真正的危险，真正的困难。

在某个灰扑扑的小城市，也许是萨菲①，我没有看到红灯，便闯了过去。尖利的口哨声响起来，从后视镜里，我看到一个戴白色头盔的人平静地抄下了我的车牌号，清楚得如同我看到那个卖花小女孩在跺脚一样。白头盔离我们越来越远，可他的目光却一直追随着我们。我的心沉了下去。可是街道笔直伸向前方，穿着脏兮兮的当地服装的行人们继续若无其事地来来往往忙他们的事。再过一天我们就安全地在巴黎了。交通信号灯安放的地方不对，太靠近路边，还被广告牌挡住了。我像罪犯似的继续开着。男孩们欢呼着，

---

① 摩洛哥西部城市，盛产沙丁鱼。

女孩们则有些不安。

“也许他只想大声训你一顿。”吉纳维芙说。

“不太可能，”马克争辩道，“他也许会把爸爸关进到处都是老鼠和虱子的监狱，那种地方很可怕。”

“我看到了红灯，”妈妈温和地说，“我以为你也看到了，亲爱的。”

“非常感谢。”我则没有那么温和了。

“我没有看到，”卡莱布说，他是我们家天生的安慰者和和事佬，“也许是黄灯，后来变成了红灯。”

“谁看到了交通信号灯，而且认为是黄灯？”我满怀希望地问。

回答是沉默。

“谁看到了交通信号灯，而且看清楚了是什么颜色的？”

“红灯。”三个声音齐声响起。

“那你们想让我怎么做？掉头回去，跟那个警察解释？真抱歉，先生，但我并不是——”①

“不！”又一次齐声呼喊，妈妈并没有出声。

“你自己已经做出了决定。”朱迪斯告诉我，几乎是用一个成熟女人的腔调。

“快点开，爸。”马克说。

我们已经来到小城郊外，没有警车追上来。空旷的绿色牧场、平滑而空荡荡的道路让我们改邪归正。我们顺着海岸线艰难地开着，回溯之前的日子。这儿是悬崖边草地上的小餐馆。这儿是那个设在路边的木炭烤炉，是大家都拒绝吃独眼人为我们做的鹅肝三明治的地方。这儿是卡萨布兰卡，完全不是电影里的那样。这儿是拉

---

① 原文为法语。

巴特，红色标语已经取下，苏联人到别处去了。现在是傍晚，爸爸的肩胛骨生疼，眼里全是沙子，他越来越肯定，在这个君主统治的王国里，他的车牌号通过秘密警察网络传遍了整条海岸线。警笛随时会响起，他会被抓起来、逮捕，扔进令人痛苦而真实的摩洛哥；这个真实的摩洛哥他本不想理会，他只想偷享这儿的阳光和异域风情。

也许警察会在丹吉尔的酒店前台等候他。从雷斯廷加到那些只住过一夜的旅馆，再到阿加迪尔银行支票上的签名，他们一路追查着他的名字。抑或在机场可能会出现这样一幅场景：入境护照检查处的手铐。噢，为什么口哨声响起时我不停下来呢?

如果我的法语不那么初级，我可能会停下来。

如果我们最近没有在旅馆的《新闻周刊》上读到一篇有关无辜的美国人在非洲、亚洲监狱里慢慢死去的文章，我可能会停下来。

如果不是美国在越南被打得没有招架之力、无法脱身的话，我可能会停下来。

如果不是拉巴特的红旗、海滩上自慰的男人、卡车轮下死去的女孩……不管怎样，我没有停车，我拒绝停车，我胆小，害怕停车，这成为我关于摩洛哥的记忆中的一个污点。

当我们驶进丹吉尔时天已经黑了。必须经过迷宫似的单行道才能到达酒店，不过酒店前台早已善良地登记下了我们预订的房间，而且并没有递给我们逮捕令。国王本人也不会比这家酒店更善待游客了。头发灰白的酒店侍者（他看起来有点像奥玛·沙里夫①）接过我递给他的一小把乱七八糟的迪拉姆钞票时，满脸堆笑。酒店侍

① 奥玛·沙里夫（1932—2015），埃及演员，曾出演过很多好莱坞电影，代表作有《日瓦戈医生》等。

者们深深地鞠躬，仿佛我们是那儿唯一的客人。当我们到达那儿时，在那个季节，我们差不多真是唯一的客人。这趟行程总共耗时十五个小时。我们吃光了整袋橙子，喝光了所有巴黎矿泉水。第二天清晨，我们难过地与忠心耿耿的雷诺车分别，它从来没坏过，但我们把它还回去时它已是灰头土脸。赫兹租车行里的人正忙于算账，几乎没有抬头看一眼，也不知道他们的车牌有了这么严重的犯罪记录。一个月后，这些账单被送往伦敦，大约有覆盖地球的臭氧层那么厚。我们逃脱了。

孩子们，还记得巴黎吗？在杜乐丽花园①，春寒料峭中我们挤作一团。雷诺车的后座空间不够你们四个孩子坐，所以你们中有一个，通常是吉纳维芙，只好靠前坐着，呼出的气息吹到我耳朵里。妈妈呢，系着安全带坐在我旁边，分发橙子和水。卡莱布和马克不知疲倦地争辩谁在“挤”谁。朱迪斯靠着窗户，做梦游离。在摩洛哥，我们一家人曾经那么紧密地在一起，可我们就是从那以后开始疏离四散的。长大成人，走出家门，目睹父母离婚——全发生在那之后的十年间。但是，在埃菲尔铁塔光芒四射的顶部平台上，我觉得我们被永远地印铸在了一起。

---

① 原为皇家花园，位于卢浮宫和协和广场之间。

个人古迹

他日渐孤独——上了年纪的高尔夫伙伴们病的病、死的死；以前业务上的熟人们和他关系紧张，他没班可上；妻子总是外出去打桥牌或参加什么委员会；孩子们就像他中年时一样，忙碌、心事重重——克雷格·马丁对他家这片土地的前主人们留下的痕迹产生了兴趣。壮年时，他每个工作日工作十到十二个小时，每个周末都有应酬，完全不理会这片土地。有些角落甚至多年没有踏足过。环绕他家房屋的土地有十英亩，把他家与周围邻居隔开。作为一项产业，今后这些土地极有可能会卖给发展商，收入将归克雷格的妻子格蕾丝所有，她比他小六岁。

这地方，据他了解，直到大约一九〇〇年以前，一直是一座庄园背后树木繁茂的小山包。另一位有钱的老男人，晚年结婚，在大石头垒起来的野餐地点为自己和新娘建了一座宽敞的夏季小屋。为了能从这里远眺三分之一英里外的大西洋，他还砍倒了许多树。

这片土地上有些老路，建在粗石垒成的路基上，路陡弯急，不太适合内燃机车，必须由马把车拉上这些U形急转弯，穿过连绵不断的绿色甬道。树很小心，即使几十年过去了，也未涉足被车轮压实的土地。这片土地上有几处花岗岩悬崖，站在一处悬崖边，克雷格想象着农用拖车或小马拉车吱吱嘎嘎朝他驶来，辐条密集的车轮费劲地爬上低洼地带。现在那儿长满了绿茎薇，他把那里想成车路，身着夏季薄纱衣、头戴无檐女帽的年轻姑娘和身着白帆布裤、头戴硬草帽的年轻小伙子坐着车，经过他站着的地方，到山上树林中去野餐。

早在一百年前，马萨诸塞州土地上的树木就都被砍光了，风吹日晒，放牧牛羊。也许他的想象全错了。蜿蜒的道路向前直通布满尖角的整块巨石围墙，它是如何走完这座山余下部分的？靠近房屋处，裸露在外的花岗岩见证了那谜一般的过去。岩石上有些钻孔，仿佛曾被用于固定铁门或重重的遮阳篷。海景阳台早就破败不堪，克雷格自己更换了破旧的门廊。门廊前是铺着沥青的环形私家车道，那里曾是供马车停靠、转弯的碎石子路。

树林里有许多凸凹不平、爬满藤蔓的岩石，他觉得这些石头是建这所房子时爆破地基剩下的。二十世纪初，许多刚从意大利来的泥瓦匠拥进这片地区，建造了巨大的围墙。围墙慢慢地、一块石头接一块石头地塌落了。一天晚上，围住他妻子最钟爱的花园的残垣断壁也倒塌了，散落在地的不止泥土和鲜花，还有灰烬，烧煤炉的炉渣灰烬，以及旧铁罐和玻璃瓶。看来花园的下面土层曾是倾倒灰烬和垃圾的地方。那么这个花园建于什么时候？也许比他想的要晚——与那些为阳畦而修的水泥储水池被淹属于同一时期——下沉的池底堆满了朽木架、灰泥碎屑以及碎玻璃。

克雷格心里认为，这块地产在他之前经历过四个时期。第一个时期是初建和维护得最好的时期。当雄心勃勃、刚结婚的有钱人还活着时，仆人们拎着蒸汽腾腾的洗衣篮从地下室的石头水池处出来，来到砖砌的晾衣场里；雨水流经涂过油的雪松木水槽，汩汩涌入下水管，进入功能完备的地下排水系统。后来，这个快乐的人去世了，他的遗孀——比他年轻得多，更喜欢波士顿的社交圈而非山上这个孤零零的家——对这里疏于管理。餐厅的一面墙上贴着手工印制的法国墙纸，冬季雨雪的渗漏毁了这面墙。夏季小屋讲究的露台，有柱子，有栏杆，暴露在户外，经受着大风雪和风暴的侵蚀。接下来，她也死了，房子空了。也许房屋的损坏主要发生在这个空白期。“二战”前，空白期结束，一个年轻的、成长中的家庭接手了这座房子，并长年居住于此，安装了中央供暖系统，在宽敞的前厅用松木板隔出了一间书房，砖砌的烟囱重新镶嵌过，漏水的屋顶换了新瓦。“二战”使得房屋修缮被迫停止，房屋主人应征加入了海军。在窗户被蒙上黑纸前，站在窗口可以看到大海。

英雄归来时已是海军少将，他一直住在这儿直到八十岁，直到他的五个孩子有了各自的家庭搬了出去。克雷格认为，他在树林中找到的大部分琐碎物品都属于这一漫长而繁忙的时期——梅森罐①、花盆，鸟枪弹壳碎片半埋在腐叶中，盛着一摊黄色椭圆形污水的橡胶轮胎，铁管碎片、生锈的铁丝则是过去的围栏工程的存在证明。岩石和树木之间曾建过树屋，后遭弃置。陶瓷绝缘器和绝缘铜线里似乎还有微弱的电。摩托车引擎的零件，蒙着一层薄薄的黑色油渍，让人回想起从前的时光：一个年轻人在陡峭的旧路上玩赛车。人们在这几亩地上曾有过大量的劳作：砍好的圆木的长短正适合壁炉烧，但它们被堆叠在仍然活着的树木中间，现在已经腐朽生霉了。克雷格用脚尖戳着地面，露出落叶下闪闪发光的一层木炭，是从前生火残留下来的。有些坑看来是挖的，还有些土堆太有规则，不像是自然界本来就有的。在铁轨上方，靠着一度完美无瑕、现在却在被腐蚀的筑堤上摇摇欲坠的方形围墙，沿着一条擅自闯入者踏出的路，克雷格捡起啤酒罐、六件装的塑料支架、碎玻璃片和不会腐烂的塑料瓶。在这片土地的地势较低处，一条大路穿过松

① 有螺盖的宽口玻璃罐，主要用于保存食品。

林，蜿蜒向下来到一处堤道，堤道引领着已经经过几块私人领地的闯入者最终来到海滩。这个海滩实际上扔满了灰白色的垃圾——泡沫杯盖、吸管、牛奶盒。克雷格拎着垃圾袋临时收垃圾时获得了一些回报：在绿茎薇、沼泽草间，他发现了那种引人怀旧和遐想的厚玻璃瓶，那是他儿时喝过的根汁汽水和沙士汽水的瓶子。

外来者、主人及客人们踩踏着土地，尽管它崎岖陡峭——践踏它，留下伤疤。前屋主的一位老友向他描述过一场事故：前屋主一位不常来的客人，在一个结冰的夜晚，喝得酩酊大醉，爬进车里，汽车当场撞上沥青车道上的大石头围墙。保险杠撞掉一块大石头，围墙像掉了颗牙齿，石头现在还在树林里几码远的地方——成了片刻不幸的永久纪念碑。到了克雷格这一时期，他虚弱无力，而石头太巨大了，他无法再将它移回原来的位置。他曾打听过用什么设备能把它移回去，被告知反铲挖土机可以做到，但它的重量可能会压坏车道。

在一块巨大的花岗石那边鲜有人走的下坡道上，克雷格拾起枯死的树枝，发现下面有一只烧焦的工作手套，硬邦邦的像只死松鼠。“军士”两个字用那种二十世纪六十年代后才出现的毡尖笔写在手套外侧。谁是军士？可能是某位工人，克雷格揣测，不小心把手套掉在了不断蔓延的草地野火现场。或者是林木工人，在往火堆里扔灌木时，发现手上着火了，痛得甩掉了手套。春天大扫除时，克雷格把房子附近的有机垃圾耙到了一起，在一丛长得太过茂密的连翘下，他耙到一片发光的白色陶瓷，用手把它挖出来一看，原来是茶杯的把手。他挖出了差不多六块碎片。这个精致的陶瓷茶杯，镶着金边，有可能是哪个小孩不小心打碎，害怕外加内疚促使他把罪证埋在了灌木丛边上。从茶杯质地看，这是较早时期的物品，也许是近乎神秘的第一时期。陶瓷不似金属或木材，时间对它没有影响，潮湿无法侵蚀它。而泥土，在一年一度的冰冻、解冻的循环中，可能最终将它推出地面，而那个小罪犯还以为能安全地把它埋藏起来，永远不被发现。

克雷格的梦，那些时常妨碍他睡眠、醒后他也记得的梦，就像警犬搜寻掩埋的谋杀证据，似乎总是重新回到他生命中一段很短的时光，那时他对家庭不忠，情感出轨。当他杂乱地想拼凑起一幅人形拼图时，他的第一任妻子，在这些梦境里，皮肤如陶瓷般光滑，而那个即将成为他妻子的人，她的不安似乎占据了梦境画面的好几个角落。奇怪，在梦里，他总是失去了这第二个女人，看着她逃离，看着她消失，醒来后却发现是格蕾丝，而非第一任妻子——葛洛丽娅——躺在他身边，这令他略感震惊，她已经在他身边躺了二十年。他的疑惑慢慢清晰，他如释重负，再次沉入睡眠，活像绷带封住了伤口。他的孩子们，现在已是中年人了，在梦中很模糊，有时会化身为某种大型聚会里的客人，这个聚会就在楼梯半道上进行。然而，聚会给他的主要感觉不是欢闹，而是痛苦，掺杂着优柔寡断、被拉长的交流、无以言表的歉意和无法忍受的焦虑。克雷格醒来时发现聚会早已结束，他是个老头，住在覆盖着从前几位主人留下的零星遗留物的十亩地上，过着与世无争的日子。他很少获邀去别处。

聚会是调情和探求的媒介，连着好多个周末的聚会始终喧嚣闹腾，令人眼花缭乱。他和朋友们时值盛年，当时的一切已经妙不可言，但他们认定更精彩的还在后面。实际上，是两个聚会在同时进行，一个聚会的两个层面——表面上，人们像成年人一般，讨论着当地政治、国家事务（通常会谈到理查德·尼克松）、他们的车子和孩子们的学校、区划委员会和家庭装修，等等，而私下里，男男女女用眼神交流，或窃窃私语或捏手，极度狂欢。有时暗地里的活动破坏了表面上的聚会，削弱了来往频繁的家庭那看似坚固的结构。

鸡尾酒聚会更是混乱得要命，情人们嘟囔着取消约会或者同意堕胎。在楼上厅堂里，洗手间外面，克雷格想起一个还算年轻的女人：光滑的脸蛋，光滑的胳膊，他看到她朝他噘起嘴，送了个飞吻。看到他后退走开，她轻声说了句“胆小鬼”。但是，在过去那个遥远的时代，如果某个时刻他还清醒地记得的话，那忘掉的时刻便数以百计，它们总是潜回他的意识里，反复出现在纠结的梦中。在梦里，他只有一种感觉：作为一个怯场的小男生，他所扮演的角色对他而言太大，意义太过永恒。

他如释重负地醒来，逐渐平静，现在的妻子不在床上，已经在楼下走动了。有时候，他在另一张床上醒来，因为年纪大了，老是打鼾，惹人厌却无能为力，所以被发配到客房去睡。他在那儿醒来时，眼睛看到对面墙上的一幅画，这幅画曾经挂在他儿时的家中——在宾夕法尼亚州的几处房子里，是可怜而珍贵的文化象征。他母亲花三十五美元（如果他没记错的话）在一家相框店买了它，画中描绘的是马萨诸塞州的风景：普罗温斯敦的某些高丘，一汪浅浅的月牙形水，可以瞥到一抹海的影子，画面定格在最远处两道沙坡上。难道就是这幅画把他从宾夕法尼亚州带到这里，带到这个能看到三分之一英里开外质朴海景的山顶之家的吗？

他童年世界里的各种其他残迹涌进这幢房屋：印有哥特体文字的剃须杯是祖父的；凹进去的铜烟灰盅，克雷格小时候常常看着父亲在这里面掐灭流金岁月牌香烟；一对铜烛台，像纽结的麻绳竖在那里，母亲款待从新泽西来的亲家时，会把它们摆在餐厅里。这些东西在逝去岁月的深渊里陪着他，保存下来，甚至没有他的变化大。它们意味着什么？它们一定意味着什么，丰富、沉重，就像他自己神秘而短暂的一生一样。

“我宁愿放弃一切，只要能不嫁给你。”格蕾丝气愤时或情绪激动时会这样说。他觉得她摆明了因为打鼾而怨恨他，虽然他对此无能为力，就像无法控制做梦一样。“要是我能听从我的良心就好了。”

“良心？”他说。胆小鬼，他想起来这个词。“我不知道你怎么想的，但是我很快乐。你是一位出色的妻子，出色极了。”

“谢谢你，亲爱的，但是这全错了。那次在罗丝家楼上，在走道里你大步朝我跑过来，样子真吓人——像头大灰狼从阴影中跑出来，你的牙齿闪着光。”

“闪着光？”他想象不出那是什么样子。他的牙齿上有茶渍，暗淡无光，可是他承认这种闪光是某种真实而宝贵的东西，来自她内心深处，就像北极星，指引着她过去的生活。

她满脸飞红，垂下眼睑。“我不该跟你说这个的，但有时候我觉得我恨你。”

我恨你：她的确不时这么宣称，然后又马上否认这一说法。但是克雷格知道这个看法是真的，是发自她肺腑的，每日的欺骗与迁就已积怨太深。我们彼此憎恨，正如我们彼此相爱，甚至对自己亦如是。

一天放学后，小儿子难过地告诉他，格蕾丝的儿子，在学校里比他低一级，告诉别人他父母正在离婚。这偶然的发现令克雷格感觉恶心，他知道儿子透露的消息很快也会纠缠他，而信任他的儿子正站在一道越来越大的裂缝的边缘，站在他父亲参与制造的灾难边缘。

在他不停做梦的时候，他并不害怕。回想起来很奇怪，在丑闻、抗议与悲伤之中他反而异常宁静，驾驭事情的能力也更好了。有个精神病医生鼓励他。他的母亲起初很愤怒，后来变得达观了，用上了从长时间看电视中学到的后现代嘲讽和脱口秀式的宽容。孩子们自宽自解，总有一天会长大，不会再这么无助。一个男人抛弃家人后，自由了，有了大量振奋人心的时间。克雷格发现自己投身到小说情境中去了——黎明时从陌生的床上爬起来，去见律师，在离家几百英里之外的酒店里逗留——重复这些行为，像个在排练台词的演员，他热情地排练这个并不值得同情的角色，表演得尽心尽力，全然不管批评家们会怎么说。所以，此刻，在睡梦中，为什么要怯场呢？梦始终都在那里，从他内心冒出来，就像死亡。

他最近去探望过老朋友阿尔，一个肥硕的高尔夫球友，因心脏病发作住进了医院。他躺在那里，鼻子和嘴里插着管子，管子帮他呼吸。他的胸膛上下起伏，墙上监视器里弹跳的绿色线条记录下那机械的跳动。这像一场电视秀，名字就叫《阿尔的最后时光》。虽说情节单薄，仍然相当吸引人。那些线条不停地跳动着，绿得像明亮的果子露。阿尔的眼睫毛灰白而浓密，当克雷格说话时，它们颤动着——他的声音太大，仿佛是在从悬崖边上呼叫。“感谢你带来的欢声笑语，阿尔。照护士和医生说的做就好了，你会好起来的。”阿尔的手肿胀得像充了气的橡胶手套，在他身边白色的床单上摆动。克雷格把他的手握在自己手中，尽量不影响点滴管往手腕处输液。这只温暖的手，像女人的手那般丝滑，已经多年没有挥动高尔夫球杆了，哪怕它回应他的握手，也仍似没有生命力。我们的身体，克雷格想，其实是精神留下的沉重外壳。

童年时他曾住在乡下，家周围是几亩地。一个寂寞的下午，他独自一人去那片树林里探险，在那儿他发现以前的家庭留下的垃圾堆——一个小土墩一般，差不多全是玻璃瓶，瓶身都有凸起的字母，就像坟墓上的文字一样妄自尊大且持久。许多瓶子碎了，虽然按现代标准看，这些瓶子瓶壁厚得惊人，有点像冰糖，参差不齐的边缘形成了第三层面，位于里层和外层之间。麦芽色、海蓝色、宝石绿、琥珀色、奶白色，破瓶子上的凸起字样，是早已不存在的当地制瓶公司的名称。无论这些饮料或药液是好是坏，里面的液体早已被喝光，气味早已挥发殆尽——甚至连旧轮胎里的一汪污水都不如。这堆垃圾像一堆骨头，吓坏了小克雷格，向他证实了时间的深邃。然而在孤独的乡村，在树林中人迹罕至的这个角落里，它们却是他闪亮的、被遗忘的快乐玩伴。

克雷格手拎垃圾袋，在自己的产业上四处游荡，在散落着岩石和烧焦手套的那片低地上，他找到了许多半埋于地下的高尔夫球。它们埋在土里的部分已经受到酸土的侵蚀，防割外壳已经开始腐烂。他记得刚搬到这里，对高尔夫球还有兴致时，他会站在草地边上，朝下面的树丛打几个旧球——很节俭，每次不会超过三个。它们呼啸而去，消失在树丛里。他从没想过要找到它们。它们标志着，他想，他的时代开始了。

自　由

“她的眼睛真好看。”这话出自他母亲之口，是有一次母亲来亨利和利拉所在的小镇时说的。亨利和利拉各有家室，但都住在这个小镇。母亲不可能知道儿子和利拉有染——这段关系像未及时扑灭的野火，每次他们想踩灭时，却燃得更旺。但利拉可能知道这是她情人的母亲，所以她在与老太太谈话时，十分热情，双眼炯炯有神。还有一次，利拉的母亲来他们这个酷热的小镇做客，利拉为她办了个小聚会。聚会上，亨利从侧旁看着这位六十岁出头的矮壮女人，惊奇地想，这么普通、没有女人味的女人居然生出这么一个美女，如此优雅，如此放荡，给男人带来无尽的快乐。

他母亲的话为这段不正当的激情送上了可怕的祝福，两个女人都热爱大自然——她们说得出各种鸟和花的名字。他和利拉通常在野外约会，在一个自由不羁的朋友——一个老太太——借给利拉的湖边小木屋里，就在紧靠相邻小镇的树林边上。淡季的寒冷，柳条、帆布等夏季家具的霉味，光秃秃的床垫，没通电的冰箱，全都被他们温热赤裸的肌肤散发的香味所取代。窗外湖水波光粼粼，松鼠在屋顶上轻快地奔走。利拉在他身下，他凝视着她大睁着的双眼，它们真的很好看——黑色瞳孔四周是一圈墨绿红棕间杂而成的淡褐色，他头部的阴影让她的瞳孔放大。小木屋有天窗，从她惊异出神的水汪汪的眼睛里，他可以看到那三角形窗口，边上零乱地堆放着落下的树枝和松针。

母亲对他妻子从不怎么热情：艾琳太都市化，太中规中矩，太淡漠。对亨利来说，她是一架梯子，让他得以进入舒适富有的律师、教授、银行家的圈子，而在小小的家人圈中，她与他的亲密有限，若即若离，且这一状况有日益加剧之势。亨利尽量控制着自己不这样做，然而他对这个家日益冷漠，自己不费吹灰之力就扮演着有教养的家伙的角色，这一切令他相当享受。他母亲呢，因有些夙愿自己没能实现，转而对他寄予厚望。她看到了这个家庭的压抑，她憎恨这种压抑。当他不忠出轨时，母亲的憎恨犹如鼓励。他跟几个女人有染，其中以和利拉最为激情，他呼吸到了野外湿润的新鲜气息。

湿润：他永远忘不了一个阳光明媚但寒冷的十月天，利拉如何突然脱光衣服，来了一个完美的屈体跳水——在他的视线中，她的屁股像一颗突兀的白色的心，中间一道缝——从尚未拆卸的码头浮台上纵身跃入湖中。她从水中露出头来，小小的、湿漉漉的，像只水獭，眼睑扑闪，大叫着："喔——！"

"你还活着吗？"他冲水里喊道，衣着整齐，站在晃动的浮台上，焦急地四处瞟着，担心秋天树林里可能隐藏着偷窥的陌生人。

"太美妙了！"她告诉他，为了让牙齿不冷得打颤，她做着鬼脸。"你也来吧。快点，下来，亨利。"她蹬着水，张开两臂，像蝴蝶一样扇动着身体，湿淋淋的乳房也露了出来。

"哦，不，"他说，"求你了。"然而他别无选择，他明白这是挑逗，只好脱掉衣服，叠好放在远处，免得溅上水花，屏息凝神了好一会儿才笨拙地跳入漆黑的水中。当他浮出水面时，湿地枫的淡红树叶枯萎成浅浅的小船模样，漂在他眼前；他只觉得浸在水中的身体发肿发胀，似在燃烧，如遭雷击。利拉兀自飞快地游着自由泳，脚腱踢出白色水花，朝湖中心游去，离他很远了。他大口喘着气，以狗刨式游回岸边。从这个低矮处来看四周的树木，它们像是金黄色的井壁，将他环绕在中间，笼罩在一口圆形天穹之下。这种时刻，他觉得，正是生命收获大自然储藏的果实之时。这就是健康：当激情从他血管中退却，当他们躺在利拉有先见之明带来的毛巾上翻滚、摩擦、弄干肌肤后，那湿漉漉的小脑袋，那水獭般明亮的双眼，那有着一簇毛、有着小乳房的身体任由他处置。

但就在那时，不太健康的世界也在侵袭过来。他心想不知艾琳能否闻到了他身上的黑湖水以及腐烂树叶的气息。她可能纳闷为何他的头发是湿的。通奸他不拿手，至少没有利拉拿手，因为他无法让自己完全沉浸其中，无法做到全身心地投入约会。母亲的默许并没能让他幸免于胃炎，医生给出不祥症断："有什么东西正在吞噬你。"

这话说得对，亨利吓坏了。他对利拉的热情像头野兽，黑暗中，它会出其不意地跳出来咬啮他。"工作。"他撒谎了。

"你不能放轻松点吗？"

"暂时还不行。我得达到更高级别。"

医生叹了口气——从他紧闭的、疲倦的嘴上看不出他猜出了多少，或知道多少——"这个时候，亨利，你得将就现在的位置。放弃一些。你努力过头了。"最后一句话说得很重，神秘得让亨利联想到母亲出人意表的默许。当他在迷雾中跋涉时，这种气氛本身——有时候是他的幻觉——关切地盘旋在他左右，监视着他的命运。

他从教会募捐活动负责人的职位上退了下来，加上戒烟戒咖啡，胃炎好了些，但绞痛并没缓解。这时利拉突然向她丈夫彼得坦白了，她从没向亨利解释过任何缘由。不出一年，他们搬到佛罗里达去了。隔了几年，消息传回来，他们离婚了。她的婚姻对他而言一直很神秘。“他不需要我，”她曾告诉过他，眼里落下难得的几滴泪水，说这话时她的目光越过他的肩膀盯着别的什么地方，“他要的是我的屁眼。”亨利不太相信他听到的，但又不敢再问她。他觉得，很多事情，他并不想知道。不过生活在继续，他职位升迁，去佛罗里达或缅因州度假，有了孙儿们。在艾琳的指导下，永远扮演着那个让人信服的、教养良好的家伙的角色，再也没有另一头爱的野兽出没，原野上再也没有燃起过野火。

艾琳得了癌症，六十多岁时死了，死得正是时候，他自由了。通过朋友们——那些铁杆朋友、知道内情的朋友——他追查到利拉的下落，知道她在彼得之后又结过两次婚，现在再度单身。第一次嫁了个比她老的男人，那个男人给她留下了一些钱，第二次是个比她年轻的男人，当然事实证明两人不合适。他得悉她的住址，写了封短笺寄去，暗示要过去看她。他和艾琳有个习惯，隆冬时节去佛罗里达住上两周，待在离海湾不远处小岛上他们最喜欢的酒店里——应该说是艾琳而非他最喜欢的酒店。酒店有股松木和柚木的气味，长长的走道上展示着大海鲢和假箭鱼的标本，墙上挂着旧时钓鱼团体、飓风灾难的照片；阳光照耀下的宽阔楼梯间上放着成箱的贝壳，干而卷曲的标签上的墨水褪色得很厉害。以前人们觉得它很遥远的时候，它还有点佛罗里达的味道，是有钱人的简朴天堂，而非老百姓的主题公园和退休之家。不过自从艾琳生病后，两年来亨利分担痛苦、往返医院、时而希望时而绝望，艾琳死后又经过解脱、悲伤、麻木、心不在焉的几个月，他有点害怕离开艾琳为他们定好的行程。

酒店在西海岸，就在夏洛特港下方，而利拉的公寓在东海岸，位于迪尔菲尔德海滩，在劳德代尔堡上方。所以这将是一次艰难的行程，迎着太阳先南后东，迎面是灌木丛生的南部大沼泽上的大片麦田。东海岸十分拥堵，深肤色司机们开车从不避让，一片片白屋顶平房在平坦的沙地上连绵几英里，让他晕头转向。人老了，他发现，对什么都没有把握，街道标志、后视镜、他随机应变的能力都不再可信。他问了三次路，避开明亮道路上的年轻人，挨着易惊而警惕的老年人靠边停下，最终总算找到了利拉住的公寓小区。他瞟着那儿，猜出了小区的正确入口，找到了隐藏的访客停车场。随后他进入一幢三层的四边形建筑里，建筑当中是一间玻璃日光浴室，每个单元都冲着它。他手握写有潦草地址的纸片，在一楼的某扇门上找到了相同的数字。他按下门铃，有人来应门。他很难将记忆中、想象中的利拉与眼前这个瘦小的女人对上号。她栗色的脸上满是皱纹，过去三十年间，她的脸晒太阳晒得太多了。

“亲爱的亨利，”她说，语调里确认多于欢迎，“你迟到了一个小时。”

“路程比我想的要长，我在这附近的几个小区里兜了好几圈。我很抱歉，你总说我缺乏安排。”从她扬起脸不动的姿势来看，他猜自己应该吻她的脸一下。他突然想起没有给她带点礼物来。在他们以前的关系里，他们只要把各自的身体带来就好了。他的嘴唇感觉到，她的脸颊有种干燥的鹅卵石般的质感，却很温暖，有点像小狗爪子上的肉垫。

“我不能抱怨说饭菜都凉了，”利拉说，“因为本来就是凉拌沙拉、鸡肉，都在冰箱里。我后来以为你可能不来了。”

以前他不止一次地爽约——工作上或者家里突然有事走不开，她生气，但从不会太久，也从没引发彻底的决裂，倒是奇怪地令他觉得他在这个关系里掌握主动。变化有多大？她的声音里没有一丝南方口音，只带着点新英格兰与南方交界处的腔调，可是她的态度却急躁多了。她已经变成那种泼辣的久婚妇女了吗？她们想到什么就说什么，不管那话有多粗鲁、尖刻，你要么接受、要么放弃，仿佛撒泼很可爱似的。她的穿着——淡紫休闲裤、桃红丝绸衫，最上边两颗纽扣没扣，白色平底凉鞋，洋红色脚指甲——有着佛罗里达的那种妄自尊大，其他地方的女人在她这把年纪绝不敢这般穿戴。

“请原谅。”他说。没有弄清手上的牌之前，他先客气行事。漫长的来路上，他的心一直跳得很厉害，令他一度以为心脏病要发作。当他在迪尔菲尔德海滩的小区里、在绿得很假的草坪、在观赏性的柠檬树间挨家挨户地搜寻时，他越来越惊慌。现在他站在利拉家里，脑袋一片空白，一颗心半悬，浑身冷汗直冒，宛如过去当艾琳的病情突然恶化，漫漫长夜里，除了保持清醒握着她的手、喂她一点吗啡或冰片外无事可做时的感觉一样。当一切最终结束后，朋友们告诉他，那段时间的他多么不可思议，而他觉得自己只不过履行了仍未更改的结婚誓言：“无论生病与否，不离不弃。”

他慢慢意识到身后有潺潺水声。在这座四方形公寓的中央有个泳池，利拉家的推拉门敞开着，水声泻进来，还有推圆盘游戏的圆盘在水泥地上滑动的声音、汽车加速的噪声、棕榈树亘古不变令人昏昏欲睡的婆娑声。另一间有屏风遮挡的房间，外面正对着宽敞的公共空间，传来玻璃杯放在托盘上时和冰块碰撞的叮当声。当她在他前面拖着难看的鞋朝吃饭的房间走去时，记忆中的小湖、利拉白色的身体插入冰冷的水中的样子，使他意识到她仍然身姿柔软，虽然岁月重新分配了她的体重，让体重向她身体的中段集中，并且她褐色手臂上的肌肉也已变得松弛。在当时天气下，她灰白的头发剪得很短，紧贴头皮，因为经常游泳的缘故，她的脖子非常柔韧。从前的野兽又活过来了，在他体内缓慢搅动，揉搓着他的胃；在他们各自的生活突然崩溃之后，他觉得自己跟这个女人在一起很是放松自在，两人的身体像幽灵般在灯芯草坐垫、玻璃台面和散发着霉味的家具间移动，宛如那个永恒的夏天。“我从来都没怪你。”利拉说。原谅他。原谅他什么？原谅他操她？原谅他后来离开她，开着车慌张地在林间小路上绝尘而去？

他们一边吃着白色鸡肉沙拉、佛岛酸橙派，喝着白葡萄酒和冰茶，一边说着分手后十多年间各自的生活。她丈夫的情况，他太太的不幸，他们长大离家的孩子们，意料之中的分手之痛，可以想见的欲望克制，他们试图以此尽其所能地保持体形，维持内心的安宁。在他看来，在身体健康方面，他们都有点虚荣。

“为什么你要告诉彼得，还到南方来？”他终于问道，“是为了逃避我？就没有别的办法吗？”

她仿佛早已忘了，必须努力回忆那么遥远的从前才想得起来。“哦……我们常常说起佛罗里达，然后这儿正好有份适合他的工作。我得打扫房屋，而你是床下的灰尘。亲爱的亨利，别那么难过的样子。当时是该分手了。”她侧过头去，他想起她母亲的侧影，利拉现在跟她一模一样了。

他看着利拉说话，看着她的动作，看到利拉变得粗俗，变成无所事事只好想着自己的身体、自己的财富的那种女人。然而曾经他爱的就是她对生活的粗俗和贪婪。她的欲望曾那么直接简单。两个小时后他们说够了；他们从来不是那种需要长时间复杂剖白的人。他们对彼此的情况都心知肚明，曾经在一起的时光除了精彩与占有外，还那么炽烈，在一起的时光那么难得，是那么可耻地偷来的。此时，她迷人的公寓以及那些金属家具和从商场里买来的水彩画上阴影渐重，夕阳西下，晚照穿过藤垫快要照到房间里了，利拉和她的客人还坐在这间房的玻璃桌旁，喝着白葡萄酒。一阵无形的不安攫住了他，他不习惯单独跟她在一起待这么久，尤其是这种傍晚时分。操完就走人，这是他的风格。

她站起身，赤脚稳稳地站在地上。她脱去了那双笨拙的凉鞋，鞋带在她瘦骨嶙峋的脚背上勒出了红印。三十年前，它们就是青筋暴露的。“想不想去游泳？”她问。

“这么晚了？”

“下午这个时候最好，”利拉说，“天气还挺温暖，孩子们回家了，残疾人的水疗也结束了。”她摸了摸自己的肩膀，仿佛开始脱衣服了。

“我没有泳衣。”

“你可以用吉姆的，他有三四件在这儿。”她笑了，“你可以把腰上的松紧带放松一些。他只是个孩子。他过去总是用指关节在腹肌上乱弹，指望我会激动。”

亨利站起来，很高兴自己再一次站了起来，不慌不忙地站在利拉旁边——她严肃的小嘴上唇缩起，满是细纹，像鸡冠；漂亮的眼睛像包在皱纹纸里的珠宝，明亮的褐色让他想起母亲希望他代她而活，实现她未完成的夙愿，成为一个男人。这个邀请令他很惊慌：“我……”

他，也曾不忠，就像她对吉姆的腹肌，就像她对吉姆前任的钱一样，与彼得和彼得对她的利用一样。那两年，他躺在艾琳身边，觉得她的疾病像他们的孩子一样在长大。他在她的沉默中清醒着，惊异于她的坚忍所产生的那种荒凉而不可触及之美。黑暗中，她的痛苦白热化。去世前没多久，服用止痛药产生的迷糊状态偶尔消失时，她会对他说话。她从没这样轻声地对他说过话，仿佛在对一个她不太了解、但注定要一起待上一个漫长下午的孩子说话。“我觉得他们可能只是在跟我们开玩笑，”有一次她对他说，“想想如果你不能上天堂怎么办？”或者：“我知道我让你烦，但是我不知道还能做什么。”他的眼泪令她迷惑，她会摸摸他的头发，却不敢碰他的脸。

“我该回去了。”他说。

“回哪儿？”利拉问。

回艾琳喜欢的那家酒店，那里有鱼标本和他说不出名字的贝壳，还有那里的舒适。回到他想象着艾琳还跟他在一起时的安详中去。死后，她仍萦绕在他四周，像金银丝线织就的裹尸布。

“你总是要回去。”利拉说。语调并非怨恨，纯粹是对他所说的话的条件反射。她傲慢地偏着头，头发梳得一丝不苟，仿佛在强调她是什么人：一位还想碰碰运气、还想玩弄一下手段的小老太太。“但是你现在自由了。”

亨利发现自己回到了客厅，出了门，笼罩在一片长方形天穹之下。又会是一段长长的旅程，迎着落日，穿过佛罗里达南部的大沼泽。“那好，自由是什么？”他问，“我猜它从来都只是一种心境。回头看看我们自己——也许我们一直都很自由。”

与埃利扎纳漫步

他们班是奥林格中学一九五〇届毕业班，几年后因区域重划，校名不复存在。虽然二〇〇〇年在他们的毕业纪念册里像个预言和笑话，谁也不相信那么遥远的一年会成为现实。想当年他们才十七八岁，二〇〇〇年遥不可及。现在它到了，他们班的二〇〇〇年聚会定在西阿尔顿的菲奥拉万蒂酒店的多功能厅里，离庄严的市医院几里远，他们大多数人当初就出生在该院，有个同学现在躺在那里，病入膏肓。

戴维·科恩和他的第二任妻子安德烈娅结婚很久了，久到成了他们五年一度的同学聚会上的常客。他们一起去看望生病的同学玛米·考夫曼，她在医院里躺了六周，骨头里全是癌细胞，无法行走。她一个人住，房子是四十年前和早已离家出走的丈夫一起买下的，她靠着自己当二年级老师的微薄薪水在这所房子里养大了三个孩子。她的各级学生送的祝愿康复卡和各类工艺品摆满了病房的窗台和四周，玛米还是一如从前，兴高采烈、热情洋溢，虽然她无法抬起身子坐起来。

“你们来看我，真是太有心了，”她对这对夫妇说，“出了这种事，我自己也很难受。我猜你们肯定会说，我得到的关爱不够。”她描述自己当时从床上掉下来，觉得髋关节噼啪一声折断了，觉得自己像个破布娃娃被扔到了角落。伸手去够电话，碰巧电话在地上，她的拐杖也在地上。她用拐杖有一段时间了，因为她自认为有风湿性关节炎。刚开始她想给女儿多萝西打电话，她与她相隔两个镇子。“我真是很生自己的气，因为我想不起多特[①]的电话，虽然我每隔一天就要打一次。于是我对自己说：‘玛米，现在是凌晨两点半，你需要的不是多特的声音，你需要的是九一一，你需要的是救护车。’他们十分钟之内就到了，好得不能再好。后来我才知道，其中有个救护人员二十年前还是我二年级的学生。”

安德烈娅笑着说：“那太棒了。”在这间装饰过头的病房里，安德烈娅看起来年轻、有活力，容光焕发，亲切和善。戴维很为她骄傲，她不是宾夕法尼亚州人，是戴维从另一个州迎娶来的。

玛米试着跟他们说她的痛苦。“有时候我对上帝有点不耐烦，可我又会很惭愧，上帝给你的痛苦不会超过你承受它的勇气。”

戴维发现，在有神论的宾夕法尼亚州，人们形成了一套处世哲学。而他现在住的地方，盛行的无神论让人们默默忍受痛苦，不以苦乐为意，退化成动物。他们越聪颖睿智，临终前越无话可说。

玛米接着说：“我一直在重读雪莉·麦克莱恩[②]的书，她说生命像一本书，你要做的是搞清楚自己在哪一章。如果这是我的最后一章，我就得按最后一章的读法去读，可是，你们知道，我躺在这里有大把时间思考……”她宽大而和蔼的脸白得像张纸，蓝眼睛里有丝犹豫，原本水汪汪的，现在却变得干涩，“我想不是这样的。”她勇敢地说完。哪怕平躺在床上，她也是个老师，比她的听众懂得多，一辈子习惯了传道解惑。“我不怕死，”她对为聚会精心装扮过的到访夫妇说，“但我心中常想的是……是……”

---

① 多萝西的昵称。

② 雪莉·麦克莱恩（1934— ），美国演员和作家。

是啊，是什么呢？戴维想着，急于听到答案，尽管他意识到时间在滴答滴答溜走。他现在很少来这片区域，他有时会在新路上搞不清方向，哪怕才走出一里地远。聚会可不等人。

“我会没事的。”玛米得出结论。她也觉得自己有点虎头蛇尾，她甚至有点失望，恼怒地用手在空中画了个圆圈，手上戴着医院肉色的圆环，打点滴的导流管也跟着动了。“我的意思是，当它来临时，我会等着它。就在这儿。你们知道我在说什么吗？”

到访夫妇一起热切地点头。

“只是那个过程，我并不期待。”玛米坦承道。

“是的。”安德烈娅表示同意，灿烂健康地笑了。她穿着灰色羊毛套装，大翻领让她显得比平时要丰满。

戴维想说点什么，但对玛米从幼儿园开始的记忆让他说不出话来：圆脸蛋妈妈牵着圆脸蛋的小女孩到沥青操场上来玩，虽然其他妈妈们早就停止了这种护送陪同；认真好学的学生，知道所有答案，但从不会把答案强加给其他人或老师，亦不会要求别人的注意，可她时刻准备着，一旦聚光灯照在她身上，她便能脱颖而出；她是拉拉队队长、班长，单纯而充满活力的女孩。跟戴维一样，她是家中唯一的孩子，“大萧条”节制生育的后果。跟他一样，她也会一个孩子自娱自乐的方法——画画、看书、收集剪贴簿。在他们班的表演和集体活动上，她总是演顽皮的小妹妹，而戴维呢，不知出于什么缘故，总是头上擦着滑石粉，扮演父亲。现在用不着滑石粉了，他的头发像母亲的一样，早就由灰转白了。

玛米说：“所以我对自己说：‘玛米，你不要埋怨了。你的生活很精彩，有三个出色的儿女，生活也还没有结束。’多特提出接我过去和他们一起生活，但我不愿意那样，我不想这副模样去。杰克虽远在亚利桑那州，也说接我去住。他觉得那里干燥的气候可能对我有益，但是我去那儿能做什么？窗外就是沙漠，开着空调无法开窗。好笑的是——这个你会觉得好笑的，戴维，你总爱讽刺挖苦——我要搬进去的养老院正是我母亲现在住的那家。当然我不会住在她住的房间里，但难道这不可笑吗？我一生中大部分时间离她仅两个街区远，现在我要住到她楼下了。”

毕业纪念册也没有预料到他们的父母会活到二〇〇〇年。“我的天啊——你母亲一定有九十岁了。”戴维说。

“九十多了。谁想得到？她烟抽得那样凶，时不时还来上一杯。”

“她总是对我很好，”他回忆说，“甚至你不在家时，我也可以在你家玩，等我父亲完成课外活动，从学校下班来接我。你母亲和我一起玩拉米牌①。”

“她总是说：‘戴维以后一定会有出息，远走高飞。’”

记忆中，他看到她母亲在厨房桌前，像人们从飞速驶过的列车上偶然瞥到的独居租客——玻璃烟灰缸里，切斯特菲尔德牌香烟的烟气袅袅，她手里握着一把扇形的牌，另一只手的手肘旁是一杯淡色饮料。她的手肘苍白，深深凹陷下去，一头褐色鬈发和她女儿一样，饱满、健谈的嘴巴，嘴角微微上翘。尽管这个家里的两个女人总是热情欢迎戴维的来访，家具上却透着一层忧郁，藏着一种阴沉。这是一幢半独立屋，一边没有窗户，另一边的窗户却瞪视着窗外不到六英尺远处的邻居。那家的男人是个小矮个，粗鲁而不善言辞的车床工人，傍晚下班回家总是慢吞吞的。念高中时的玛米阳光般快乐幸福地忙碌着——阳光明媚的长厅，有组织的活动，伴随着上下课铃声，年轻的生命潮水般涌进涌出——带有几分逃脱的宽慰。就像戴维在那里教书的父亲一样，玛米把学校宽敞、朴实的环

① 一种两个人玩的扑克游戏，玩家需要尽量找出某种组合的牌。

境当成了家。戴维喜欢她，但喜爱之情从没越过界，连最轻微的亲昵动作也没有。

“说到远走高飞了。”戴维说。

“是的，”玛米很快地说，恢复了她的轻快，“你真的要走了。我不能去真是要我的命。我发誓即使坐轮椅我也要去的，可医生们说不能去。祝你们俩玩得开心。戴维，一定要夸夸萨拉·贝思的布置，谢谢她的好心。她费了好大劲才找到那些有我们班感觉的东西。”

萨拉·贝思，早已由害羞瘦削的小女孩变成骨瘦如柴、盛气凌人的老太太，确实很拼命努力，效果也很惊人——光彩夺目的栗色、淡黄色垂彩，每张桌子中间放着与桌子相衬的鲜花，墙上贴满了放大的照片，摄于五十多年前的老照片：梳着马尾辫、穿着短裤的小女生、小男生；然后是十来岁少年们的照片，系带浅帮鞋、百褶裙、灯芯绒衬衫和皮夹克。男孩们油光发亮的大背头、鸭尾发型，公然展露香烟，他们衬衣口袋里鼓起方方的一盒，或耳后别着一支没有过滤嘴的香烟，看上去有点儿吓人。姑娘们也一样，抹得厚厚的唇膏、诱人的几缕金发，有股杀手的味道——也有种迎接新生活的决心。

现在，那种生活基本结束了，多功能厅里人声鼎沸，到处都是愉快的问候和老式玩笑：“天啊，还是那么丑！这是谁，是你的朋友还是你的肚子？”玛米不在，萨拉·贝思成了主要操办人。戴维正在研究墙上的照片，萨拉走过来一把抓住他的胳膊，拖着他转过身，对着一位衣饰漂亮的女人。这个女人纽扣般的黑眼睛和她的头发很相衬，霜白的头发剪得很短，很有品位的样子。

“你知道她是谁吗？”萨拉·贝思问。她语带挑衅，戴维脑子卡壳了。这位神秘的女人光滑饱满的脸庞上，有种猫头鹰般的敏锐，而黑玉般干脆利落的眉毛让她总像在皱眉，哪怕她此刻正满怀希望地笑着，穿越几十年，默默地试着告知戴维她是谁。他想起小学时走路去上学，当时芭芭拉·莫耶和琳达·里肯巴克偷走他的帽子和橡胶衬里的书包，她们机敏地把他的东西放在他够不着的地方，气得他要掉眼泪，赌气跑到另一条路上去；然后女孩们又来追他，把抢走的东西还给他。

现在，再一次，他被姑娘们包围起来。时间似乎变慢了。六十七八岁的丰满女人看上去差不多一个样。他结巴了——老毛病，但早就好了——当他吐出一个姑娘的名字“洛丽塔·霍尔德曼”时，结巴中他发现眼前这位不可能是洛丽塔·霍尔德曼，因为洛丽塔五年前参加过聚会，当时她戴着钢边眼镜，一只镜片蒙着，显然有一只眼睛失明了。而眼前这位女人严厉而明媚的凝视对他而言是种享受，像美味珍馐。萨拉·贝思提供了点线索：“这是她第一次来参加聚会。”他努力在那些受欢迎的女孩当中回想，谁总是不参加聚会，五十年来从不参加聚会而让活动组织者恼火。通过排除法，而非真的认出她来，他总算说出了她的名字：“埃利扎纳！”这个名字和他们小时候学的其他以“埃”这个音开始的名字都不同，像“雪弗兰”中那个神秘的“兰”音一样。这名字说明，在这么保守的乡村里，有位雄心勃勃、任性的母亲希望她的女儿与众不同。

埃利扎纳上前一步，等着他的亲吻。戴维瞄准她的脸颊，虽然从她噘起的嘴看，她打算让他吻她的唇。“你能来这儿真好。”他说，有点茫然。在班上她不是那种惹眼的女孩，虽然她比大部分人保养得要好。身上凫蓝色的丝绸，昂贵却不张扬，正是郊区中产阶级风范；丈夫是她的终级配饰，高个头，态度亲切，南方口音——生意人，退休或即将退休。戴维想象着他俩一起过着收入颇丰的晚年，含饴弄孙、国外旅游、出入健身房，就像伟哥或补铁剂广告上潇洒老去的夫妇们那样，过着忙碌的美国式休闲生活。埃利扎纳有出息，他觉得。她的脸，还有他记得的那种假装羞涩的笑容——快速切换的笑容——说明她自我感觉良好。在这个场合下，已有的社会身份被暂时放到了一边，像男人的夹克叠好放在头上的飞机行李舱内。虽然看到她很开心，但他并没有什么要对她说的，更没有什么对那位古铜肤色、行动慢吞吞的丈夫说。戴维想，在这位丈夫眼里，他们准是群宾州乡下佬。这个男人在一旁尽情地看着，让人颇不自在，戴维急于加入班级老式玩乐中去，便赶紧溜走了。

直到聚会快结束时，他们各自的配偶消失在人群里，埃利扎纳才走到他跟前。这时，非正式的班级小丑装模作样地在唱独角戏，未能参加活动的班长从佛罗里达传来电子邮件问候，萨拉·贝思大声朗读来自玛米的动人消息。麦克风放大了她嗓子眼里的哽咽声。“我们是最好的班级，”玛米写道，“没有毒品，没有帮派，没有校园枪击，我们尊敬师长，对美国怀有信念。”然后轮到弗兰克豪泽双胞胎上台表演软鞋踢踏舞，老年人聚会结束时一般都会来上这一段。现在他们已是弯腰驼背、步履僵硬了。萨拉·贝思有条不紊地感谢委员会所有成员，并提醒说要给菲奥拉万蒂优秀的侍者们一些小费。布彻·福格尔大声宣布如何找到明天的野餐地点，就在舒马赫树林，虽说电视里天气预报员说明天可能会下雨。请来的表演人员，一位女键盘手，还有贝斯手，唱起了毫无疑问很怀旧的老歌，他们却没什么感觉。他们的歌早已是可忽略的古怪东西，藏身于上个世纪四十年代末、五十年代初期，猫王、嘟喔普①和摇滚乐的出现让之前的音乐都过时了——摇摆乐队、低吟浅唱的歌者们、烫鬈

① 流行于二十世纪四十至六十年代的重唱形式。

发的女歌手，新奇的音乐让人神思恍惚，就着歌声，有人懒散地跳了一支方步舞，宛如梦游。酒店里有个小小的舞池，五年前，一对夫妇斗胆下场表演了他们版本的吉特巴①，其他人也跟着跳了起来。现在——没人。奥林格高中一九五〇届已放弃了跳舞。

同学们陆续慢吞吞地散去，步调惊人的统一，朝门口走去，朝今后的命运走去，不论接下来五年内他们的命运会是什么。埃利扎纳走到戴维跟前，一只手搭在他胳膊上，坚定、轻快但却急促，仿佛在自言自语："戴维，"她发出一连串低语，"有件事好多年来我一直想跟你说。你对我而言非常重要。你是第一个陪我走回家的男孩——也是第一个吻我的男孩。"她的眼睛因多功能厅昏暗的灯光而睁大，放大的瞳孔让淡褐色几乎消耗殆尽。她的眼睛在搜寻他的眼睛，眼睑和浓密的眼睫毛全抬了起来，她的眉毛也舒展开来，不再皱着。而她的脸，离他那么近，缩小了，似乎来自远方。她可能喝了一两杯酒，多功能厅门外就是菲奥拉万蒂的酒吧——但她非常清醒，他也是。在聚会人群礼貌的寒暄告别声中，他们记忆中自己年轻时的样子，那真实、笨拙、早已消逝的样子令他们惊异。

"我记得那次散步。"他说。但他真的记得吗？

埃利扎纳笑了，笑得有点粗俗——郊区摩登女性心照不宣的笑声。"我必须告诉你，它是我在很多——不管什么方面的第一步，比如说，接吻。"纯洁无瑕的一代人长大进入性解放时代，急着迎头赶上。

戴维尽量不去想她已变成这个成熟、爱挖苦人的女人。早已遗忘的那次散步回到他心里。那次羞涩、悠闲的漫步，薄暮中穿过奥林格，紧挨着站在她父母家门前，说着话，然后他突然俯身一吻，

---

① 流行于二十世纪四十年代的一种快节奏舞。

她同样笨拙却热情地回吻。他爱过她一段时间。什么时候？为什么那么短？他们是不是踢着落叶，穿过小镇，沿着阿尔顿收费站，还有闪闪发光的电车铁轨，走进两旁是砖砌房屋的笔直街道，接着走到埃尔姆戴尔。街道在那儿弯曲起来，房屋独自立在草坪上，草坪里没有一丝杂草，半木结构、板岩屋顶的房屋价格不菲。他们朝埃利扎纳家走去？那是春天吗？ 嫩黄新绿突然绽放？抑或是夏天，小虫子阵阵袭来，女孩们穿着短裤？ 又或是冬天，脸颊冻得刺痛？他突然想到，她会心地笑，说明她后来很快就吻了别人。她又说了几句话，他没听清，聚会人群散去时道别声太吵，也可能是他耳背越来越严重的缘故。她好像是在说“你要的就是”——他觉得，这是对男人性能力的拙劣而常见的嘲笑，令人可悲。回想当年，男性性欲强烈，却无法堂而皇之地公开，男孩们大多独自解决。但是这种嘲笑透露出她的真实年龄，让他俩回到现实中来。

“你当时真……”他喘了口气，搜索着合适的词句，“水灵。”这个他的确记得，虽然大多数他早已遗忘——她的水灵，毛茸茸的肌肤上宁静而湿润的气息，她紧挨着他的感觉。“我很高兴，”他加上一句，回到干巴巴的成人模式中来，“我开了个好头。”

她双眼蒙眬地看了他一眼，马上望向别处，在散去的人群中寻找丈夫。她意识到戴维无法表达当时该表达的东西，于是隔着大衣衣袖捏了捏他的手臂，移开了她的手。再见，五十多年的时光。“我只是想让你知道。”她说。

等等，他想，但却相当空洞地说：“谢谢你，埃利扎纳。这是一个很美好的回忆。嘿，你看起来棒极了。跟我们大家不一样。”

那天晚上，躺在阿尔顿·马里奥特自家的床上，聚会的兴奋让他在安德烈娅身边翻来覆去无法入睡。接下来好几天，他努力想重温那次结束于一个吻中的漫步。埃利扎纳家的房子，和她家所在社区的房子，比他家的房子要贵得多，他有点望而却步。她不属于他。没多久他交上第一个真正的女朋友，女友比他低一级，在停着的车内，她让他握着她的乳房，褪去部分衣物，滑溜得像条鱼。那时他们多大，他和埃利扎纳？十六岁，也许十五岁。那次散步回家是在橄榄球赛或学校舞会结束之后吗？他并不是那种十分活跃的人，在他十四岁那年搬到乡下后，更不能随心所欲地在奥林格四处游逛，虽说他仍在奥林格高中读书，跟着父亲坐车来回。

他记得她在行军乐队里的样子，记得她穿着制服的样子，黑头发扎成一束，从帽子里露出来，她的身体裹在镶着金线的栗色裤子和夹克里，有点令人兴奋。挥舞着短棍的姑娘们穿着高高的白色靴子，百褶超短裙，身后是一群男男女女，埃利扎纳就在那个方阵里。她演奏的是什么乐器？他觉得是单簧管，但可能是她的头发颜色让他这样以为的；她不像班上其他黑发女孩，她们挑染了几缕褐色头发，而她一头纯黑秀发，眼睫毛、眉毛全是黑色的，相形之下，她的脸白如凝脂，上唇上方的绒毛好像两撇污痕。

想起黑绒毛从上向下看时最明显，他又想起另一件事，想起与她共舞、紧紧搂着她跳曳步舞时，她的手腕花、无带塔夫绸紧身胸衣、塔夫绸后背及褶皱处。他身穿租来的男式夏季礼服，不断冒汗，他的脚、礼服下的胳肢窝、肩胛骨全浸在汗水里了。同时，头顶上垂下来的彩带、镜面球投射出的反光光滑地掠过地面和乐队，在乐队长号的喑哑低吟声中，《星尘》和《晚安，艾琳》的演奏结束了。他觉得自己的脸和埃利扎纳的脸颊贴在了一起，然而，当音乐停下时，他还不想放手；他气喘吁吁，她令他神魂颠倒，她小小的端庄的脸，唇上的绒毛，清纯坦露的胸部，无带胸衣的白边勾勒出她柔和的胸部轮廓。

他们经常像那样跳舞吗？为什么没有更多关于跳舞的回忆？打他记事起，异性就向他这边派出可怕的侦探——母亲们、祖母们，还有老师们，上学路上偷他帽子的芭芭拉和琳达，班上想跟他对家庭作业的乖乖女玛米、萨拉·贝思之流。后来女人们可爱妩媚的一面露了出来，他一生都生活在女性神秘魅力之中，然而他还是觉得略有压力。埃利扎纳曾对他笨拙的殷勤说过些什么，有没有对他可能要做的事情假装惊奇，他是一个字也不记得了。

聚会后好些天，他脑子里还是无法释怀那次漫步：她让他想起他们曾有过的漫步。在老年人变形的镜头下，它像他生命中最重要的一个行为突显出来。奥林格的地理位置已深深印在他脑海里，织进他踩自行车、拖雪橇的肌肉里。他的父母周日下午会出去散步，而他跟在他们后面走着，直到走不动为止。一条路朝左转，沿着篱笆往下拐进一条小巷，再走上规则整齐的小区内新街，然后穿过大干道、阿尔顿收费站，以及它闪闪发光的电车铁轨。小镇在收费站以南的部分更老，戴维家就住在这片不规则的小区内，这里各种建筑混杂，还有一块块空地，有些地上种着玉米。他更喜欢小镇收费站北部的坚固房屋；在二十年代，有着柱子撑起来的四方形前廊和斜草坪的典型的半独立屋建了起来，一条街连着一条街。像玛米这样的朋友就住在这种舒适的小区内，这里的杂货店、玩具店或冰激凌店隐藏在房屋前厅中。他爱这些房屋的紧致，爱它们的整齐划一，它们似乎象征着秩序、共同的目标，这些东西在他自己杂乱的小区里并不具备。

出了这片区域，便是曾被用作轻驾马车比赛场地的六十亩土地，“二战”前的那些年，开发商们在这里建造了大量漂亮的石灰岩和红砖独立屋，街道蜿蜒直通谢尔山边。戴维与埃利扎纳的漫步一定是从高中学校或它的操场开始，沿着收费站，穿过那片半独立屋。那些半独立屋的落地窗上挂着季节性装饰——万圣节纸做的橙黄南瓜、黑蝙蝠，圣诞节的金银丝箔，复活节的篮子——宣告着这里的居民对基督教节日的忠诚。街道两旁的树也有变化，从他住的老区的马栗树到笔直街道上密集成排的挪威枫树，再到弯曲街道上的凋萎柔软的榆树和树皮斑驳的悬铃木。在埃利扎纳住的弯曲区域，这些树长得更高、种得更分散，有更多的空间，光线更加明亮，仿佛你正在升到山顶；你的确是在登山，一座缓缓而上的金钱之山、高傲特权之山。然而她还是让他吻了她，在她家厚厚的前门处，门上还装有两个音乐悦耳的门铃。五十多年了，她还记得那个吻，说起它来就像在说她通往性爱仙境的门票。

如果玛米是对的，如果我们能永生的话，戴维想，他想不出比跟埃利扎纳一次又一次散步来消磨永恒更好的方法了，直到他们说的话、他们如何触摸、他敢不敢把她的手握在手中、甚至她前额上垂下的丝丝黑发全都逼真清晰得如刻在大理石上的字母为止。有时间的话，他要问她所有这些问题，他太迟钝，在五十周年聚会上忘了问。那是她第一任丈夫，还是历任丈夫中最近的一位？在她自己选择的郊区生活里，她可有外遇？乐队乘车从橄榄球比赛场回去时的路上，可像他听说的那样，在车内有许多亲吻拥抱？在那辆车上，她是否继续她的接吻，伴随接吻而来的是摸索，伴随摸索而来的可是心潮澎湃与呼吸急促？在她读初中、高中时，她曾做过谁的女友？他模糊地记得她曾与伦尼·莱舍，一位一英里赛跑能跑进五分钟内的田径明星交往过，那人满脸粉刺疤痕，坑坑洼洼，用“飞达力”牌发乳固定发型。她怎么能那样背叛自己？又怎么能跟那些毫无个性的乐队成员厮混呢？为什么他俩，戴维和她漫步过奥林格，进入更为光明的区域后却黯然分手了呢？也许因为是夜晚，在舞会或篮球赛后，她苍白的脸连同浓密的眉毛还有快速的微笑变得蒙眬了?

埃利扎纳,他想问她,我们曾经是孩子,而现在却垂垂老矣,与死亡毗邻而居,这种暴行到底意味着什么呢?他曾经也只有孙子们现在这么大。他活了这么多年,逐渐明白对于一个男人而言,除了女人之外,死亡别无解药;然而,他现在想问埃利扎纳,那女人的死亡解药又从哪里来呢,是她万能的护肤品吗?那对她管用吗?

一连好多天,他无法放手让她的残留影像溜走,但是时间到时,他会的,他知道。他不可能写信给她或打电话给她,即使玛米或萨拉·贝思把她的地址和电话号码给他,因为使君有妇,罗敷有夫,因为多年来的现实和诸多限制。显然,在那个时候,他们面对种种制约。除了他今后或能成功,他无法承诺她什么,而就连那也是含糊而遥不可及的。他强烈想问的问题只会得到老一套的回答。他们只是情窦初开而已,像绝大多数人一样,他们的恋情无疾而终。

"好了,我们到了。"她宣布道。街灯刚刚亮起来。

"真快!"他大叫道,"你的家真漂——漂——漂亮。"

"妈妈一直不喜欢这个厨房。她说太暗了,那些深色的橱柜。她想让我们搬到西阿尔顿去。"

"噢,别!别搬走,埃利扎纳。"

"我不想搬的,老天知道,可妈妈觉得西阿尔顿的学校更好些,学生也更好。"

"我妈——妈妈让我们全家搬到这乡下来的,我讨厌这里。"

"你不可能永远待在奥林格,戴维。"

"为什么不行?有些人就这样。"

"你不会那样的。"

她严肃的目光粘住他的目光,眉毛皱起来,皱了一点而已。他猜她会转过身，经过这扇厚厚的门，回家去，可她没有。他解释道：“我该回学校了，我可——可怜的爸爸可能在找我了。一定已经过了五点。”每天天黑得越来越早，已是十月份了，悬铃木的树叶正慢慢变黄，黄色慢慢向叶边蔓延。

“跟我说实话，”她飞快地说，仿佛在自言自语，“我是不是话太多？刚才，走路的时候。”

“不，你没有。根本就没有。”

“当我跟一个人在一起很放松时，我就这样。我会说个不停。我说得太多。”

“你没有。你像是在对我唱歌。”

她的脸离他并不太近，也没有转动或再移远点，但显得很近。他小心地冲她俯下脸，微微侧着头，吻了她。埃利扎纳的唇舒服、温暖地接受着；她从下方轻轻贴在这个吻上，寻找着里面的什么东西。戴维感到一股泉流逆着日常生活之流而来，他的呼吸开始急促起来。他中断了亲吻，后退开来。他们彼此凝视对方，街灯下，在半黄的悬铃木大树叶不安宁的、昏暗的阴影中，她的黑眼睛明亮动人。然后他又吻了她，进入那温暖静止不动的尖端，绕着它，宇宙在旋转，天上的星星还不明显，天空在街灯之上，仍然是蓝天。这次是她先后退的。汽车驶过，乘客车窗后一张凝视的脸，也许是某个熟人——一个探子、一个喜欢传播流言蜚语的人。“我还有很多话，”她咯咯笑着，说明她是在拿自己寻开心，“想说。”

“以后有的是机会。”他气喘吁吁地保证，脸颊发烫，仿佛刚上完体育课。他担心父亲在等他，焦急到胃有点绞痛。去年夏天他在泽西海滩度周末时，一个浪头把冲浪的他太早打落，浪头正准备把他扔出去时，他掉落到沙地上，那时，也这般痛过。“我想听，”他对埃利扎纳说，“我们有的是时间。”

守护人

小李的小脑袋瓜里清楚地意识到，家里有四个大人，地毯上一股鞋帮子味，煤炉在地下室里噗噗直响，灰蒙蒙的前窗正对着一片女贞林的后面，还对着一条街，那儿时不时有马车哒哒哒地走在嗖嗖而过的汽车中间。小李每天大清早就能听到马车声：农夫们去集市了。在这条街的另一边，黑屋瓦的排屋矗立在挡土墙上方，像圣诞节时歌曲里唱诗班的天使们一样俯看着小李家。圣诞节时，意料之中的冷光射进这所房子，让里面的人分外清晰：外公、外婆、爸爸，还有小李的妈妈，可以说，她太重要而用不着名字。

外公老得不行了，甚至在小李还是个小宝宝时就很老了。他会坐在带有藤椅背的沙发上，同一个跟他一样老的客人高谈阔论。他跷着二郎腿，换条腿再跷起二郎腿，露出一截没毛的白白小腿和搭扣黑鞋的高帮鞋面。有时候，在鞋上面，小李看不到白皮肤，只看到一段白色棉秋裤，只有非常老土的农民才会穿的那种。跟爸爸不同，外公是戴帽子的——灰色的帽子，里面一圈边缘被汗水浸黑了，帽顶上有被他用手指捏得凹下去的两个大坑。当他走进屋里时，会取下帽子，用大拇指和食指轻轻捏着；拿着帽子的手轻轻比画着，仿佛帽子像他的声音或他的钱一样，是他自己的珍贵延伸。小李很早就听说了，外公曾经很有钱，比现在有钱得多。那是艰苦的年代，“大萧条”时代，但他们家的房子又大又长，还有块长长的围着篱笆的草坪：房子前面和两边都有开着花的灌木丛，房子后面是一片草坡，草坡上长着一棵樱桃树和一棵英国胡桃树，中断了平滑的草地，然后就是菜园，还有一棵梨树、一个燃烧桶和一间鸡舍。那是外公搬进来时让人建的鸡舍。他抽雪茄，但他的女儿，也就是小李的妈妈受不了房间里有烟味，所以他在屋外抽，坐在草坪椅上，或穿着毛衣站在树下，一只手肘支在另一只手里，审视着周围的世界，一个他已掌控不了的世界。

外婆的掌控能力也不行了；她的手团成一团，好像握着什么看不见的东西，来回摆动，那是她的病惹的。不过她还是忙忙碌碌，做饭，除杂草，在花园里锄地，照看小李。当他一点点长大，最后能设法爬上胡桃树最低的枝丫时，她径直站在树下，要他下来。眼镜斜架在她的鹰钩鼻上，镜片在午后的阳光中闪亮。她朝上乜斜着眼睛看着小李，而小李在想他该不该告诉她，虽然他学会了怎么爬上去，可他还不知道如何才能下来。从上往下看，她离得很远。白发从她的小脸上散开来，就像炸开的马利筋①。

杀鸡时，是她在鸡舍前院子里的一块圆木头上把鸡头斩下。当小李突然内急憋不住，急急地从后院上了小巷，穿着短裤去厕所时，是她清理干净他两腿间的黄色污秽，告诉他没必要这样痛哭。是她指出某些邻居的孩子——特别是哈罗兰兄妹——不是合适的玩伴。妈妈告诉他，外婆并非一直这样孱弱：他们住在乡下时，她曾为外公经营烟草农场，还是当地第一个考到驾照的女性。

小李刚出生那会儿，家里有辆车，一辆绿色福特 A 型车，但还没等他大到能上幼儿园，这辆车就不见了，也没有另外的车来代替。他们就是那样变穷的。他们太穷了，结果外公去做自治市镇高

① 一种野草。

速公路养护员，外婆给她的亲戚们打扫卫生——她有许多亲戚；她是十二个孩子中最小的——以挣回几块钱。

当然，爸爸也工作。他每个工作日都会穿上那套西装，消失在前面篱笆外的世界里。但是他的工作——为谁谁谁加些数字，在细针丝袜厂当簿记员——拿回家的钱少得可怜。那些在车间里工作的人，比如开机器的人、全成型服装针织工，赚得比他多多了。当小李跟这些人的孩子一同上学后，他才知道这些。那些爸爸是结实而快活的粗人，他们眼里的愉快神情、嘴边揶揄的笑容，爸爸没有。

爸爸也不像工人、农夫们那样有个大肚子。甚至外公都腆着大肚子，当他站在院子里抽烟时，拿烟的那只手常常搁在肚子上。当春天夜晚悄悄潜入时，家中只有小李和外公在院子里。空气中潮湿得很，黑暗中铃兰花圃里冒出一阵阵甜蜜的香气，有时樱桃花散落一地。老人抬起头，听着鸟儿最后的鸣啭。当他把发着微光的烟头掷进牡丹丛中时，烟头翻了两个筋斗。小李并没有想到，自己是外公站在那里的原因——“照看孩子。”

但小李知道，虽然他无法明言，他是这个意气消沉的家里的一个亮点。在街对面的那些房子里——那些狭窄的排屋排成一线，像消瘦的、顶着青瓦的天使——孩子们比父母要多，尖叫声、抽泣声传出墙外，说明那里力量相当的两方的战事长期持续。在小李家，唯一的战斗声来自他父母。他俩之间有埋怨或一连串抱怨。不然的话，他会觉得四个大人就像完美正方形的四边，四个角冲着中心点。他就是那个中心点，受到来自各方的保护，接受着来自各方的爱。

然而，还是有争吵、责骂、孩子气的发脾气、赌咒发誓要自杀来让每个人难过，或用其他方式来让他的守护人难过。有一次，他躺在地上想描摹连环画时，头发老是垂到眼睛上让他很生气，他抓过玩具小剪刀剪掉了些许头发；妈妈的反应仿佛是他剪掉了手指或鼻子。总之，剪头发是很危险的。首先，他们去的那家理发店里，为首的理发师是位狂热的反罗斯福分子，小李害羞地蜷缩在椅子里，陶瓷扶手上横放着一块板，理发师尖利的争辩在他耳边咆哮，让他的耳朵发烫。其次，当他回家时，妈妈通常不满意他的发型。理发店的三个理发师中，只有杰克，那个反罗斯福分子剪的发型让她满意。当他向妈妈指出杰克的政治见解与他们家相反时，她说没错，可他是位艺术家。

妈妈头脑里装着艺术、艺术才华这些念头。她会席地而坐，跟小李一起画蜡笔画，胳膊优雅地撑着整个身子，腿盘在粗糙的羊毛裙下，但是膝盖，白而圆的膝盖在下面隐约可见。她夸他的小小画作画得好，小李觉得，妈妈有点言过其实——或者，应该说她看透了他内心的隐秘之处，在那儿，画画意义重大。

妈妈身上有些不协调的东西，有些炽热得令人不安的东西。她赤褐色头发，脸上有雀斑，脾气火爆。有时候，整个周日下午，全家就在急促的吵架声中度过，爸爸会略带局促但相当自豪地对小李说："你妈妈，她的脾气可真火爆。"有时小李在附近玩，回来吃晚饭晚了点，她会眉头紧皱成红色的V字形，脖子两侧也会涨得通红，看得出她很生气。她不止一次用梨树枝条抽打他，打在他后腿上，不但痛，而且还像是一场被迫的、不自然的体育锻炼，让他想与妈妈保持距离。他最喜欢妈妈的时候，是她独自一人在饭桌前玩单人纸牌的时候，她坐在彩色玻璃枝形吊灯下，全神贯注地翻着纸牌，自言自语；或者她像个男人似的推着割草机绕着整个院子割草的时候。他们家的院子很大，草木丛生，清香四溢的花丛（八仙花、笑靥花和荚蒾）贪婪地吞蚀着彼此的领地，甚至侵占了草坪，结果形成了一些背阴地带和连杂草都不生长的土坑。小李喜欢藏在这些坑里，但短裤会因此弄得很脏。

六岁时，小李读一年级，学识字了。他画了一幅漫画——画的是他们家旁边的篱笆，篱笆间的缺口是条砖铺的走道。枝叶繁茂的篱笆裂开一道缝，长在长脖子上的一张脸从裂缝中探出来，还前后动着。他画的是贝蒂·珍·哈罗兰来偷看他在不在家、能不能出来玩时的样子。就她的年纪而言，贝蒂个头算高的，很害羞，也许她感觉得出他外婆不喜欢她家的人。她住在这条街下面的一栋房子里，那房子没有自来水，只在后廊处有一个水泵。小李指望这幅画作能讨两位女性守护人开心，但是妈妈研究着这幅画，头往前伸了一两次，嘴上虽然没说什么，却让小李觉得自己很残忍，毕竟贝蒂·珍是他忠实的朋友，是他仅有的几位朋友之一。

他是家中独子这事成了父母间的痛苦和小声牢骚的部分原因。也许她嫁给某个大肚子的全成型服装针织工可能会活得更好些，至少不用如此为钱担忧。但是，不对，在她的本性中有某种敏感而警惕的东西，使得她将自己与周遭世界隔绝开来。爸爸却没有——当他不做会计时，他去主日学校教课或去学校操场上看周六的垒球比赛——但是他总是回来，他纵容妻儿对艺术的共同热情，任他们把这个世界推到后面，不去触及。当他听到他们在谈论艺术时，他会说："离我脑子十万八千里。"他显然不相信艺术，相反认为艺术在他之下，他与数字打交道，清楚明白，高高在上。

父亲不知道，但小李知道而且妈妈能感觉得出来：蜡笔画是小李摆脱妈妈、摆脱所有守护人，进入自己世界的方法。在他的世界里，不是爱降临在他身上，而是爱从他身上散发出来，落到那些小生灵身上，那些像人的动物、那些可笑而不变的漫画人物身上。他临摹时，鼻子离地毯不过几寸远，闻得到地毯上的皮鞋味。

外公在藤背沙发上待客，来访的多是老头。有时，当他们聊得起兴时，会踢起同一块褪色地毯上的小绒球。小李的妈妈老是为此抱怨，脸涨得通红，不过没有闻到雪茄味时那么红。小李感受得到她的火气，感受得到难以捉摸的激情余烬，主要弥漫在钢琴房里。钢琴房通过带侧柱和顶上有枝条和串珠镶边的拱门连接着客厅。这个木工活是这幢房子里最宏大的东西，虽然他学琴多年，但学无所成，妈妈对此表达过非常明显的失望。钢琴房，以及立式钢琴上的乐谱和黄铜烛台，是妈妈的地盘；厨房，连同翘曲的油毛毡和黑色的石头水池，是外婆的地盘；客厅，连同下陷的沙发和灰蒙蒙可以看到邻居的地方，属于外公；前门廊和门口属于爸爸，因为他总是进进出出。

当小李躺在地毯上时，他的守护人像天花板上的四个角，以一种不太舒服的姿势从上头悬下来。他们形成的庇护所历经“大萧条”时期和“二战”时期，即使他进入青春期，他的衣服不断变小不合身，这个架构也不受影响。外公动了白内障手术，当小李为他朗读报纸上的标题时，他会静静地抱着头听着。外婆的背驼了，手抖得越来越厉害，帕金森症让她的话越来越少。父亲的头发灰白了，战后织袜厂南迁，他只得另找了份会计工作。母亲发福了，院子里的灌木长得更高更野，贝蒂·珍·哈罗兰出落成了活泼的美人，早就不再到篱笆处张望了。

小李总是害怕他的某位守护人会死去，消失在令人难以置信的虚无之中，撕裂他儿时庇护所的一角。他们也好像知道这一点，四人都活到他安全离家去念大学之后，一直保护他不受任何丑陋或可怕东西的伤害。就是死，也按照年龄顺序，以合适的时间间隔相继死去。外公活过九十岁，临死前两天还很健康，能行走。第一天，他觉得有点反胃恶心，就上床躺着；第二天，他觉得床像着了火似的烫，想逃离它，结果掉到地上摔死了。李听到这个消息时，正在外读大学。另一年，外婆缠绵病榻，到最后无法说话，无法坐起来。一天早上，她女儿发现她永远地睡了过去，她翘翘的鼻头、深凹的眼窝，仍光滑得具有少女的骨骼之美。李那时正在依阿华市攻读美术硕士学位。父亲呢，因心绞痛以及心脏病多年往返医院与家之间，事后年轻医生向他的遗孀说了实话，最后那一小时，父亲“让他们过得非常艰难”。李那时住在旧金山，正在追求艺术和艺术家身份，赶不及回去守在病榻前看父亲为了活下去、为了空气垂死挣扎的样子，为此他大舒了一口气。他母亲，跟外公一样，有一天摔了一跤——在厨房里，碗碟刚刚洗好，放在沥水篮里。她从老屋搬到新家里，房子小了一点，只有一层。她的满头红发全白了，一人独住，性子没那么暴躁了，有点古怪，脾气很好，李很少回家看她，她也从不责怪。一周来一次的清洁工从后窗看到地上的尸体，李从陶斯飞回来时，警察和殡仪员及神职人员已料理完善后事宜。那时旧金山没能实现他的梦想，他搬到了陶斯。

现在一切全没了。在那个用煤炉取暖的二十世纪早期风格的家里，只剩下了李。胡桃冰盒，黑石头水池，翘曲的厨房油毛毡，砖头垒叠的图案，餐厅里的枝形大吊灯和彩色玻璃灯罩，客厅楼梯支柱以及绕着它的楼梯栏杆像土星环，也像橡胶人①标志性的条纹衫。楼梯后的狭窄空间没人用，成了储物间，堆满了纸箱和等着哪一天修理的电器。没有窗户的小楼梯间，在空袭警报演习时，漆黑中他们曾蜷缩在那里。长长的侧廊，流浪汉们在那儿敲门讨要施舍；红白黑三色夹杂的猫，脸像三色堇，来到门廊上等着人给它喂

① 漫画人物。

吃的——它太野了，不愿进屋。茶色的草坪藤椅，外公曾在黎明或黄昏的微光中，坐在藤椅上抽烟，看萤火虫聚拢来——现在，只有李被留下来，留下来记住这一切。

在他的潜意识里，当曾经稚嫩的大脑慢慢老去时，他有时尽量按科学证实的模样来看待周围的环境。他看着半个月亮，尽量不把它看作月光女神或漫画贴纸，而是将它看成悬挂在外太空的球体，它发光的一面是太阳照耀在地球这个巨大球体另一面的正确无误的证明。他努力想象脚下的土地是球形的，朝着太阳升起的地方后退着呼啸而过。他更努力地试着想象太空浩瀚无边，每颗星星彼此相距无数光年，接近绝对真空的星际空间里包含着可以产生与重力相反力量的能量粒子，将恒星和银河系越来越快地推开来，离得越来越远，直到宇宙变得连它自己也看不见为止，永永远远冰冷黑暗，阿门。他尽量像达尔文和其追随者那样去想象有机生命，它们不是层层递进，通向越来越复杂的、有灵魂的生命的阶梯，而是平坦的沼泽、流散的黏稠液体，全是没有知觉的基因，它们简单地存在于无知、古怪、残忍、寄生的生命之中，这些生命永存，却没有丝毫目的和追求。世人皆如此，爸爸这么说的。是什么就是什么，趋于相同，代代如此。

还好他的守护人跟他在一起，李想道，只有这一点还让他有点安慰。他们在他体内，扩展着他们的保护与关心。他会像外公——他做了个奇怪的手势，迟疑着举起瘦骨嶙峋的手，仿佛在赐予祝福或要求统治者停顿片刻——那般长寿；他有着外婆那样健壮的农村人体质，瘦长结实的身体只因为年龄和疾病而慢慢弯曲；他接受了父亲妥协的现实主义，母亲的渴望、未满足的热望他也有。他的守护人在他体内，像一群小人在行走的高大 DNA 骨架里推动着他。他们不会领错路。他会死得很得体，不过为时尚早。

诸神的笑声

本杰明·福斯特[①]—— 一个难听的名字，听来既正式又遥远，仿佛是个被人收养的孩子——父亲去世后，他对父母如何相识、相爱，以及如何在最深沉的黑夜里孕育了他产生了兴趣。母亲告诉他："我们是在读大学的第一天，在注册处排队时认识的，四目相对的那一秒，我们笑了起来，此后四年中我们笑个不停。"

"难道你没有跟别人约会过？从来没有？"

"现在'约会'这个词似乎比二十年代时意思要丰富得多，但是，没有，真的没有。其他人与我们都不相干。我们就是那种感觉，我们有那种恐惧。担心没人会接纳我们，这种恐惧把你父亲和我、把我们联结在一起。我们是怪人，本吉[②]。"

她抬起头，没有笑但一副淘气神色。上了年纪后，她更加口无遮拦，仿佛她在测试房间墙壁的回声效果。她独自一人住在这幢房子里，只有一条又聋又瘸的老牧羊犬跟她作伴。

过去，他们的孩子，唯一的孩子，查看他们名为《紫水晶》的大学毕业纪念册，想打消疑虑，说服自己，父母不是什么怪人。《紫水晶》用紫色衬垫装订，年份为一九二五年。那所大学位于特拉华

---

① Foster，有"收养"之意。

② 本杰明的昵称。

河的宾夕法尼亚州这边，一所规模不大的路德教派学校。大学名叫阿格里科拉，以约翰内斯·阿格里科拉①的名字命名，他是早期路德教的支持者，但是，在论及反律法主义时，有一段时间他又成了路德教的反对者。

大四时的照片和留言没有按字母顺序编排，而是像跳舞，在面对面的两页上，一页男生配一页女生。因此，他父母成了一对，他们忠诚的朋友门策夫妇亦是如此，当时门策太太还叫斯潘格勒。本杰明的母亲少女时名叫薇纳·拉恩，照片上的她有一排发光的厚刘海。她出现在这本毕业册的其他地方时，有时穿着骑马装和靴子，有时穿着直筒晚装，系着闪闪发光的发带，有时又穿着水手衫，围着黑围巾——穿着冰球队队服的那张照片下面，她被称作“副队长”以及“右内卫”。年轻的儿子获悉她一直是班长，也是徒步旅行俱乐部的主席，“来自宾州费尔敦的蓝眼睛少女”，“天生热爱大自然”，“骑马的速度能摔断脖子”。毕业纪念册编辑们给她配的题词是“像星星般耀眼，是天上唯一闪耀的那颗”。

父亲的主体句是“给他人以智慧”，他的昵称是“福斯”，给他的留言相当戏谑，称他为“一束阳光”，声称“臣服于他成功而快活的气质之下的女性不下十三名”。毕业纪念册甚至牵强地宣称他的出生地，新泽西州的一个小镇“已经因他的卓越而闻名天下”。然而在毕业纪念册的某个地方，塞进了一张复印的大学成绩单，那上面他大部分成绩都是C，有些甚至是D，而薇纳·拉恩的成绩却是A和B；她特别拿手的是拉丁语，虽然本杰明从来没有听她哼过哪怕一个拉丁语单词。看来，大学的目的是制造部长和姻缘；毕业

---

① 约翰内斯·阿格里科拉（1494—1566），德国宗教改革家，马丁·路德的追随者和朋友。

纪念册最后的几页是日记，记录了当年的恋情与配对事件。有一页的第一条名为“笑话”，写的是：

弗罗施(上完鲁特博士的卫生学课后)：

“接吻可能产生某些可怕的后果。”

第二个弗罗施:“没错!你应该看看我姐姐捉到的那条可怜的鱼。”

“不过，”本杰明在他母亲七十岁时向她指出，“你和爸爸并没有大学一毕业就结婚。你们毕业几年后才结婚的？”

“三年。我们分开，给彼此时间，但是我们没有遇到更好的。我们缺乏想象力，本吉，我们是胆小鬼。”

在努力想象他们为何会相互吸引、为何会联袂成双时，本杰明从他俩都是高个子这个事实着手。父亲六英尺二英寸高，母亲不矮于五英尺九英寸，在同龄人中是个笨拙的大块头。多年来，她发福了不少，但是在毕业纪念册里，她很苗条。她年轻时看起来像他，本杰明想，当他老去时，他会越来越像她的——脸有点不对称，嘴上还有丝狡诈而轻浮的表情，仿佛不管他说的是什么，他准备收回这些话。从他母亲这儿，他学会了揶揄和顾左右而言它的社交艺术。

在他最初的记忆里，父母显得很大——穿着内裤的巨人，扭着腰，头发一甩一甩地进出洗手间。他的小房间在父母房间的后面，在整个家的后部，但是他经常睡在他们床上，可能是生病或怕黑的缘故。那是一张枫木四柱床，漆成蓝灰色，刻着银色的新月和几颗笨拙的星星。本杰明和母亲一起做的。她做模板，他扶着它们，她把它们漆在床上。最初，床对本吉而言太高了，靠他自己爬不上去；等他能自己上去之后，他经常躺在床上，仿佛床是个观察哨，而父母在他旁边半裸着走来走去，有着他们穿戴整齐时所没有的温顺和沉默。

在他长大到令浴缸太挤之前，他都是跟母亲一块儿洗澡，以节约热水。大约六十年后，他仍能回忆起他的腿在母亲身边狭窄的水里往后缩，他的脚挤在她臀部一侧和陶瓷浴缸之间的情形。为了洗干净他头上的洗发水，她会托着他的头在水龙头下反复冲淋，淋到他以为自己快要淹死了为止。当他长大掌握某些社会历史知识之后，他发现父母是进取的二十年代的文化产物，受周围环境的影响，希望来一场社会主义革命，习惯了不以自己的身体为耻。他母亲认为，自然的东西就是健康的、好的，她甚至争辩说，即使像细菌与寄生虫之类也是好的，因为它们也来自自然。这是真的，就像一匙鱼肝油一样千真万确。当那黏稠透明的液体滑下他的食道时，那种可怕的余味长久不散，在本杰明看来，这就是大自然给他的印象——可怕的味道、花粉热以及在鸟澡盆里捉知更鸟的猫，他在草地上找到鸟儿散落的羽毛。他完全被非自然事物给吸引了：收音机、电影、报纸，还有偶尔出现在他们小镇天空上的小飞艇或在空中画出字形的飞机。

他十三岁那年，全家搬到十一英里之外的一个农庄里。那儿的居住空间更狭窄，他们彼此离得更近。本杰明的外公外婆住在楼上一间房里，父母住另一间，在靠楼梯的空间里给他搭了张床。清晨，外公下楼时，如果本杰明的脚从毯子里伸出来的话，他会把它们塞回毯子里。墙壁很薄，他可以听到父母的咕哝声、叹息声，在吱吱响的床上翻身的声音。那是爱抚的声音，还有他父亲发出的响动，以及满足的“噢——噢”声。本杰明在黑暗中想象母亲的大块头身材。“你妈不该嫁给我，”当他和父亲开车去镇上时，父亲对他说，“而应该去演滑稽剧。她有那样的体形，却少点那种气质。比我有本事的人应该说服她这样做。”

不知何故，在宽松而亲密的乡村气氛下，本杰明开始自慰起来。事发于一个晚上，由于原始的洗衣设备在地下室，他没有干净睡衣可穿，只好穿着内裤上了床。他的皮肤贴着床单，这种不同寻常的感觉激起他的探索欲。相当神奇的感觉世界，紧致、新鲜、开放，高潮时他觉得自己像在翻筋斗，他神魂颠倒。这种感觉，如果是种声音的话，是尖锐的，能刺透这个世界而进入另一个世界：并非肮脏的世界，相反是洁净的世界。这种声音像口哨，持续着。他太无知了，压根没考虑过他留在床单上的污渍。有一次，母亲很生气地提及此事，可是母亲与那些颠倒的感觉之间的差距太大了，以致他脑中一片空白，根本无法将它们联系起来，所以他没有回答她的问题。在此后的岁月中，他再也不能独自或在一个女人体内找回那种最初的、神魂颠倒的强烈感觉——那种甜蜜的、不断紧缩的感觉，在脚下射出一道冰凉的、湮灭一切的光芒。

本杰明从不怀疑母亲爱他胜过爱她丈夫。这种认识让他对父亲有一种宽容的好心情，一个人对败在自己手下的敌手才有的那种好心情。父亲去世时，本杰明已届中年，当他母亲絮絮叨叨地倾诉对婚姻的憎恨时，他常常打断她的话或不予理睬。而大量表示同情安慰的卡片——厄尔·福斯特是法院官吏，主日学校教师，为人心地善良，工作认真——更令她感觉委屈，就像最终变得富有让多年来从未改变的不公变得更为严重一样。她将那些浅色的信封堆在靠墙桌子上的旧铜盘里，许多信根本没有拆开，在葬礼后的日子里，她也没有回信：“除了同意他是个圣人外，我还能说什么？如果他是这样一位圣人，那我又是什么？”

“也是一位圣人？”本杰明提示道，警觉地看着母亲，看她情绪会不会爆发。他老早就学会这种察言观色了。

“离圣人也不太远了。你可曾听过这种说法：‘街上的天使，家中的恶魔’？那就是你爸爸。”

“他做了什么可怕的事？”

“你不想听的。也许你想？可能你该听听。”

“不，你说得对，妈妈，我不想听。”

她执拗地坐在厨房桌前，一身黑寡妇装扮，别着绿玉胸针。她接着说：“我们在大学里刚认识那会儿，我爸爸还有钱，把我打扮得相当时髦，可在他眼里，那些衣着不是格子太宽，就是脖子上的蝴蝶结太鲜艳。你爸爸是新泽西州人，他家那些人保守得可怕，你知道的——长老会教徒，冥顽不灵。”

“我知道。”事实上，就他所知，父亲一直以来都是路德教会的一名执事，他竭尽全力想融入妻子的生活圈子里去。

“那就是他嘲笑我的原因，他说我看起来像跳谷仓舞的齐格菲女郎①。后来，”她继续说，“我们结婚的那个周末，你爸爸很没面子。那是八月的最后一天，热得要命，也不知怎么的，我找到的能穿上身的最好衣服是一件羊毛套装，后来简直让我窒息——在火车上我几乎晕了过去，衣服大块大块地被汗水打湿了。有人告诉我，我婆婆说她以为只有有色人种才会在八月结婚。那时她已得了糖尿病，整个仪式匆匆忙忙，这样她不会提前听到我们结婚的消息。但她还是听到了，听到后，她晕了过去。至少有一位福斯特家的人说

---

① 指歌舞杂耍中的女孩舞队，由美国歌舞大王佛洛伦茨·齐格菲首次采用。

她晕了过去。大家都以为你爸爸是一辈子不结婚、母亲老去时会一直在她身旁尽孝的那种人。当其他人告诉我这件事时——肯定是我嫂子，她总是有什么消息就说——我认识到女人可以分成两种类型：一种真的会晕过去，另一种是差点晕过去，我就是后一种。当我们走进卧铺列车我们那间小贵宾房时，你爸爸说我闻上去像头猪。”

“噢，不！”本杰明觉得有必要抗议，冒着她变得更可怕、更不可预料、大发脾气的风险。

“他说得对，”她说，“我浑身湿透了，毁了那套衣服。‘猪’还不是他用过的最坏的字眼。我们所谓的蜜月，整个第一年，我跟着他同一个探测小组走遍了整个产煤区。我们总是待在那些便宜的食宿酒店里，那其实是妓院，你在楼梯上会遇到那些姑娘拖着醉得走不动路的客人。白天，除了我以外，人人都在睡觉。我利用那些时间看了很多书——所有的俄国作品，还有巴尔扎克、福楼拜。狄更斯我看不进去——太滑稽了。有位夫人跟我说过：一个姑娘身上最重要的地方就是高脚背，那能说明一切。我是个平足，虽然她很有礼貌，没有指出来。我无法阻止你爸爸想楼上的那些姑娘——谢天谢地，我怀上了你，可以回我父亲家。我希望所有那些把你父亲描述为圣人的人可以听听只有我们俩时他的言论，简直像条发情的狗。”

她做了个表示恶心的手势，指着铜盘上那叠慰问信。第二天本杰明走时，它们消失了，他母亲没回信。

整个童年时代，他都很向往朋友们父母的那种幸福婚姻，社交场合他们衣冠楚楚，容光焕发，那么体面，受人尊敬。他的父母几乎从不出门参加聚会，偶尔去时，父亲常常因为那些丰盛的食物和很少喝过的酒而生病。他有个长老会的胃。但是他们大学时代的老朋友门策夫妇每年都会举办新年聚会，邀请其他在阿格里科拉配对成功的夫妇，他父母会去参加，带着本杰明觉得是他们从前念大学时的快乐消失在黑暗里。在其他聚会场合，他曾听门策夫人、曾经美丽的埃塞尔·斯潘格勒，甜腻腻地称父亲为“福西”，几乎将那位令人难以想象的“不少于十三位女性”的征服者活生生展现出来。

本杰明第一次真正的约会，就是和这群人中的一个的女儿，不是门策家的女儿，而是赖夫斯奈德家的，那是父母第一次批准他与异性约会。当时他比法定成人年龄大几个月，年纪已够大，可以开车。出门要穿的运动夹克、干净衬衫以及领带，都由注重衣饰的母亲仔细搭配过。他和埃达·赖夫斯奈德去看电影，然后在西阿尔顿的一家通宵营业的餐厅吃汉堡，喝冰激凌苏打水。他们念的高中不同，所以除了各自的父母和刚才看的电影外，没有太多共同话题，然而他俩做得不错，所以当车停在她家黑漆漆的房子前时，他觉得应该吻她一下，而她似乎也正期待着。她脸色发黄，五官端正，嘴唇却又硬又凉，看来她早有准备，而对此他却觉得受之有愧。他觉得自己笨拙，穿得太过正式，感觉不太对，并且觉得她对他也有相同的感觉。虽然她还算漂亮，但后来他再也没打电话约她出来。不论这段恋爱产生了什么结果，反正他没有走上父母大学恋爱模式的老路。

就他所知，母亲这些年来从没剪过头发，也没去过理发店。从他记事开始，她的头发已然灰白，在脑后绾成发髻，用发卡别着。当他还是个小男孩、老在地板上玩耍时，常常在地板上看到发卡。她不止一次地告诉过他(每件事她都跟他说了不止一次)，当她还是个小姑娘时，外婆给她扎麻花辫，辫子在头上缠得太紧，痛得她想尖叫。夜里，看到她取下发卡，松开头发，穿着衬裙在楼上走动时，本杰明觉得很害怕。她从垂下的发帘中露出鼻子和眼睛时，像个灰色巫婆。多年后，在六十年代末，他在芝加哥一家酒店的酒吧里挑了位年轻丰满的妓女。完事后，她穿回银色迷你裙，在他房间四处走动，梳理头发，头发长长的，没有扎起来，六十年代的风格。他觉得，一个女人就该这副模样，像警世的旧木刻画里的夏娃或抹大拉的马利亚①一样。

母亲衣柜中放内衣的抽屉里，杂乱的肉色吊带、像行刑室用的网状器械的复杂金属固定装置也有一丝警世的意味。她的束腹带和吊袜带——肉色的纽扣，像雪人一样的线圈——把她的肉残忍地勒出道道印子；她一只脚的小趾朝其他趾头弯曲得很厉害，这是常年穿尖头鞋挤脚所致。

夜里，在乡下家中的楼上，父亲咕哝着描述白天在城市世界里的探险经历，母亲笑起来。父亲小声继续说，逗得母亲强压着笑声，结果她的声音像尖叫，像漏出来的蒸汽声，最后她哼哼着求饶，要他别说了。而父亲则再次咕哝，母亲重又高兴起来，还感染到父亲，他也笑了，在几声勉强的哈哈声中结束了这个故事。第二天早上，本杰明问她什么那样好笑，她说："很难解释。有时候，与其说是你爸说的东西令我发笑，还不如说是他说话的样子让我发笑。我相信他并非故意搞笑，他的生活真的很悲惨。"

但是父母并没有散播悲惨，虽然他们的悲惨与无助——他们受困的状态——是他们谈话常有的主题。外公外婆双双去世后，一张新床被安放在了腾空的房间里，但是本知道，他父母很少用它，他俩还是睡在那张弹簧咯吱直响、蓝灰色床头板上印刻着月亮和星星

① 《圣经》中的妓女形象，用悔恨的泪水给耶稣洗脚。

的过高的床上。夏天，他带着人口逐渐增多的家人来看望父母时，有太多身体需要床，父母便睡到谷仓的农场马车里。他们在那儿成了滑稽的一景：周围是一垛垛成捆的干草和生锈的设备，他们睡在高大的轮毂之上，裹着几层五颜六色的不同毛毯和被子。结果他的孩子们早晨起来第一件事便是跑出来，穿过有露水的草地，去看爷爷奶奶还没起床的样子，为那有趣而舒适的情景欢呼雀跃。老两口坐起来欢迎孩子们，两人都戴着黑色羊毛冬帽，为了保暖，也为了遮灰，免得鸽子粪落在他们的头发上。鸽子们咕咕叫着，在谷仓高处拍扇着翅膀，宛如他们梦中留下来的东西。

母亲寡居十年后，到第十五个年头时，儿子仿佛成了她生活中唯一的男人。本杰明尽量每个月去看望她几天。当她说起丈夫时，怀旧的语气令人震惊，谈话间她可能突然想起施洛克家的黑眼睛小男孩，以及她跟他一道从只有一间教室的学校走下沙石路的情形。这条路通往她父母的农场边上，越过一个坡便上了大路。“我母亲觉得他们家的人太黑了。”她说。或者，说起她丈夫：“他把多余的几千美元投入国家退休基金，心脏病又发作后，他非常忧郁。他说这辈子第一次知道自己日子有限了。”

“日子？”

“我不知道他觉得他还有多少日子可活。但是他想让我先做好准备。拿开车来说吧，自从我父亲卖掉比德尔车搬到镇上后，我再也没有开过车。但是他硬要我开车，甚至让我跟着一个高中老师上了一期课程，拿到了驾照。他知道没有车我无法守在这一带。”

“那么他活着时是个圣人了。”本杰明嘲讽地说。

她没听出话中的嘲讽意味，严肃地说：“他想成为圣人。他母亲是个虔诚的教徒，做好事多得忘了养家糊口。但是他有些疑虑。

以前那个时代，我们全都有。我们读门肯[1]的书，读萧伯纳，读赫伯特·乔治·威尔斯[2]，读辛克莱·刘易斯[3]。没什么可怕的。我们嘲笑一切，在学校里也如此，哪怕那儿有一半教授都是牧师，有一半男生以此为目标。当然，我们还年轻——我们笑得起。你父亲在一群不认识他的人中间那么搞笑，那么幽默。他刚得上这可怕的抑郁症时，我吓了一跳。‘忧郁’，他这样称呼那种病。他会坐在一把椅子上，一动不动。什么都令他失望，特别是我。”

“哦，不会的，我不这样想！”这种抗议是出于礼貌。本杰明从小就有种印象：父母的婚姻是个错误，而他的出生多少挽救了这场婚姻。

“除了我母亲。”母亲继续说，坐在翼状靠背椅里，看着他身后。现在她成天坐在这把椅子里，只有喂宠物和换电视频道时才会起身。“你父亲崇拜她。她有我没有的机敏；她能挣钱，全靠她管理农场，我父亲才富起来的，富了一段时间，后来我父亲听信他那些朋友们的小道消息炒股票，全亏光了。我们的悲剧是——如果你父亲和我曾有过悲剧的话：我们不会挣钱。他是我的求婚者中唯一得到她同意的。可笑的是，像萨米·施洛克一样，他的肤色也黑。你父亲很容易晒黑，不像你和我，我们这种皮肤只会晒伤。”

“也许这就是吸引力所在。相反的皮肤类型相互吸引。”

她没理他这个说法。“有吸引力吗？或者我们只是在寻找跟我们遭受相同痛苦的人？我们俩都为自己的出生觉得羞耻。我父母想要个男孩，而你爸爸是四个孩子中最小的，他总是觉得他是家中‘多出的一张嘴’。我们没有快乐的童年，我们俩都没有。现在，

---

① 门肯（1880—1956），美国作家、学者。

② 赫伯特·乔治·威尔斯（1866—1946），英国科幻小说家。

③ 辛克莱·刘易斯（1885—1951），美国第一位获得诺贝尔文学奖的作家。

你呢，你有。我们都很吃惊地看到了这一点。我们不明白你是如何办到的。”

“我有爱我的父母。”本杰明讨好地说。他没有说出口的话是：这对父母没有别的人可以爱。

“不，”她争辩道，很倔强，“你身上有某种东西，在这可悲的家里展示了出来。埃塞尔·斯潘格勒在嫁给霍华德·门策后，没生孩子前，有天下午到我们家来，她临走时对我说：‘我希望这个孩子在他这一生中有一天能得到些爱。’”

本杰明笑了，难以置信但非常感激。“太不像话了！亏你和爸爸这么些年还一直和她交往。”

“过去人们总是彼此黏在一起，”他母亲说，“害怕那就是全部。现在，他们放手了，他们可以像抓住第一个人那样再抓住别人。”

这是讽刺——本杰明离婚了，又结了两次婚——但是他没理会这句话，随它去。母亲在他眼中是个揭露真相的人，揭露的真相多得他难以承受。当他七八岁、不再跟她在浴缸里一起洗澡后，母亲鼓励他了解他十分好奇的生命真相，于是他问母亲，小宝宝是不是从女人尿尿的地方生出来的。她以那种进取的精神，温和而坦白地回答了他的问题，但是他羞愧到无地自容的地步，结果她的答案模糊不清，只剩下他的问题悬在记忆中，像个永远的耻辱。

母亲去世后，她的一生从她的遗物中涌现出来。桌子抽屉里有一个雪松木小匣子，用钥匙打开后，他发现，里面是一捆用一条红丝带扎起来的信。那是父亲在大学毕业和结婚之前的三年间写给母亲的信，红丝带颜色已褪成淡红。这些信热情洋溢、造作，却真心实意。词句堆积在薄而皱的信纸上，不但散发出雪松的气味，本杰明觉得，还有佛罗里达空气中的盐味。父亲在那里待了一年半：想要公平地对待每一个和我有关的人……当然你是主让我拥有的伴侣……妈经历了人生起伏，还是那么勇敢……埃德说这儿的生意气氛注定要转向了，人们总是在一场飓风后改变初衷……天天想念你，尤其是下班后……如果，但愿不要这样，她变得恶化的话……跟你一起躺在奥林格那个老藤靠背沙发上，厮混时光，一起大笑……差不多彻底离职了，坐下一班货运车北上，但是……医生们说她有圣人的决心，或像头骡子般倔强……确实能听到你的声音……因为纬度的原因，太阳很早就下山了……我仍是你的酋长，你是我的阿格妮丝·艾尔斯[1]……在世外桃源的树荫下，活到九十八……或冒死一试……本杰明无法再读下去，就像母亲太过详细地回答他那个孩子气的问题时一样，他只想回避。即使在那时，在拿到硕士学位、获得一份教职以前，父亲的笔迹就有了教师的耐心，很好辨认；他每个字母都写得很小心，从每个单词的中间提起笔。当他母亲最终去世时，他已经回到北方。像鲑鱼逆流而上：冒死一试。

还有巧克力盒，上面有浮雕，形状像颗星星，里面装着母亲至少剪过一次头发的证据。薇纳·拉恩理发店，她用她那左斜体笔迹写下：一九二六年六月十八日。(蛀虫吃掉了一些!）那么这是第二个包裹，用黑线绑着，头发太长，本杰明不敢把它从盒子里拿出来，盒子有一股雪松和巧克力的味道。厚厚的发盘，就像棉纸里的一个巢穴。头发是浅褐色，没有掺杂一丝灰色——浅褐色，像歌里的珍妮[2]。是乡村的颜色，他觉得。他试验性地碰了碰它，赶快移开了手，仿佛他在抚摸有生命的东西。

---

① 电影《酋长的儿子》中的人物。

② 《有浅褐色头发的珍妮》，美国作曲家斯蒂芬·福斯特在一八五四年写给他妻子的一首歌。

他发现有样东西他永远无法给母亲，而他父亲给了，那是在抽屉的最下面，在编织地毯、蕾丝桌布以及一面阿格里科拉的紫金色三角旗之下，被折叠好的一样东西：大学橄榄球衫，粗针编织的白毛衣，颜色已泛黄，胸前因大大的字母而变得硬邦邦，袖子用超大号安全别针别起来。那些生锈的安全别针现在还在那儿，锈迹染进粗线里。还有一根别针，别在衣服背后。这件毛衣，靠着别针调整好衣服的大小，裹住她苗条的身材，在那些消逝的清凉冬日里，散发出热气——温和潮湿的宾夕法尼亚冬天，一对对年轻人漫步在校园里，敞开着外套，长统橡皮套鞋也没扣上，他们的笑声呵出一团团小小的雾气。

父亲拿橄榄球奖学金读的大学，虽然他总是认为自己太高、太瘦，不适合比赛，鼻子多次被打伤，但他仍然坚持打球，而这鼻子成了他模糊、忧郁的脸部特征之一。他那故意戴着当时没有护垫的皮质头盔蹲伏着的照片被保存下来了。在折叠起来的毛衣下面，还有一张比赛时间表，其中有阿格里科拉队；让人吃惊的是，这支队居然和康奈尔队、哥伦比亚队、罗格斯队打过比赛。这所名不见经传的大学根本打不过强队，炮灰而已。父亲将自己的一切都给了母亲，他的痛苦笼罩着她。儿子跟在后面，搞不懂什么事情那么可笑，不过却觉得能够嫉妒也是种幸福。

多种宗教体验

世间从无上帝：丹·凯洛格在目睹世贸中心倒塌的一瞬间得出这一启示。他住在辛辛那提，那时刚好来纽约看望住在布鲁克林高地的女儿。在女儿公寓顶楼可以眺望地势较低、不到一英里外的曼哈顿。站在她家露台上，想到整幢摩天大楼像一个姑娘突然脱掉丝绸睡袍一样剥去了它的外壳并轰然坍塌时，他还十分迷惑，弄不清怎么会有如此多的油烟从双子塔中不断冒出，而浓烟柱里飞舞着的无数片白纸板样的东西又是什么；他也不知道凶手是谁，这件事的目的又是什么。丹看不见下面的大地，只知道大地呻吟着喷出灰尘，他从远处望去，粉末状的东西呈蘑菇云形慢慢升腾起来。河那边传来尖利的警笛声，音调没有高低变化，也听不出特别紧急；周围成群的石头和玻璃建造的大厦哑口呆立，见证了这一事件。丹听到的是齐声呐喊吗？抗议的呼叫划破了沉默的天空——那是飘浮在如此惨相之上的歌剧似的人声？也许他只是将震荡轰鸣声人格化了？他意识到自己此刻看到的，都是全新尺度的事物——闪电战的规模，火山喷发的规模。倒塌后是明显的沉默；至少，有几秒钟他什么也没听到。

他脚下有十层楼，太高了，无法让他明白自己所看到的。两个黑人停车场管理员在停车场入口处消磨时间，一人站着，一人坐在一把铝合金椅子上，在说些玩笑话。丹什么也听不到，所有那些声音可能都隔在平板玻璃屋顶之下或像是一场哑剧。管理员穿着短袖衬衫，但是，在这个九月的上午，夏天的雾霾在天上已被烤干，为秋季的到来做好了准备。唯一的云是人造的——脏兮兮、周边一圈黄色的团团烟雾滚滚朝东飘移。丹无法相信双子塔就这样消失了。如此巨大复杂、如此设计精巧的笔直建筑，里面有那么多人、大部分还是年轻人的喧嚣繁忙场所怎么可能因自己的重量而土崩瓦解呢？并且还这么迅速、这么不经意？物质法则在起作用，这便是答案。在平静的苍穹之下这只是一桩小事。上帝之手没有干预，因为根本没有这样一只手。上帝没有手，没有眼睛，没有心，什么都没有。

那便是丹——六十四岁的新教圣公会教徒和遗产律师——迟来的认识，对于死了宠物的孩子，失去孩子的母亲，死于烽火绵绵的战争与瘟疫的成千上万的人而言，没有上帝。虽然自己，如同滚滚浓烟中飞升旋转的一块轻飘飘的长方形白板，在这个崭新的真相中暂时保住了性命，但宇宙的冷漠与无动于衷这一发现令他无比激动。他最终加入了淡泊、坚忍的无神论人群。他终身都在反驳这种智慧，他祈祷，他逃避，他求助于俄亥俄州祖先的虔诚，求助于有创造力、轻松活泼的古书，克尔凯郭尔①、切斯特顿②——青春期和成年早期时读过——以求宽慰。但是，如果他是那座大厦里成千上万人中的一员——它套筒式的平滑倒塌，释放出某种美，像被拍下的、色彩强化了的超新星大爆炸，昙花一现，而非永世万古——大厦在被挤压、粉碎、蒸发和倒塌之时，所有那些金属、混凝土的重量会不会轻一两，会不会犹疑百万分之一秒？

---

① 克尔凯郭尔（1813—1855），丹麦宗教哲学心理学家、诗人。

② 切斯特顿（1874—1936），英国作家、文学评论家，多才多艺。

不。这伟大的“不”并非像宗教寓言里讲的那样，于黑暗中突然降临到他身上，而是发生在能见度最高的白天。“清晰到残忍”是飞行员在这次事件后接受采访描述当时情形时所说的。只有当发现自己浑身颤抖时，丹才反应过来，惊恐万状地反应过来，他女儿埃米莉在金融界工作——虽说是在中城上班，但因为工作需要她时不时会去世贸大厦，在顶层与人共进早餐或者开会什么的。今天，顶层的人是无论如何不可能逃生的。

他呆呆的，像被掏空了似的，从顶楼阳台的有利视点回到埃米莉的公寓里。迟钝的安圭拉①保姆露西尔，还有丹的小外孙女维多利亚坐在书房里。维多利亚五岁，有点感冒，因此没有上学。小小的房间，红色墙纸，还有个胡桃木书架。那些书还是埃米莉读大学和商学院时的书，其中许多书——冷战惊险小说，过时的医学书籍——是她前夫的。他们离婚了，就像丹·克洛格跟她母亲离婚一样。难道埃米莉承袭了他单身的倾向，就像承袭了他瘦削的身材，简洁利落、不苟言笑的气质一样？露西尔把望向曼哈顿的那扇窗户的窗帘拉下来了。她向丹汇报：“我告诉她不要看窗外，但是电视里只播报这个灾难，每个频道都一样。”

“坏蛋，”小维多利亚急切地告诉他，她的舌头打结了——感冒让她的话比平时更难懂——“坏蛋们想撞倒所有房子！”

“是许多房子，维吉②。”他说。他跟孩子们说话时，心里总有些严厉且教条的东西抵制不准确的说法。

“为什么上帝允许坏蛋们干这种事？”维多利亚问。她的脸在发烧，不是因为感冒，而是因为窗帘拉下之前她看到了窗外的景象。

---

① 位于西印度群岛，是英国的海外领土。

② 维多利亚的昵称。

丹给了这样的回答，这是他还是个信徒时学到的："因为上帝想给人们选择的机会，当好人还是坏人。"

维多利亚的脸——五官精致、肌肤细腻——精美极了，她思索了一下这个神学命题。然后她突然猛地挥动着双臂："坏蛋们可以想干什么就干什么，什么都不管！"

"也不完全这样，"丹纠正说，"有时候好人阻止他们。实际上，大部分时候都是如此。"

在阴暗的房间里，他们像三个秘密筹划什么的人。露西尔在沙发上轻轻晃着身子，嘴里不时咕哝几声。"想想那些在里面的人，所有那些人，"她低声呻吟着，仿佛在自言自语，"我告诉过维吉当我还是个姑娘时安圭拉是什么样子，没有电，电话只有警察局才有。警察们骑着自行车在岛上四处走。唯一的犯罪是工人们外出工作三个月后回来，因为老婆的胡闹而报复她们。最高的建筑只有两层楼高，没有月亮的晚上，人们待在他们的小屋里很安全。"然后，她再用一种不那么梦幻的声音，那种故意让听大人说话的孩子安心的声音，对丹说："她妈妈五分钟前打来电话说，她现在可以下班了，她要回家，但不知道怎么回来，火车全停了。她可能得从洛克菲勒中心一路走回来！"

丹原本打算今天回辛辛那提，而他早就计划搭地铁去惠特尼博物馆看韦恩·蒂埃博的画展的，这是画展的最后几天了。丹欣赏这位艺术家糖果色彩里的迪士尼意味，欣赏他活泼、丰满的画图艺术。突然间，这次画展——田园诗般的、没有障碍的过去——看不成了。

"那么我们只好等妈咪了。"丹宣布说。在埃米莉回家之前，他努力当这个没有自卫能力的孤立三人组的头儿。"我知道了！"他叫道，"我们来做面团男孩曲奇饼吧，等妈妈回家时，她肚子准饿了！”说着他弯下腰，戳了戳维吉的肚子，仿佛她就是电视广告里的面团男孩。

但是维吉没有笑，一丝笑容也没有。在刘海和笔直的眉毛下，她的眼睛出奇的亮。她渴望知道窗帘外面刚发生的、不让她看的事情。露西尔也想知道，但她克制着自己，没有打开电视，丹也克制着自己不再到顶楼上去，虽然他很想去证实他可怜的宇宙直觉。

一小时后埃米莉就安全到家了，惊魂未定，汗流浃背，还不习惯跟着一群逃离曼哈顿岛的人跨过曼哈顿桥，进行穿越东区的徒步锻炼。埃米莉三十七岁，苗条、结实、修饰整洁，十分职业化，像个女战士，跟她懒散、肥胖的母亲一点也不像。她回家后立即打开厨房里的小电视，闻到刚烤好的曲奇味道时她很不高兴。“我们正努力训练维多利亚不吃甜食。”她告诉丹。丹解释说他和露西尔是想办法分散孩子的注意力，埃米莉下令道：“让她看一会儿。这是历史，这是大事，没办法遮掩。”她告诉他们，高地的汽车交通已中断，拎着公文包、穿着黑西装的男人们灰尘仆仆，木然地走在亨利街中段。她把还温热的曲奇藏了起来，放在维多利亚够不着的架子上，然后派露西尔去学校接维多利亚的姐姐希拉里。她给了父亲一张超市购物清单，自己则去银行取足够的现金，以防社会彻底崩溃。

他发现蒙塔古街上第一波吃中饭的热潮已经开始了。跟平时一样，说话声在室外餐桌上回荡，但不知何故，吃饭的人有点不自在，仿佛有架看不见的电视摄像机在持续地工作。街景像舞台布景，甚至超市门外游荡的男孩们似乎也意识到自己受到了过多的关注——在变得浓厚的空气里，他们是幸存者，感觉比以前重要多了。空气中有股刺鼻的气味，灰尘如雪花般飘浮着。眼前的这番景象给丹的感觉比往常更强烈，因为上帝已从他脑子里被抹去了。在他的前半生，普通的无神论对他而言并无足够的独创性，说到宇宙，它似乎也不够宽厚仁慈。现在，他看到了宇宙对他的善意是如何的无所谓。

他走进超市，推着购物车走着。这里并没有挤满慌张的购物者，反而相当冷清，光线比平时要暗，惨淡、模糊，有点像基督诞生之前人们死后的世界，像地狱或冥府。几个人在货架间走动，经过一筐筐百吉饼、一架架昂贵的美味小食，踌躇犹疑，仿佛生平第一次来这儿；他们扫视着彼此的脸，想在那上头找出想认识自己的痕迹，想认识对方的迹象几乎就在脸上，问候挂在嘴边将说未说。怀疑慢慢变成了接受。他们沉着应对，他们没有惊慌，他们向敌人展示了冷静。

丹每只手上拎着两个塑料袋回到公寓，橙子、牛奶和蔓越橘汁的重量把塑料袋的提带拉扯得细细的，勒进他的手掌里。埃米莉取了足够的现金回家了，她还带回来几个方案。通告社区活动的告示牌挂在路灯柱上：布鲁克林区政厅附近的万豪酒店里有献血站；六点钟格蕾丝教堂里有特别仪式。万豪酒店的献血人群中有股淡淡的同志情谊，父女俩肩并肩吃力地填完表格，有人手提喇叭，告知他们回家去，血库里的血已很充足："暂时不再需要，但是接下来如果有需求的话，我们会通知你们的。"情况渐渐明朗，几乎没有什么伤员，人体在这场灾难中全化成齑粉。

教堂里，丹和他护送的四位女性在后排找到了位置，人类这种动物真让他惊叹：我们像狗一样爬回来舔这个什么上帝的手，可如果真有这么个上帝的话，他也只是邪恶地踢了我们一脚。他踢得越重，我们越虔诚、卑微，越是想爬回来舔他的手。这座宏伟的教堂是内战后宗教繁荣时期的遗迹，此刻因这场特别的祈祷挤满了人。牧师是位矮壮的年轻女人，柔亮的短发像钟罩罩着她的头。她声音嘹亮地宣布目前该教堂会众里还有几位仍在失踪人员名单上，她念出他们的名字。“让我们为他们的安全祈祷，为所有今天消失的灵魂祈祷，为这个伟大国家的命运祈祷。”沙沙声中，大家全都低下了头，声音升入他们上方昏暗的拱顶。

丹觉得自己超然物外，像来访的火星人，他的疏离感在接下来的几周里一直持续着。在俄亥俄州，家家户户门廊上飘扬着旗帜，用剃须膏写的“上帝保佑美利坚”字样在每家店铺橱窗上都看得见。比原定计划晚两天坐巴士回辛辛那提后，丹看向河对岸，不是冒烟的双子塔那边，而是肯塔基方向。每辆皮卡车车身都悄然出现了为国家自豪及抵御、反抗之类的标语，不过这些标语很快便会变得破破烂烂。这是笃信宗教的中心地带，虽然这里的基要主义正统派和言过其实的清教常常令丹望而却步，但它以前还是给他安慰，现在却让他觉得那么野蛮。电视里，总统笨拙地刚学会战争辞令，慢慢习惯使用，最后运用自如。丹从晚间新闻里看到，在纽约市，人行道上、消防站外面搭建了许多临时灵台。永远消失的人们的彩色复印照片下，蜡烛淌着泪，纪念的鲜花包在纸套或塑料套里枯萎了。一个伟大的现代化国家居然试图以这种旗帜和蜡烛之类的陈腐魔法来为自己疗伤，面对这种怪诞而可怜的景象，丹觉得悲哀。人类固执地将这类徒劳的多彩纪念活动撒落于虚无之中。

在丹顿悟的几天前，过气的佛罗里达东海岸一间一层楼的路边脱衣舞夜总会里，有个矮壮的三十三岁的穆斯林。像世界上成千上万拥有那种宗教信仰的人一样，他叫穆罕默德，在这个昏暗邪恶之地，他犹豫片刻后叫了第四杯加冰苏格兰威士忌。他的同伴，名叫扎伊德的年轻、瘦削男子，从桌上抬起细长的胳膊，仿佛要抗议，接着他的胳膊又无力地垂下了。他们的强化训练课反复灌输融入的重要性，醉酒当然是融入美国人的一种方式。这个不洁的社会丑陋不堪，律法惊人的松弛，人人以为机会多多、享乐多多，因而昏了头。甚至连这里的空气，在冷冰冰的空调之下，也是假的。威士忌在穆罕默德的嗓子眼里像火在燃烧，他必须反复检验自己的勇气、决心。这是真主点燃的火，它必攀上被诅咒的人的心头。

浅浅的舞台上，一个年轻女人，脸上撒着金粉，除了关键部位有几片金银丝箔外，全身赤裸。在难听的、挑逗的含混乐声中，她绕着一根铜柱扭动着，舞台周围几张小台的客人们几乎没有在看，穆罕默德也只偶尔瞄几眼。这女人瘦长得像个男人，除了胸前凸起的两坨肉将她与男人区分开来；而这个，穆罕默德知道，是因为注射了某种针剂，让乳房紧绷、饱满、圆鼓鼓，让这个女人像个洋娃娃。这个妓女正绕着那根铜杆上下缠绕盘旋，叉开剪刀似的双腿。灯光下，一片金银丝箔朝后拍打着。她的长发上披着重重的铂金纸，一直垂到了舞台地板上，那地板被她的姐妹们弄得污秽不堪。共有三名舞女：一个黑女人，赤足表演，脚底和手掌都涂上了银光，闪闪发亮；一名红发荡妇穿着透明高跟鞋，舌头在两唇间快速抖动着，甚至假装去舔那根铜柱。这个金发女人跳得最差，动作机械重复，而她的眼睛，洋娃娃般的蓝眼睛周围画着粗粗的黑色眼线，像古埃及壁画里的人。她空洞的眼睛谁也没看，凝望着黑暗。

她没看他，穆罕默德的灵魂也没看她。扎伊德一直在喝着一种名叫“台克利”的有甜味的酒。穆罕默德和他一道再次重温了一遍他们壮举的细节，他们的计划精巧、环环相扣，只待最后一分钟手机响起最后的指令，各个环节同时启动。扎伊德突然起身，向洗手间走去。他很年轻，在这片异端土地上才住了两个月，它的酒还能毒害他，放荡的女人还能魅惑他。他还没有穆罕默德那百毒不侵的壳，再说他的英语也相当贫乏。那个妓女圆球一样的乳房垂下来，与她低处的头发平行，而她剃过或拔过毛的两胯间闪闪发亮。

通过半闭的双眼，还有流动着的透明的威士忌，穆罕默德可以看到这个单纯的阿拉伯农民脑中的天堂。天堂里，流动的河流上，眼睛又大又黑的处女们坐在丝质长榻上，等着喂勇士们美味果实。天堂里的这些女神是最最纯洁的象征。她们肤若凝脂，谦卑柔顺，亲切优雅，容光焕发，与这些营养不良的荡妇完全相反；这些女人为了微不足道的几个钱，在脏兮兮的地板上翻腾着。

另一个妓女，中年女招待，满脸皱纹、擦着厚厚的粉—— 一锅凝固变质的淫荡，一锅发酸的美国机会——朝他挥舞着一张单子。“下班了……我管的台全部结账收摊……四十八块。”她鼻音很重，是美国东南部贫穷白人的口音，很难听懂。从她愤怒的样子来看，穆罕默德知道这不是他今晚第一次冒犯她了。

他不懂为什么自己得赶紧结账。扎伊德还在洗手间，他们点的三明治还在桌上没动。是了：不久前—— 一个小时前？十分钟前？——她说过要收拾桌子，而他答以还没吃完，其实真相是这些食物让他恶心，它们像这个恶魔般国家里的任何东西一样，过量、浪费——敞开的热腾腾的烤牛肉三明治，牛肉不再鲜嫩，而是呈灰色，现在也凉了，软塌塌地趴在面包上，死肉散落在他手下，遥远得如同在飞机机翼之下一般。恶心的三明治配着炸薯条和凉拌卷心菜，连街上的狗都不会吃的垃圾。然而，他一直在想他会吃下去的，等他跟扎伊德说话时他再吃，好压住那浓烈的威士忌酒气。为了伟大的事业，他要让这个年轻人也有一层坚硬的躯壳。这个壮举在工程课上像精确的图纸一样安排好了。穆罕默德跟异教徒们一起学习工程，学习他们许多世纪前从阿拉伯人那里偷去的数学知识。

他必须得吃。高潮到来的那一天，那个决定性的清晨，就快到了，他必须强壮，他的手和神经必须保持稳定，他的意志必须坚定，他的身体要有活力，要纯洁，要剃光毛发。这个壮举在他体内像某种令他恶心的东西一样向上挤压着他，让他喉咙发紧，让他只想大声喊叫——只想像跟他同名的先知、代言人那样宣告，真主的崇高和他燃烧的正义，超越地球上所有的美德与品质。我们为异教徒准备了脚镣、枷锁和烈火。烈焰将抽打你们，熔铜将浇淋你们。

金发妓女轻拂那条亮闪闪的带子，张开大腿绕着柱子摇摆着，露出剃过毛的大腿根，笨拙而丑陋的小伎俩赢得黑暗中几桌隐匿的客人零星的叫好声。扎伊德回来了，脸色更加苍白。他承认自己不舒服。穆罕默德心中陡然冒出一股对这位共谋兄弟的伟大的爱。穆罕默德在开罗一个繁花似锦的郊区长大，没有弟弟，只有两个妹妹；为了保护她们不沦为荡妇，他投身于反对异教徒的圣战事业。她们头脑太简单，不知道撒旦通过电视和广播向她们鼓噪诱惑，目的就是引诱她们葬身永恒火海。他们的父母，身着欧洲服饰，拥有的三流收藏都是些冒牌欧洲货，他们看不到影响他们孩子的恶魔。在吉萨①的家中，窗帏自障、仆役簇拥，他们养尊处优，像没有眼睛的穴居动物，看不到伟大唯一的真主将愤怒地把这个世界以及它的消遣娱乐化为沙漠。穆罕默德心怀庄严的沙漠和它满天繁星的夜空。当天空碎裂成片，当星星齐零落、海洋共翻腾，当坟墓轰然崩塌，每个灵魂将明白它做过什么，没做什么。

女招待带着一个男人回来了，这人也是酒吧的，是吧台侍应生，身穿黄色 T 恤，胸前三维闪电形状字母是什么东西的广告，也许是啤酒，也许是球队，穆罕默德无法集中精神想那个。扎伊德看起来有点焦虑，恐惧令他发热，他的动作出卖了他，说明他急于离

① 开罗西南部的一个城市。

开这个邪恶之地。穆罕默德轻轻碰了碰扎伊德的胳膊，让他别那么惊恐，他站起来面对身穿闪电字样 T 恤的酒吧侍应。起身太快让他的头有点晕，但并没削弱他的智力，也没让他对周围动态反应迟钝。舞台上有个新上来的姑娘，这个阿卜达赤着脚，披着朦胧的丝巾，丝巾待会儿就会解开，改变了这个地方的灯光，当聚光灯打在她身上时，这地方明亮起来。苍白的脸孔、荒凉海边的本地居民，目睹了他同酒吧员工的争吵。穆罕默德心中的伟大秘密像薄薄的蛋壳一般即将破开。不止一次，一些小倒霉或小摩擦——比如交通告票、移民归化局的传唤，还有好奇的邻居以那种狗样的美国方式示好时仓促间的口误——差一点就暴露出整个筹划周详的计划，但是万恩者的保护无边，大撒旦徒显愚蠢呆滞；自由世界的甜食，软化了机械矫正过的牙齿。

穆罕默德觉得自己力量强大，可以控制自己的舌头，那舌头能召唤军队，移动高山。他掏出钱包打开来给他们看，里面厚厚一沓二十、五十甚至一百的绿色钞票，上面凸印着这个被犹太人操纵的国家里死去的英雄。“足够付你们他妈的账单，”他对恐吓他的黄 T 恤男人说，“看看吧，我的好人，看看这儿……”现金似乎还不足以成为他力量的足够证明，穆罕默德还飞快地晃了一下在德国伪造的飞行学校注册卡，快得他们没法仔细查看，他声称自己是有执照的飞行员。“我是个飞行员。”

这给他的对手留下深刻印象，态度也软化不少，毒品让他的舌头僵硬，他倦怠地问：“嘿，很酷啊。哪家航空公司？”

穆罕默德说：“美国航空。”这句神灵启示的话，在说出口的那一刹，变得千真万确，宛如他的同名人、先知穆罕默德在《古兰经》里说的话，当它们从使者嘴里说出来时，便成真了。他允诺拯救信徒和其他人脱离炽热滚烫的火海。他是最完美的人，是真正的人，而那个被钉在十字架上的可笑的神不是。穆罕默德的断言听来那么正义，那么具有预言性，他重复了一遍，向吸毒的光头敌人挑衅，等他来驳斥："美国航空公司。"

吉姆·芬奇坐在格子间里，这巨大的一层——整整一英亩——大约三分之一的样子，坐的全是债券交易商，摆的全是他们的电脑显示器，透过大厦的窗户可以看到大部分天空，今天万里无云。如果站起身来，他可以看到自由女神像后面低处的新泽西海岸。从这个高度看去，甚至背朝他们的女神像看起来也很小，小得像华尔街上那些敲诈旅客的小店里出售的自由女神像纪念品。吉姆有三个孩子，住在泽西——他在欧文顿有一处占地约八分之一英亩、有四个卧室的家——从他住的地方，从沥青屋顶和繁茂的树丛间选择合适的观测点，他可以看到自己上班的地方。为了给孩子们留下印象，他试着从下往上数，找出他所在的准确楼层，不过，从那么远的地方，很难确定准确的楼层；摩天大楼用竖起的钢筋搭建而成，钢筋建材将层层楼面、窗户连接起来。钢管像一排排吸管一样，撑起这幢大厦，让你感觉窗户比它们实际上要窄得多，所以在格子间里，他的上下视野大于两侧视野。今天，这些窗户是一排光滑的蓝色玻璃，只能看到一股股扭曲盘旋的烟雾，还有从下面飘来的奇怪而闪亮的纸片样的东西。几分钟前，他跟客户电话交谈时，下方很远处有一记重击，远得像西街上货车车门关上时发出的动静，却让他的办公桌跟着颤抖了一下。

手机响了。吉姆习惯性地从皮带上取下手机，快得像蛇的攻击。不过不是业务电话，而是马西从新泽西打来的。"吉姆，亲爱的，"她说，"别烦我，你走得太快，我忘了跟你说，你下班后去取洗好的衣服时，顺道去帕斯玛克超市买半加仑全脂牛奶，也许再买点他们那儿的甜瓜。”

“好的，没问题。”

“上周的甜瓜买来时是绿色的，后来直接变软了，可是他说周一可能会有更好的。瓜皮应该有点弹性，但用手指你掐不出坑来。”他看到窗外一块烧焦了的绝缘泡沫飘进视线又飘走了。“牛奶呢，家里还有足够我们喝的脱脂牛奶，但是弗兰基和克里斯滕正在长身体，他们猛灌牛奶，两人一样凶。说实话，我本想买些的，但是购物车实在太满了。对不起，亲爱的。”

“嘿，马西……”

“甜点，只要你喜欢的，也买一点。也许再买——务必检查一下保质期——半打鸡蛋，大号的就行，不要超大的。可别忘了安妮今晚教堂有活动，六点半，室内足球的开幕式，她非常紧张，希望我们都能去。”

“亲爱的……”

“新上任的年轻助理牧师让她很害怕。她说他很严格——他太想赢了。”

“嘿，马西，看在上帝分上请你闭嘴好吗？”

因为受到伤害沉默片刻后，她小心翼翼地又开口了：“什么事，吉姆？你听上去有点怪。”

“几分钟前出了点怪事，我不知道是什么。我们楼下受到一记重击，开始我以为是街上的事，不过所有东西都跟着晃动了，现在我能看到窗外在冒烟，等等。”塞·沃尔什，他对面格子间里的男人正在向他打手势，以引起他的注意。沃尔什简洁地跟他说了几句话，吉姆又转述给马西。“内线电话似乎全断了。刚才有人走出去，但现在又回来了，说电梯也坏了，楼道里全是浓烟。”

“哦，天啊，吉姆。”

"没人惊慌，我是说几乎没人。我敢肯定会搞清楚是怎么回事的。我是说，这能坏到哪里去？"

"哦，我的天啊。"

"亲爱的，别再老那样说了，没用。他们会弄明白的。我不能再说了，他们得把我们转移到别处去。嘿，马西，你肯定不会相信，地板是热的，实际上他妈的很烫。"

"哦，吉姆，想想办法，想想办法！我一直讨厌那些看上去脆弱的大厦，而且你还在那么高的地方。"

"听着，马西。你用的是哪部电话？楼上的移动电话吗？"

"是的。"她的声音在哆嗦，"是的"这个词被她发成了几个音节，"是—是—是的"，像害怕自己做了错事会受惩罚的孩子说的。虽说他们之间隔着数英里的距离，他俩都觉得自己像受责备的孩子——又仿佛肚子里有水在晃荡。

他让她"走进安妮的房间，看看窗外，再把你看见的告诉我"。

他等着时，人们在桌子间移动，彼此碰撞、叫嚷，像群无头苍蝇，没有他可以加入的统一方向。一股味道，工业焦油的味道，油腻而恶心的甜味，令他想起了机场跑道，还有等待飞机降落时，环顾四周，看到引擎转动导致机身抖动的感觉。

"吉姆？"

"我还在。你从安妮房间的窗口能看到什么？"

"哦，天啊，我可以看到烟雾！从快到楼顶的地方冒出来。在左边的那栋，正是你上班的那一栋。吉姆，我好怕。烟雾像黑墨水从沟槽间流出来，那是什么？还记得被导弹击落、掉到长岛海里的那架飞机吗？"

"亲爱的，别傻了。哪儿出了点故障而已，肯定是的，就在这幢大楼里。墙里那么多线路，如果哪儿短路的话，将中国烤干都不在话下。别担心，他们会搞清楚的。他们花了很多钱请人不做别的事，专门筹划如何应付意外事故。不过，我必须说……”

“什么，吉姆？你必须说什么？”

“我得说这儿呼吸越来越难。有人刚砸碎了窗户。天啊，他们把椅子扔到窗外去了。嘿，马西？”

“什么？什么？”

“我不知道，但是可能事情不太妙。”

“烟从你下面的某层楼里冒出来，”她满怀希望地说，同时还在哆嗦，“我数不清是多少楼。”

“别数了，”她的声音是他跟世界的唯一联系，但它只令他糊涂，妨碍着他逃生，“听着。万一我过不了这关，我爱你。”

“噢，我的天啊！别说这种话！正常点！”

“我没法正常。这本身就不正常。”

“难道你不能上到更高的楼层去吗？在屋顶上等着？”

“我估计大家正在试呢。你能告诉孩子们我有多爱他们吗？”

“是的——的——的。”她透不过气来，她没有再争辩。这不像她，她就这般放弃令他心惊，让他意识到事态的严重，无法想象的严重。

他尽量想点实际的问题。“所有你需要的东西应该都在我桌边的档案柜里，中间的抽屉。伦尼·帕洛塔可以帮你，是共同基金的资料，还有保险单。”

“天啊，别，亲爱的。别那样想。离开那里，行吗？”

“好的，如果可能的话。”人们正朝窗口移去，那儿最凉爽，那儿可以呼吸，那个高度是飞机颤动着收回轮子、让没有经验的乘客担忧的高度。“听着，我这么说只是以防万一：做你想做的任何事。”

“你什么意思，吉姆，做我想做的任何事？你的话不通。”

“见鬼，马西。我是说，你知道，过你自己的生活。做对你和孩子们最有利的事。不要让什么限制你的自由。告诉安妮，要是我错过了她的活动，告诉她我今晚其实很想去的。”所有这些话中，这句话最让他想哭，他仿佛看见神情认真的小胖丫头，穿着足球队服，粉红的小脸上还有恐惧的表情。烟雾让他什么也看不见，让眼睛很痛。

“限制我的自由？”

“这是我的祝福，看在老天的分上，马西。我对你想做的任何事先送上祝福。没事的，放松点。”

“哦，吉姆，不，不要。怎么会这样？”

他无法再说了。浓烟、热浪、飞机燃油难闻的味道把他逼到窗户附近，为了得到更多的空气，许多人影贴在蓝玻璃上。塞·沃尔什已经在那儿的人群中了。吉姆·芬奇灵巧地把手机扣回皮带上，本能地抓起西装外套，低头弯腰，一阵疾跑，穿过滚烫的地板，挤到窗前的同事们中间。他们是一家人，他们是他多年来朝九晚五的亲人，他们是解决问题的高手，会告诉他怎么做。就像展翅翱翔于高空的飞机，他觉得他把自身的重力也抛在了身后。连接全断了，没有了束缚。瞬间他觉得自己轻盈得宛如新生婴儿。

坐在她身旁的那个好心的年轻人告诉她，他从事销售管理工作，这次是去旧金山参加一个电信会议，平时周末会在展望公园玩英式橄榄球锻炼身体。这点让卡罗琳很吃惊，没想到在美国，大学毕业后还有人玩英式橄榄球。在她漫长的一生中，早年时，“二战”后，她在英国待过一年，跟人一道去看过橄榄球比赛，在剑桥，她记得大腿粗壮的男人们穿着短裤和条纹T恤，在泥地里争抢，在低矮、潮湿、阴冷的云层下你推我搡——他们曾用过一个字，可她忘了是什么字了——对于一个看惯了美式橄榄球军事化般精确的正面碰撞的女人来说，英式橄榄球那种两手抱着滑腻的椭圆形球冲刺、斜插的样子看起来有点女气，有点可笑。她还觉得，他们打球时近乎赤裸，穿着短裤，然而却没有人，至少当时没有人受伤，真不可思议。

飞机刚起飞不久，才出了纽瓦克①，就有了这场礼节性介绍。飞机停在跑道上，但是后来加速冲上了天空，爬升到更高处，然后再低斜转弯，以她这种老年人的平衡感来说，转弯弧度之大，末端有细长小天线的巨大机翼差点把他们都甩出去，落到下面阳光斑驳、平坦的地面街道、房顶、高速公路以及阴暗的九月树林中。今天晴空万里。卡罗琳一生中常坐飞机，比她还是孩子时期盼的要多得多，她还是孩子那会儿，飞行是英雄行为，是试飞员和林白②那样的英雄才会做的事，若有飘浮的软式小飞艇飞过，全家人都会冲出来，在院子里仰望天空。她第一次飞行是去俄亥俄上大学时，在老克利夫兰-霍普金斯机场里，颠簸的双引擎螺旋桨飞机，早期的道格拉斯全金属飞机。爸爸，追求进步的好男人，在学校放春假时，带全家人乘坐英国航空公司的四引擎飞艇从纽约到百慕大度假一周，然后，送她上了泛美航空的波音飞剪船去伦敦，到国外读一年研究生：飞机在格陵兰岛时停下来加油，飞机上有真正的床，你可以伸直身体；飞机上提供饮食，有真正的银质餐具，不过人们往往因为晕机恶心什么也吃不下。嫁给罗伯特后，她飞到加勒比海岸、飞到亚利桑那、飞到巴黎去度假，罗伯特成名后，跟着他坐飞

① 新泽西州第一大港口城市，纽约都市圈的一部分。

② 林白（1902—1974），美国飞行员，第一个完成不着陆跨越大西洋飞行的人。

机参加演讲；孩子们结婚后，分散到各地，如明尼阿波利斯和达拉斯，她坐飞机去看望他们，以奶奶、外婆的身份坐飞机去看新出生的孙儿们——出席晚辈们成长中的所有典礼。罗伯特死后，她自己做了一次环球旅游。寡妇在悲伤中自己宠爱一下自己，没人嫉妒她，尽管孩子们还想着父亲，不太赞同她的举动。他们无法理解这种需要，与一个人共同生活了这么多年后，怎么会想远离熟悉的一切呢。

总而言之，她算不清自己飞了多少万公里，但她从没真正喜欢过飞行——飞机离地升空时令人惊慌失措的过程，像某个卡通人物搅动双腿、研磨牙齿，在看不见的空气中突然内侧倾斜、垂直倾斜、水平倾斜，引擎声音的变化，驾驶舱里也没人跟你解释一下；在海洋上空时突然神秘剧烈的震颤，你的咖啡在杯中剧烈晃动，你的心跳到嗓子眼里。当然，飞机变得越来越大，越来越平稳。回顾以往，早期的飞行有点像游乐园里有意让你害怕的飞行——那些小小的银色涡轮螺旋桨发动机在阿巴拉契亚山脉上方剧烈震动，下面一条小河映着阳光；短粗的小型飞机离开了圣胡安，你走在陡峭的过道中，可爱的黑人空中小姐递给你糖果以缓解耳内压力。还有，人们过去坐飞机时总是穿戴整齐，像是去赴正式茶会——可能吗？——戴着帽子、白手套。现在这些宽敞的喷气式飞机像公共汽车，人们穿着随意，什么老土难看的衣服都有；人们头也不抬，眼睛更不会离开手提电脑。如果飞机降落没有准时到分钟，他们便显出很受伤的样子，仿佛他们乘坐的是坚固的空中铁轨火车一般。

当机长慢吞吞地说完乘客可以在机舱中走动、使用电子设备后，那个和善的年轻人便问她：既然飞机上有很多空位，他想坐到另一个座位上去，她是否介意？这样能给他俩更多的空间。她觉得他这么问十分亲切，显示了良好的教养。看着他在走道对面的两个座位上为自己布置好小型办公室后，她又研究起五英里之下的地形来。从许多年前那些令人紧张的颠簸飞行经历里，她早就熟悉俄亥俄州的许多地方了。她认出了特拉华河，还有萨斯奎哈纳河。在等待空中小姐推着早餐车卡嗒卡嗒来到飞机中部时，卡罗琳准是打盹了，因为她好像被人粗鲁地摇醒了；飞机在抖动、颠簸。她看了看手表：九点二十八分。飞行还要继续好几个小时。

她似乎听到，远远的前方，在引擎的呼啸声中夹杂着喊叫声。飞机陡然下落，令她胃绞痛，然而，她周围的面孔都没有露出丝毫惊慌，她从座位上方看到的头都安静不动。飞机停止下落了，一个声音从广播中传出，她尽量地听，是说要大家坐着别动。机长的声音听上去变了——紧张而有外国口音。那慢吞吞的腔调怎么不见了？卡罗琳尽最大努力听懂他在说：“女士们，先生们，我是机长。请坐下，保持不动。我们飞机上有炸弹。所以……坐好。”

接下来，一个年轻人站在了一等舱的布帘前。他身形瘦长，举手投足在得体之中略有犹疑；他看上去并没有携带武器，然而还是吸引了所有人的注意，飞机被人笨拙地操纵肯定跟他有关。他眼里眼白太多，令人觉得他既紧张又兴奋。他的眼睛是唯一露出来的部位；一方大大的红色丝质手帕——大格子布，几乎像条围巾——遮住了他的下半边脸，盖住了他的声音。这时，另一个胖些的年轻人从布帘后走出来，也蒙着一块丝巾，胸前有个滑稽的装置。他高高举起一只手，手里有电线连着那个装置。他摇摇这只手，喊着：“炸弹！炸弹！”然后他用自己的语言唱歌般地说了些话，不相信任何人。人们尖声惊叫。“往后退！往后退！”瘦削的年轻人叫道，打手势让所有人移动到飞机后部去。

卡罗琳发现这两个年轻人几乎不会说英语，所以前面的那些人跟他们争论、质问他们全是白费口舌。有些人站了起来，他们被迫离开一等舱。所有人顺从地经过过道移动到飞机后部，挤作一团，卡罗琳觉得他们像被鞭打的动物。坐在她前面两排的红发女子——头顶像棉花糖，靠着她身旁年轻男人的头；那人很可能是她丈夫，虽然现在情侣无须结婚，她自己的外孙们就证明了这一点——伸过手来，碰了碰卡罗琳的肩膀。“你没必要动。”她轻柔地说。你已经够靠后了，她是想说。

“谢谢你，我亲爱的。”卡罗琳回答，声音在自己耳朵里听来苍老且愚蠢。

他们——乘客们，连同三位空中小姐，虽然早前有四位——坐在她周围，一开始愁苦恐惧地沉默着，但是看到身上有炸弹和没炸弹的两个年轻人没有跟他们一道走到后面来，而是仍然待在一等舱布帘前，仿佛他们自己也因为惊恐而吓得不能动弹时，乘客们开始交谈起来，就像在微醺的鸡尾酒会上或纪律消失无踪的雨天教室里一样。这儿那儿有人在用手机打电话，包括走道对面那位玩英式橄榄球的男孩，他已经拆了午餐板上的小型办公室。他握着手机紧贴耳朵的手显得巨大，有红色的关节和大大的结婚戒指。他的衬衫有法式翻袖袖口，还有方形金色袖扣；法式翻袖代表着什么，是公司里的什么级别，她女婿曾对她解释过。你只有达到一定职位后才能这样穿。

引擎间歇性喘息着，突然的倾斜让卡罗琳的心几乎跳进嗓子眼里。飞机在转弯，窗外巨大的机翼在高空倾斜。下面灰绿色的大地看起来像俄亥俄州，比阿勒格尼[①]要平坦，有一座烟雾缭绕的城市，可能是阿克伦或扬斯敦。一带宽宽的水域，肯定是伊利湖，在远处波光粼粼，露出弯曲的大地曲线。太阳转到她这一侧，这个角

① 阿巴拉契亚山脉的西面部分。

度正对着她的眼睛。两年前的白内障手术让卡罗琳重获孩提时代的鲜艳色彩，也看得清物体明晰的边缘，却让她的角膜对阳光十分敏感。飞机此时肯定是朝东南飞行，返回宾夕法尼亚。她试图搞清楚，想象出飞机的准确方向，然而没法想。她很疲倦。飞机原计划八点起飞，在普林斯顿的她定好五点半的闹钟起来，结果这架飞往旧金山的航班还是晚点了半小时。

她大汗淋漓。大脑还没反应过来，身体早已吓坏了。她脑中最初想到的是简单的愿望，强烈得像是祈祷，那便是飞机像一架很容易损坏的玩具，被从那些看不见的人手中给夺了回来，就是他们造成了这段抖动惊慌的不合格飞行。

卡罗琳想，为什么前面那些明显是劫机犯的男孩，竟然允许乘客打电话？ 也许他们以为这是保持乘客平静的方法。那个身上没有炸弹的年轻人在走道上走了几步，然后又退了回去，警告大家他身上带着金属物品，一把小刀，那种有尖刃的弯刀，弹开来可以划开纸箱。但是他脸上、眼睛里流露出恐惧或是狂躁的神情，不过没有脸上被遮住部分的配合，他那两只炽热深邃的眼睛难以解读。他肯定在想着别的地方，遥远的什么地方，从他空洞的眼神看得出来。他穿着黑色牛仔裤，长袖红格子衬衫，硅谷很多年轻电脑鬼才就像他这样穿着。她有两个外孙在互联网公司工作；他们穿得就像农夫，像几十年前的嬉皮士，当时的年轻人认为他们热爱大地，实际上他们热衷的是让他们的父母烦恼。但是这个年轻人的衬衫口袋里没有像她外孙们那样插着铅笔或钢笔，而是放了把小刀。在走神的目光之上，两道眉毛几乎在中间连了起来。为什么他不看任何人的脸？他害羞。在家里，在自己人中间，无须用布遮住嘴，用自己的语言交谈并为人所理解时，他准是个非常善良的男孩。

她内衣下的汗水多么令人难堪。当她下飞机时，别人甚至可以闻到羊毛外套下的汗味。当初她想，反正女儿住的地方蒂伯伦总是清凉，便没理会普林斯顿的炎热，穿上了羊毛套装。红杉林、海湾的微风：她意识到今天她可能到不了了。他们会降落在某个偏僻的机场，然后开始漫长而胶着的谈判。当他们开始释放人质时，不管如何，一位老太太应该在第一批中。

机长的声音又出现在扬声器里：飞机上有炸弹，我们返回机场，满足我们的要求——由于他的口音，她没听清他后面说什么。“请保持安静。”机长结束了讲话。她的手表显示九点四十分。尽管机长有要求，飞机后部的人群仍在暗暗交流：打手势、使眼色，由于劫机犯紧张茫然的表情都落在大家眼里，大家的谈话声越来越大，越来越吵。空中小姐们说起话来，仿佛还在工作。头等舱的人在机舱里时曾看到过什么；不管那个词是什么，它传到后头，在卡罗琳周围跳跃着，她没听清，但这个词足以令她湿乎乎的皮肤凉飕飕的。其他人通过手机获知了些什么，他们急于知道。穿着白衬衫的年轻商人们在开会，隔着女人们的头和大腿以及老人们，彼此交谈。有些人越来越不耐烦，便站了起来，就在她身边，在那个英式橄榄球运员的座位附近聚在一起。不能说聚在一起，而是抱成一团——在英国他们用的就是这个词。

她想偷听他们在说些什么，可除了激动的喃喃声外，她什么也没听到。由于一个决定，激动的人们声音大到像喊叫。那个清晰可辨的词“是的”被好几个男人重复。他们在投票。两个劫机犯中较胖的那个，把方巾扯低到喉咙处，露出了难看的小胡须，他走下过道，打手势让人们安静且坐下别动，而绑在他身上的装置看起来越来越突兀，像是要掉了似的。飞机在那些看不见的手的操纵下还在摇摆、猛冲和倾斜，但是玩英式橄榄球的那人跟着其他人一道站了起来——他比她想象的要高，跟他从法式袖口里伸出来的巨大手腕比例相称——他们面冲前面。她偶然与他对上眼神；他笑了，朝她竖一竖大拇指。她听到一个声音，另一个年轻男人的声音在说："你们准备好了吗？我们动手吧。"

她身后的某个座位上，有个女人啜泣起来。卡罗琳猜就是几分钟前碰过她肩膀的那个年轻女人，她本能地想叫那个女人闭嘴，可是飞机颠簸得很厉害，她只想坐在座位上，合上双眼，乞求这动静，这疯狂的速度停下来。引擎的呼啸声让机舱内的吵闹声很难听清。那个绑着炸弹的胖年轻人消失在那些宽肩膀、白衬衫、奔跑的美国人身后。另一个人，带着弯刀的年轻人，也在扭打中倒了下去，他愚蠢的方巾面罩被撕了下来，原来是个红嘴巴，此时正在开口抗议。首先是拳头，然后是穿着鞋子的脚让他丑陋的呼喊平息下来。打死他，卡罗琳想，干掉他。

白衬衫们冲过蓝色一等舱布帘。引擎声没有盖过布帘后传来的砰砰声、撞击声，意料之外的手推餐车的卡嗒声，以及一个男人的叫声："滚开！"而她周围仍然留在座位上的乘客们七嘴八舌恐惧地议论起来。

飞机比刚才晃动得更厉害，摇摆、骤降，仿佛要将什么东西摇松，卡罗琳觉得，那种感觉清晰得仿佛控制这个大机械装置的线与杆就像她自己的肌肉与骨头，她觉得飞机已失去控制，有些关键的东西给切断了。从机翼处传来很大的碾压声；透过她旁边的舷窗，她看到飞机襟翼拉起来了，露出了阀门。巨大的锥形机翼，连同它最末端的细长天线和铝型板部分，似乎全都立了起来；装着她和所有其他人的整个僵硬、复杂的实体正在侧倾，无论如何都无法恢复了。飞机、这个星球以及它们之间透明的距离、万物可怕的巨大令她惊异，如同她在白内障手术后惊异于这个世界没有阴影的色彩一般。她系着安全带的身体向一侧悬了起来，她侧翻得那么厉害，安全带勒得她肋骨很痛。透过有刮痕的塑料窗户，窗外的乡村大地很清晰——几栋房子、一条孤单的路——当她的耳朵似乎要炸开时，大地旋转起来，她发现，虽然像一场噩梦，其实这真而又真，是一切之下的真实，这次猛冲让飞机冲进了无边的重力空洞。她的大脑陷入无言状态，头朝下，耳边令她痛苦的引擎声让所有东西都抖动起来。她正在迎接一个真相，父母、丈夫以及她受保护的漫长一生中的所有保护者已经暗示了的一个真相：安全之路很窄，你可能会从那条路上坠落。怜悯，卡罗琳怦怦作响的脑袋里本能地想要大声喊出来。*亲爱的，主啊，求你怜悯。*

丹站在女儿公寓外面的黑砖露台上，亲眼目睹第一座塔的倒塌。在那之后的六个月内，新闻事件已开始证实他的新发现：得克萨斯州一个女人因有预谋地溺死自己的五个孩子而受审。多名天主教神父被揭露骚扰受他们照管的未成年人，受害未成年人为数之众超出想象，也超出他们自己承认的数目。几乎每周，美国各地都会有或愤怒或绝望或精神失常的父亲谋杀他们的妻子或前妻以及他们的子女，然后自杀，但这并不能完全赎罪。同时，在阿富汗，战争已打响并持续下去，伴之以战争惯有的无意义的死亡——飞机坠毁、流弹、虚假情报，致命混乱并没有因任何复仇或献身此类神圣的尊严而有所缓和。邪恶的幕后主使仍然逍遥法外，投降的敌人看起来筋疲力尽且迷惑不已——可怜的小人物。他们抱怨古巴的气候，抱怨俘获他们的人缺乏同情心，没有向他们提供毛拉①。他们声称自己有国际法权利，而他人也刺耳地为他们帮腔。印度和以色列出现了宗教屠杀，其他地方发生了火灾、洪水、瘟疫。世界不停

① 伊斯兰教中的男性宗教老师或领袖。

翻滚，像脱轨的机车，喷涌出死亡，飞溅出痛苦。

他的小外孙女，跟他一样，目睹了最近广泛宣传的灾难。她严肃地告诉丹，纽约市所有搜寻废墟寻找死者的狗，它们的脚掌都在流血。

意志坚强的埃米莉，离婚后活得好好的，她没有阻止这孩子从报纸电视里收集信息。“她已经成了一名真正的新闻特派员。”她淡淡地解释道。“然而，”她继续说，“希拉里从生下来起，就拒绝接受任何与此有关的事情，并且彻底鄙视它们，她觉得这不够淑女。她说这些事情对孩子来说不太合适。她真的能拼出‘合适’这个词。但是维吉呢，企图向她隐瞒人人都知道的、她所有同学都在谈论的东西，真是不太健康，爸爸。毕竟，与波斯尼亚和阿富汗的孩子们比起来，她的条件好得多。”

“不是所有的狗，维多利亚，”丹安慰自己的外孙女，“只是一些受过某种特别训练的狗，脚上穿着小小的皮狗鞋，那是好心人为它们做的。大部分人都非常好。”他向她保证。

这孩子挑衅地盯着他，有点怀疑，但还是想认同外公的说法。半年过去了，她长大了些。整齐的刘海下清晰透明的蓝眼睛里，包含着更多微妙的神情。有时候，特别是她在思考时，她漂亮精致、稚气未脱的脸上，已初露女性的神秘气质以及成熟之美。

露西尔呢，在维多利亚听得到的地方说：“维吉啊，她对所有新情况都感兴趣，她知道乱糟糟的废墟现在快清理完毕了，我们每晚看到的那两盏蓝色探照灯是个纪念碑。”

维多利亚向她外公解释说：“它们意味着那儿所有的人都上了天堂。”

白天，从露台上望出去，世贸中心的双子塔不见了，就这么简单。它们光秃秃的轮廓，就像受计算机指令插入云霄的两根柱子一样，已经相当熨帖地耸立在下曼哈顿的老式砖房丛林之上。玻璃与铝合金质地的长方形群体已从这座城市的剪影上抹去。它们不在那儿了，但是丹在此，上帝与他同在。他转信无神论并没持续多久。每周，教堂的认捐信都要装在信封里投递；他是小型委员会（财产维持促进会）的成员，还要开会。他在位于辛辛那提的新教圣公会教堂，而非福音教堂，宣讲了一大通克拉默①的布道，令听众不知所云，摸不着头脑。丹很想念态度温和的教友情谊——在拱顶天花板下的握手，不太自然的宁静。为什么他要为了抗议某件上帝或他们自己都没有做的事情而不参加教会活动，以此去惩罚一群今后的遗嘱客户呢？对他们来说，定期合唱《尼西亚信经》是他们愉快相处、尽力而为、做个体面市民的一部分，而且是相当重要的一部分。他想念星期天早晨的集会，想念涂过蜡的长凳和跪垫发霉的味道，想念一周没开的冰凉暖气片在星期天清晨开启后砰砰作响的声音，想念没有味道的圣饼在他嘴里的味道。

当他站在那里，站在布鲁克林小巷之上的十层楼上（下面有两名值班人员，在三月温和的气候中，他们再次坐在停车场入口处说笑），远处双子塔的消失似乎只在他身后轻轻投下一道阴影，微弱的影子。但是，可以这样说，对于他的存在而言，这又是无法摆脱的——活着的代价。他活着，虚幻的上帝跟他在一起，就在他身后。人类意识相当奇怪，不管事情有多大，它总包容得下，仿佛它总是更大。它坚持要把丹的生活叙说下去，不论这会多么没道理地截短他人的人生——把他的人生在瞬间粉碎，或掐断在出生之时。

埃米莉和维多利亚，他的后代，承载了他的基因，使之永远流

① 托马斯·克拉默（1489—1556），英国高级教士，曾任坎特伯雷大主教（1533—1553）。

传下去的载体，小心翼翼地冒险出来，来到露台上，跟他一道站在外面。“真令人惊讶，”他女儿说，想读懂他的心思，“这种它们不在那儿的状态仍然萦绕不散。有时候你在旧广告上还能看到双子塔，广告人没有注意到这一点，或嫌麻烦，懒得用喷枪把它们从背景上抹去。这样不太好。许多那类雅皮士电影和电视连续剧里还有它们的镜头，从苏活区或去斯塔滕岛的轮渡上，我听说它们被收集在磁带上，就像电影《天堂电影院》里的那些亲吻镜头。它们会变成一种狂热的崇拜。”

维多利亚迫不及待地主动插话：“总有一天，当所有坏人被杀死后，它们会被重新建起来的，跟以前一模一样。”她恰当地比画着它们有多宽多高，甚至踮起了脚尖。

丹总是打消别人的幻想，但他自己却怀有梦想：“我想那样做不太明智，”他对孩子说，“或者说不像美国的做法。”

“为什么不像美国的做法？”埃米莉反问道，可能还有点儿悲伤。如果父母不离婚，她的婚姻可能会维系下来；谁让坏的先例在前呢。

“我们要前进啊，不是吗？”丹圆滑地回答，“作为一个国家，我们要试着从我们的错误中吸取教训。那些塔高得没必要，阿拉伯人觉得它们是一种炫耀也没错。”

希拉里赤着脚从顶楼一扇门里探出身来，但还是不敢冒险走到黑砖上。她提醒他们：“小孩子不该看你们看到的东西，太吓人了。”

“别怕，”她的妹妹告诉她，然后又像是在对丹说话，“我的老师说探照灯像彩虹，它们意味着再也不会发生这种事了。”

第二次婚姻的西班牙前奏

“你会迷路的，”她对他说，“跟你在布鲁克林、在南部时一样。你总这样，你觉得这样很可爱，但是看看外面，倾盆大雨！”

他没理会这老一套。她想的老是那一套，可这也并非罪大恶极。“我怎么可能迷路？”他回答道，“从这儿我可以看到大教堂。”布拉德·奎格利以及他长期伴侣利奥诺拉·凯茨下榻俯瞰格拉纳达①的阿尔罕布拉宫酒店，他们想看看共同度假能否使他们的长期关系更进一步，步入婚姻殿堂，抑或导致分手。她五十多岁，他刚六十岁；两人在波士顿金融界不同的事务所工作，工作波澜不惊，彼此认识已经十五年，最初只是同行而已。她的职位和收入都与他相仿；从某种程度上来说，她职业上的成就使他们无需考虑紧迫的结婚问题。几乎没有任何理由可以解释为何他们不能再这样继续下去，各有各的公寓，各有各的收入和朋友。然而……原来轻快活泼的黑发小女人在变，他看得出来，她脾气越来越暴躁，态度越来越愚蠢，说的话越来越刺人，而且自我怀疑，极易突然改口。自从健身课、有空调的健身房成为时尚后，利奥诺拉看起来就太瘦了——吃得太少。她骨肉匀称的美正符合剑桥、灯塔山②那种容易伺候的

① 西班牙海滨游览胜地。

② 两者都是波士顿的区域。

身体类型。她不屑于染黑灰发，而是留长后在脑后绾成个发髻。她脸上的斜纹在加深，夸张地表达出一种越来越频繁的表情，那表情就像稍有耳聋的人在埋怨说话的人为什么不大声点。

“我母亲想要我去，”他说，“我母亲①，她想让我看看斐迪南和伊莎贝拉的墓地。她非常爱他们。”

“我又不是不知道。”利奥诺拉说，虽然这两个女人从未谋面。布拉德曾来过一次西班牙，二十年前，跟母亲一道来的。母亲是一位没有发表过作品的作家，她为一部浪漫小说收集素材，小说写的是这两位传奇君主以及他们唯一幸存的孩子，情场失意的疯女胡安娜。

布拉德觉得那是一次奇怪的旅行。一开始时发生了一件很丢脸的事，马德里酒店里忙碌的职员说英语时口误，误将他母亲称作“你妻子”。职员随即打量了他们一番，自我解嘲地哈哈笑着更正说“你母亲”。但是对布拉德而言，这种混淆令他感觉相当糟糕。倒不是他母亲看起来很像妻子，她头发灰白，身材矮壮；但那时他四十岁，新近刚离婚，说真的，他何曾能像了解母亲那样了解什么妻子呢？甚至早在还是个胎儿在母亲肚子里时，他就与她的脾性和内部运行状态协调一致了；母亲笼罩着他，不像一个人，倒更像某种气候、像某种环境，无时不在。为了冲淡他们的关系，他提议带上他十五岁的女儿贝琳达一道旅行，父母离婚给她的打击最大。

他记得，整个旅行中有些东西令他忧伤难过，他躺在酒店房间里夜夜难眠。他的任务是每天开车带母亲和女儿从马德里去周围某个小镇——塞戈维亚、阿维拉、巴利亚多利德、托莱多。母亲发现

---

① 原文为西班牙语。

了一条线索，在普雷斯科特①、华盛顿·欧文②以及约翰·福斯特·柯克③的作品中提到过的宝藏线索，她读大学时就迷他们的历史作品。虽然她能够看点西班牙语，却不好意思说它，结果与导游讨价还价的任务就落到了布拉德头上："请问先生，酒店在哪里？"④母亲凝视着女修道院内的某座坟墓，记下几条笔记。有一次，在一个已经死去很久的女贵族的墓前雕像前，她伸出手，摸了摸她大理石的脚，雕像的脚因人的抚摸早已变得光滑。"多么可爱的小尖头鞋。"她说。

然而，他无法相信她找得到她想要的东西，找得到打开中世纪末晦涩世界的那把钥匙，将丰富多彩的神秘世界倾注于她的笔下。围绕这条历史轨迹的城市交通嘈杂，工业蓬勃发展令城市周边冒出许多简陋的工棚屋；后佛朗哥时期的西班牙正加速摆脱它的浪漫孤立和生动别致的落后，而正是这些多少世纪来吸引了无数热情的游客。贝琳达正处于身不由己的青春期，还有点婴儿肥，忍受着在那辆租来的小菲亚特车后座上多个小时的枯坐，从埃斯科里亚尔建筑群到古堡，到塞戈维亚的排水沟渠，对那些没用了的遗迹尽量礼貌地表示出兴趣，因为奶奶大老远跑来看的就是这些。这个姑娘的全部要求，作为对她这周所受折磨的奖赏，便是去马德里酒店的迪斯科舞厅玩一次，她的监护人们在最后一晚批准了。深夜，当她失眠的父亲终于在自己房间里熟睡过去时，她才回来，脸颊红润，头晕目眩，还对她奶奶讲了好多关于西班牙男孩的趣事——他们如何跳

① 威廉·H.普雷斯科特（1796—1859），美国历史学家、西班牙文化学者。

② 华盛顿·欧文（1783—1859），美国著名作家。

③ 约翰·福斯特·柯克（1824—1904），美国历史学家、教育家。

④ 原文为西班牙语。

舞、如何跟她交流、他们看到她有多高兴。

与利奥诺拉分开让布拉德很紧张；他们连续在一起有六天了。这些天来，女性的那种吹毛求疵令他十分震惊，以前他们在波士顿断续会面的那些夜晚她可没显露过。利奥诺拉长期管理自己的人生还有别人数百万美元的财产，她不放心由他来安排他们的旅行。在塞维利亚时，她觉得他老害他们走错路——他看地图，却把他们带向狭窄的中世纪小巷，那里挤满了嗡嗡响的小轮摩托和超速出租车。她害怕陷入车流，担心骑黄蜂牌小轮摩托的一对吉卜赛人会抢走她的手袋。她不准布拉德给乞丐钱，以免他招来一大群三只手的小偷。她认定所有出租车司机都在欺骗他们，哪怕出租车的里程表是开着的，听得见嘀嗒声。她的要求加重了他的负担，因为他只会一点点西班牙语："问问他这些额外的费用是什么？告诉他他在兜大圈子。"在阿尔罕布拉，她几乎无法忍受导游互抢生意的聒噪；在科尔多瓦，五个世纪后，她在抱怨西班牙人粗鲁地将一座天主教教堂建在有着安详的大理石柱群的、宏伟的清真寺中间。不知何时她竟有这种观念：在这个国家不能喝水龙头里的水。于是"不加冰"①成了他的口头禅，别人并不每次都能听懂。为了她，他总是偷偷摸摸地跑到黑暗的、看似私密的酒吧里，买瓶装矿泉水。

所以，当他撑着雨伞从酒店出发，走在通往小镇的有水坑的小路上时，他有种如释重负的独自历险之感。小路蜿蜒来了个急转弯，天主教教堂在大门紧闭的高宅深院后消失不见了，正如她预言的那样，他迷路了。地图上的字太小，他摸索着从正反两穿的大衣口袋里掏出老花镜。地图弄湿了，他继续往下走，希望碰到一个能

---

① 原文为西班牙语。

弄清方位的公园或纪念碑。最后他来到一条宽阔的大街上，来往车辆呼啸而过，偶有几个路人撑着雨伞行色匆匆。即使戴上老花镜仔细查看过地图，他仍不清楚自己身在何方。格拉纳达是座大都市，比歌曲中唱的有过之而无不及①。一群乞丐，也许是吉卜赛小偷，下雨天收获微薄，坐在一家大门紧闭的银行门前嘲弄地看着他。在做这件或许与行孝有关的事情时，布拉德太自豪于、太悲伤地满足于他湿透而孤独的情形，而不愿问路。直觉告诉他，他应该往山上走，回酒店，可酒店也看不见了，而利奥诺拉还在那儿无望地等他。为了她，他最后还是去了卖报亭，问卖报的老太太："请问，女士，天主教堂在哪里?"②她粗暴地比画着，给出一个不耐烦的回答："Derecho。"可这个词在西班牙语里既有直走又有向右转的意思。他浑身湿漉漉，迈着沉重的步子继续走，开始想念情人的喋喋不休。

天主教堂棕褐色的侧面混在世俗建筑的正面里，差一点从他眼前溜走。他走进圣坛旁一扇开着的小门，没想到这么讨厌的下雨天，里面游客居然这么多，有好几车身披透明雨衣的日本游客。侧身而卧的天主教君主雕像很容易找到，不过，他躺在中殿离地那么高的壮观石棺里，很难看得清楚。布拉德加入一队日本人，走进石棺下的地下室，他们看上去知道内情。地下室里，不远处，几根石柱后有间小小的灵堂，五个玩具样的普通铅棺里存放着斐迪南国

---

① 指同名歌曲《格拉纳达》，上个世纪最重要的西班牙语歌曲作者奥古斯丁·罗拉创作于一九三二年。原曲以《西班牙幻想曲》为副标题，歌词表达了对格拉纳达的憧憬之情，现已成为男高音必学必唱的经典曲目；因歌曲大受欢迎，还陆续出现了流行、爵士、摇滚和佛朗明哥舞曲等多种版本及多语种歌词。

② 原文为西班牙语。

王、伊莎贝拉皇后、他们精神错乱的女儿胡安娜、胡安娜不忠的丈夫勃艮第王、美男子菲利普的遗体。菲利普死时年方二十八岁，他的遗孀把涂了香油的尸体放在她的卧室里好多年。还有，那个最小的六边形铅棺里，孩子的肉身已化作尘土，这是旅游手册上没有记载的孩子，旅游手册上只写着胡安娜的疯病没有影响她的生育：两位君王、四位皇后都称她为母亲，而她的疯狂影响了哈布斯堡王朝①的几代君主。

是什么，布拉德想，令他自己的母亲觉得她可以完成有关这些虔诚、蒙昧、疯狂而残忍的君主的作品呢？她说起疯女胡安娜时仿佛说的是一位可爱的古怪表亲，说起斐迪南，仿佛在说自己从没有过的专横丈夫。现在她自己也被装在一个盒子里——樱桃木棺材而非铅制低矮的石棺——埋在地下了，不用说她的身体也会变成一具骷髅。在西班牙时，她身体过胖，穿着美国冬季服装，以致布拉德想起她就想到她跟他以及贝琳达在靠近省立广场炙热的人行道上吃中饭时满脸通红、大汗淋漓的样子。当时他们在等女修道院和教堂重新开放，她查阅旅游手册和笔记本时双眼雾蒙蒙的样子他仍然记忆犹新。然而，勇敢的人儿，她从未抱怨过不舒服，或说什么大老远花了这么多钱而来，却没有找到想要的东西。现在，她的灵魂虽不如表亲胡安娜那么疯狂，但也绝对沉溺于此，将他再次带回西班牙，还拖着可怜、紧张且脾气暴躁的利奥诺拉，她甚至不信任这儿水龙头里的水。他走进雨中，慢慢地朝旅馆走回去。他决定，一定要对利奥诺拉再好些，永远不要再重复这种不幸的经历。只要一回波士顿，他就要结束这段关系。头顶上云破日出，露出令人惊叹的

---

① 从中世纪到现代时期统治欧洲的一个家族王朝。

片片蓝天：埃尔·格列柯①的天空。

他们第二周待在马德里，利奥诺拉在这儿似乎很放松。她觉得马德里像是更宏伟的波士顿，有更大的公众公园、更多集中的艺术博物馆。在西班牙时，她紧绷的黑脸、朴素的发髻让好几位行人以为她是本地人，用西班牙语跟她打招呼；她对此很高兴，红着脸抗议道："不，不，谢谢——我是美国人。"②她比他更快地熟悉了周围的路。在普拉多博物馆，她帮他找到了一幅戈雅③的小作品，关于一条狗的奇怪画作。他记得上次旅行时，自己在某个地下室里见过那幅画，它并没有存放在一楼戈雅画的那些宫廷肖像画中间。利奥诺拉像个孩子，对自己的西班牙管理艺术颇为自豪，领着他穿过游客群，来到第三层，那里单独安放着戈雅消沉的最后时期的原始画作，仿佛一个疯子被关在阁楼里。他还记得一条完整的狗，也许还想到了弗朗西斯·培根④画的狗。实际上，这幅画名为《半隐藏的狗》——画的不过是条瑟伯⑤风格的狗的侧面，有大量黄色的留白。布拉德纳闷为何他竟把这段记忆珍藏了二十年。"我可不能让你找不到你的小狗，"利奥诺拉说，他觉得这话有点霸道，"你总是提到它。"

"我有吗？"他觉得仿佛自己以前从没到过马德里似的。在一条宽阔笔直的大街上，他认不出自己和母亲、女儿曾经住过的酒店，

---

① 埃尔·格列柯（1541—1614），西班牙著名画家。

② 原文是西班牙语。

③ 戈雅（1746—1828），西班牙画家。

④ 弗朗西斯·培根(1909—1992)，英国画家，以扭曲变形并带有恐怖感觉的肖像画最为著名。

⑤ 詹姆斯·瑟伯（1894—1961），英国幽默作家和漫画家。

并因掉头转弯而被礼貌无言的警察开了张罚单。只有帝王宫殿——从阳台栏杆处可以看到修剪好的柏树——看着似乎眼熟；二十年前那次不协调的三人行，他们在第一个摇摇晃晃的午后曾走过那里。他凭栏而立，明白无误地对自己说，我在西班牙。异国的风俗与忧郁似乎从花园、从修剪成四方形的女贞、从墨绿的柏树里升起。布拉德记得，当时游客不许入内。那时国王还很年轻、受人尊敬，西班牙人视他为阻止西班牙内乱的卫士，而现在国王六七十岁了，身体健壮、脾气好。首相则是个社会主义者，欧元取代了比塞塔，成为王国货币，帝王花园对公众开放。布拉德跟利奥诺拉来到曾一度禁止游客入内的庭院里，但那里乏善可陈，寒冷空旷，只有另外零星几位欧洲游客。花园里冷冰冰的接待员如同酒店服务生，拿过他们并没有夫妻身份的护照，再递回给他们，没有一丝反宗教改革的清教徒意味。西班牙重新加入了异教徒的地中海世界。

利奥诺拉比在波士顿时更忸怩作态。“难道我不聪明？”当他们离开普拉多时，她还在说，“帮你找到你的小狗。”

“狗，”布拉德品味着单词里的双“r”①颤音，“是的，你真是非常聪明，亲爱的。”

他和利奥诺拉坐火车从马德里到托莱多游玩了一天。行程快结束了，他们的情绪都轻松了下来。火车站里，一个吉卜赛人怀抱小脸脏兮兮的婴儿，当他要给钱时，她不再激烈反对。他以前也去过托莱多，但是是开车去的，跟他的——不是妻子——madre 和他的 hija②。路上车胎爆了，他瞎鼓捣换好备胎，这成为他为数不多的西

① 原文为西班牙语 Perro。

② 西班牙语，分别为“母亲”和“女儿”之意。

班牙胜利中的一个。那次远足中，除了那座赭色桥以及镶嵌的木头门外，他唯一记得的只有爆胎。当时，他们在阳光下走过那座桥，爬上陡峭拥挤的小山，托莱多黑压压地在他们身后。

今天同样阳光明媚。火车爬过葡萄园和鲜绿的田野，走了一个小时，然后在河另一边的城外停下来。他和利奥诺拉跟在一对叽叽喳喳的英国女人后面，她们似乎知道内情，来到一辆红色大巴处，车里很快便坐满了；一大群从火车上下来的人穿过街道，列队斜穿过去，看着他们慢慢走远不见，布拉德嫉妒他们的秘密——某种捷径，不用路费。由于某条路掀开在施工，大巴车把他们卸在布拉德无法在地图上找到的某处；他像在格拉纳达的雨中时那样迷路了，而身边的利奥诺拉烦躁起来。她想要一瓶水，害怕在狭窄曲折的街道上遭人打劫。“真叫人吃惊，”他承认道，“这些西班牙人把他们的大教堂藏得真好。”

“但这是西班牙最大的哥特式大教堂！”她几乎哭喊出来，“你是这个世界上唯一一个找不到它的男人！”

当他们与教堂突然迎面遇上，在它的五条巨大走道里巡游时，他压根记不得他曾来过这里。当然，他和他母亲、女儿曾经一道惊异于优美高雅的唱诗班区，杰出的圣坛装饰画，精巧雕刻的、身披长袍的圣母马利亚。现在，母亲跟伊萨贝拉皇后一样作古了，女儿成了三个孩子的母亲。还有，所有东西中最值得一记的是，巴洛克洞，一片天，周围围绕着一圈天堂人物，在十八世纪不协调地插入圣坛后的哥特式拱顶。仿佛他们全瞎了。他们在冒险给车换过轮胎后筋疲力尽，他母亲有一张为写小说提供素材的景点清单。他们把车停在哪儿了？很难想象他过胖、怕热的母亲费力地在街道、台阶上来回地走着，此刻他和利奥诺拉抱着到此一游的态度走过这些地方，从城市西边的旧犹太教堂走到东边的圣克鲁斯博物馆。当他们筋疲力尽地靠着一处栏杆时，他看到了他的那座桥，在夕阳下闪着金光。

回马德里的火车会在一小时后，也就是六点离开。“我敢打赌，”布拉德对利奥诺拉说，“如果我们穿过那座桥，走左边，我们会到火车站。”

“你凭什么这么认为？”

“我觉得地图上是这么说的。”

“你觉得。为什么桥上没有人？它哪儿也不通。”

“他们不会让一座桥立在那儿却哪儿也不通的。还记得那些没有上大巴车却斜穿街道消失不见的游客吗？他们肯定走的是这座桥。看地图，就在这儿。它叫阿尔坎特拉桥。”

“我们怎么才能下到那儿去？”

这个问题问得有道理，所以布拉德觉得她开始讲道理了。他们站在离河相当高的地方，几条交通忙碌的大道交织着。“我不知道，”他承认，“也许要走进那个停车坪。我觉得我看到了些台阶。”

利奥诺拉本想讨好他的，只是长年单身养成的自我保护恶习难改。“你觉得，”她说，“你不知道。”

“我知道那座桥。上次我跟母亲女儿一起上过那座桥。”

“那是很久以前了；你自己都无法肯定，我从你的声音里听得出来。看看河对岸，那边没有路。布拉德，我跟你说，我坐大巴车，我知道它从哪里开车。如果你想试试你的宝贝桥，我会在火车站等你。把我的回程票给我。”

“哦，见鬼，算了，”他对她说，“我们一起坐那趟不透气还贵的大巴车回去，但这可能是一次诗意的体验。”在心底，他觉得如释重负，因为他不必费力地爬下去搜索那座桥的入口，因为利奥诺拉为了斗气跟他保持一定距离；他们正变得分不开，这很危险。

回到汽车站—— 一个三角形的广场，挤满了年轻的欧洲人，他们脱得只剩短裤和背包——在这座阴郁城市里一处普通得不能再普通的流动摊档上，布拉德重又听从自己的意愿，买了一根可爱多雪糕的西班牙代替品——巧克力冰激凌冰棒，这更拉大了他们之间的距离。“别买，”利奥诺拉求他，“汽车就要来了。”

“不，不会的。”他说。那是他特别喜欢的雪糕——里面是香草冰激凌，外面裹着一层褐色巧克力加碎坚果。他很少在波士顿市中心看见有卖的，那儿人人都西装革履，很少会惠顾可爱多雪糕摊。“要不要咬一口？”他把雪糕伸到头发灰白的同伴面前，她挑剔地皱起了眉头。

“我才不想。快点儿吃——车上不让吃东西。真是个孩子！”汽车随后便开了进来，利奥诺拉惊慌地轻声尖叫起来，简直像出了件重大紧急事件一般。在拥挤的车门口，布拉德把吃了一半的冰棍藏在身后，这样司机看不到。利奥诺拉吓坏了，当他们在后面坐好后，他还在啃冰棍，冰棍化得太快了。她亮明观点：“你是个讨厌、自私的孩子。”

他等到可以说话后回答道：“好了，吃完了。没有流下来。如果你想道歉，不管何时都行。”更让利奥诺拉生气的是，他问她：“这根棍子怎么办？能把它放进你的手袋里吗？求你了，求求你了。”

大巴车开动，绕开了那个施工路段，在一条平坦的高速公路上穿过那条河，十分钟内就到了火车站。布拉德很享受自己不友好、傲慢自大的坏男孩新形象，他对利奥诺拉说：“好了，聪明鬼。我们早到了四十分钟。我希望你很快乐。”

“我没有不高兴。”她说。她的焦虑暴躁突然间让位于柔和、更带试验性的情绪。她没有穿过马路走到街对面的火车站去，而是指着他们这边距他们几步之遥的一台自动售卖机说：“也许你可以给我买瓶水。”塞进欧元钞票，扑通掉下一瓶冰冷的水，这个交易让他们两人都很满意。在这个国家待了两周后，他们都知道了内情。“我们散会儿步吧，”利奥诺拉说，“去你觉得你看到那些人走过的、你觉得十分伟大的那座桥。”

“我没有说它伟大，它只是我记得的某样东西罢了。少而又少的几样还记得的东西之一。”

这条街转了个斜弯，快靠近河时变成乡野，路上车辆很少。越过一段低矮的石头墙，河岸上铺着高高的青草，中间点缀着罂粟花和雏菊样的白色小花，有一种原始且朴素之感。这条路很短，还没有城市里一个街区那么长，在那座有加强桥门和赭石拱洞的老桥头结束了。他们刚才走的这条路地势微低，半隐藏起来，从那边看不见。“那么——我是对的。”他说。但是，看着河对岸，布拉德看到利奥诺拉关于从停车坪处进来的看法也是对的：他没有看到任何台阶。靠着疲惫的双脚，从这条路斜穿过来要走很久。“好了，谢谢，”他说，“我们回去坐火车吧。”

“不，我要你走上那座桥。还有时间。我多傻，布拉德，竟不相信你——这条路近多了。我太固执，真不好意思。我太不会讨人欢心了。”这座桥在他们当初看时并没有人走，可现在有许多家庭，从小孩子到穿着黑衣、拿着藤杖的父亲们，他们在齐腰高的围墙间闲逛，打发时间。利奥诺拉坚持从她手袋里掏出相机，让布拉德在远处以精美的桥堡和桥门做背景，摆姿势照相。那些古老而高大的木门吱嘎直响、黑漆漆的门上还有钉饰和纹章样的金属小花，一排排异常整齐，它们已深深钉进他的记忆中。他们曾在这儿站过，在一个同样温暖的黄昏，母亲、女儿还有他。爱出汗的母亲说了什么让那一刻很可笑，或者在笔记本上记下了些什么。现在那些东西早已不见，她的小说也从未发表。

利奥诺拉把照相机收好，在老石头散发出的热气当中，紧挨着布拉德站着，近得完全没必要——一个欧洲人而非美国人的交谈距离。“现在，我还不好吗？”她挑逗地说，“在你那么刻薄，还帮你找到你母亲的桥之后？”

她送给了他一座桥。“喔，是的，非常好，”他说，“你非常好。我不会再刻薄了。”她那张苍白的瓜子脸上一脸的希望，一脸必胜的羞涩，这让她年轻了好几岁；当时她的脸靠得那么近，他闻到他们中午一起吃的西班牙海鲜饭的味道。她西班牙人般的双眸是两汪深潭，恳求的神色吞噬了他。

娇 妻

韦罗妮卡·霍斯特被蜜蜂蜇了一下，本来这只会引起片刻的不快与痛楚，可是她，在二十九岁青春绽放的最好年华，居然过敏性休克，差点死掉。多亏她丈夫格雷戈尔跟她在一起，他把血压不断降低、昏迷不醒的她抱到车上，一路疾驰，在镇中心横冲直撞后来到医院，她总算在那儿获救。莱斯·米里尔的妻子丽萨，刚气喘吁吁地上完女子网球课，听完各种小道消息，把这事告诉了莱斯，他心里嫉妒得发痛：他和韦罗妮卡在去年夏天有过一段情，因爱之名，跟她在一起，英雄救美的本该是他。事后，格雷戈尔甚至还很镇定地去当地警察局自首，解释他为什么超速，为什么在该停车时不停。“真是想不到，”不明真相的丽萨对丈夫说，“她快三十岁了，显然以前从未被蜇过，所以没人知道她会有如此反应。我小时候老被虫子叮咬，你不是吗？”

“我想，”他说，“韦罗妮卡是在城里长大的。”

“不过，”看着莱斯反应迅速，把握十足的样子，丽萨犹豫着说，“那也保不准，城里有公园。”

莱斯想象着韦罗妮卡在她家里，在她床上，白里透红的修长身形，宛如莫迪利亚尼①或弗拉戈纳尔②的画中人物。他说：“她是那

① 莫迪利亚尼（1884—1920），意大利画家和雕塑家。

② 弗拉戈纳尔（1732—1806），法国洛可可风格画家。

种窝在家里的人。”

丽萨相反。网球、高尔夫、徒步旅行还有滑水，让她一年到头脸上雀斑不断。如果你仔细看，甚至她蓝陶色的虹膜上也点缀着点点暴晒而成的黑斑。她固执地说：“好了，她差点死掉。”仿佛莱斯岔开了话题。而莱斯脑子里一直在琢磨韦罗妮卡的美丽和高昂情绪何以会因这场飞来的化学横祸而从这个世界上消失。在她需要救助之际，如果她这位去年夏天的情人获悉此事，他肯定不如格雷戈尔。格雷戈尔又矮又黑，一口英语不仅口音重，而且过于讲究精确，仿佛要把他的语感锁在密闭的金属匣子里。韦罗妮卡讨厌他，她自己说的——讨厌他过于挑剔，讨厌他独断专行，讨厌他过于自信的冷冰冰的触摸——但是莱斯在那个夏末结束他们的恋情，倒很可能救了她一命。假若他是格雷戈尔的话，他可能惊慌失措，不知道如何是好，最后贻误了救人时机。可以说，他难堪地看到，这一事件将成为一个重要且影响深远的时刻而被载入霍斯特家史——妈妈，(还有祖母，当她当上祖母后)被蜜蜂蜇了一下，异域出生的可笑祖父足智多谋，及时相救。嫉妒令莱斯胃痛得几乎弯下腰去。如果他，体贴、爱做梦的他在那儿，而不是那个板着脸、讲究实际的格雷戈尔在那儿的话，她的紧急状况可能会有一份别样的诗意，并永久存在下去，会更讨她欢心，与注定不了了之的那段夏日恋情更为契合。除了死亡之外，还有什么比性爱更神圣更亲密呢？他想象着她一动不动的样子，想象着她因血压过低而一脸灰白地蜷缩在他怀中。

韦罗妮卡有套莱斯非常喜欢的夏装，一字领，半长袖，橙黄色，还是那种深浅不一的蜡染橙黄。那种颜色一般女子很少穿，但是这件衣服却衬托出她闪亮笔直的长发和绿眼睛。莱斯忘不了他们的恋情，眼前似乎又闪过一抹这种色彩，虽然他们分手在九月，夏季已过，田野上的草开始结籽，空气中蝉声聒噪。韦罗妮卡听着他解释他撇不下丽萨和年纪尚幼的孩子们，他们应该趁大家都不知道，趁事情还没有变得一团糟，趁大家的生活还没有支离破碎、不可收拾之前断了，她双眼湿润，下唇颤抖。韦罗妮卡透过泪眼打量他，恍然明白他实际上并没有爱她爱到想将她从格雷戈尔那里拯救出来的地步。他还不够自由，他宁愿以这种说辞来分手。他俩相拥而泣——他的泪水滴在她椭圆形领口处敞露的肌肤上，晶莹剔透——相约除了他俩，这事不让任何人知道。

然而，秋去冬来，到了来年夏天，他觉得被这个约定给骗了；他们恋情是那么美好，他恨不得别人知道。他想重燃她的激情。她对他的渴望置之不理，斥责他糊涂，竟企图在人群中单单找她。她蹙起修长的红眉毛，绿眼睛里冒着怒火。“亲爱的莱斯，”有一次，当他在一个聚会快结束时又将她堵在角落里时，她对他说，“你有没有听过这句话：‘不要占着茅坑不拉屎’？”

“嗯，我现在算听过了。”他既惊且气。丽萨从来不会说这种话，也不会穿这么惹眼的橙色蜡染裙子。

他与韦罗妮卡的私情像伤口感染，没能治愈，一直在他体内烧灼。岁月流逝，韦罗妮卡似乎也深受其害。自从遭蜜蜂叮蜇之后，她似乎再没能恢复过来，时胖时瘦，瘦时憔悴，青筋暴露，胖时肿胀，仿佛充过气。她常去当地医院，对此格雷戈尔讳莫如深。韦罗妮卡躲在家里，丈夫只身出席聚会，在聚会上遭人埋怨时，他仍然拒不说出病名。莱斯凭他光想不动的浪漫情怀，想象她因背叛而内疚，一时冲动向格雷戈尔和盘托出了他俩的私情，而被格雷戈尔抓住把柄，软禁在家。又或者，失去莱斯的遗憾折磨着纤弱的她。虚弱并没影响她的美，反而令她新添一层韵味，一丝鬼魅之光，一丝悲伤。多年的日光浴后——那年月，主妇们流行整个夏季外出晒日光浴——韦罗妮卡得了光毒病，整个夏季足不出户。三十岁后，她的牙齿开始给她添麻烦，她定期去看的整牙医师和牙周专家诊所在隔壁那座中等城市里，诊所所在的高楼恰好在莱斯任投资顾问的那家公司对面。

有一次，他从窗户里看到她去街对面看牙医，她穿着一件裙衫式黑大衣，神情专注而严肃。那之后，他常常看着窗外寻找她，哀悼他们娶嫁他人，年华老去。丽萨的户外活力、满脸雀斑和快活脾气多少让她像个男人，她的头发跟她母亲一样，很早就灰白了。有传闻说格雷戈尔得不到满足，找了情人。在莱斯心中，韦罗妮卡深陷婚姻囹圄，一直默默承受着背叛带来的伤痛。他还是能在聚会上碰到她，但两人之间却隔着整个房间，当他想方设法靠近她后，她却无话可说。想当初他们相恋时，除了性爱，他们还共同分享对各自孩子的关心，回忆各自的父母和自己的成长历程。除了失去了情人之间最宝贵的东西之外，彼此这种纯真的坦诚交心，诉说身边熟人的生活，如同流水，一旦受阻，在心中便累积成压力。

所以，当他看到韦罗妮卡离开牙医诊所之时，虽然他的办公室在十楼，虽然她裹着厚厚的冬大衣，他还是能确定是她没错，他赶紧出了办公室，甚至懒得披上轻便大衣，在半个街区之外的人行道上拦住了她。

“莱斯特！你到底想干什么？”她戴着连指手套的双手插在腰间，装出一副恼怒的神情。有些商店橱窗里圣诞装饰还在，沾满灰尘，路边水沟里，被扔掉的常青树上星星点点的金银丝箔闪着光。

“我们一起吃个午饭吧。”他央求道，“除非你满嘴奴佛卡因[①]

① 一种局部麻醉剂。

的味道。”

“今天他没有用奴佛卡因，”她一本正经地告诉他，“只是装了个临时齿冠。”

她说得这么详细，让他颇为兴奋。在他上班时常去吃午餐的一间餐馆里，在暖和的火车座里，他简直不敢相信她就坐在他对面。她不太情愿地脱下了黑色羊毛外套，露出猩红色开襟毛衫和配套的粉红色珍珠项链。“这些年你还好吗？”

“为什么我们要这样？”她问道，“难道这里的人不认识你吗？”

他们到得很早，但这会儿人渐渐多了起来，人声鼎沸，门开合时穿堂风很刺骨。“认识又怎么样，不认识又怎么样，”他说，“管他呢，有什么好怕的？你可能是客户，可能是老朋友，实际上你就是老朋友。你身体还好吗？”

“还行。”她说。他知道这是撒谎。

但是他接着说：“孩子们怎么样？我想听听他们的事——有一个调皮不听话，有一个敏感害羞，有时候你都受不了。”

“那都是很多年前的事了，”韦罗妮卡说，“我现在习惯简了。她和她哥哥都在寄宿学校。”

“还记得我们以前怎么避开他们的吗？还记得有一次哈里发烧，你仍然送他去上学，因为你我定好了约会。还记得吗？”

“我忘了，我倒宁愿别人别提醒我这些事，现在想来真让我羞愧，我们太蠢太不谨慎。你提出分手是对的，我花了一些时间才明白，好在我总算明白了。”

“嗯，我可不。我放弃你准是疯了。我只顾自己。孩子们——我的孩子现在都十来岁了，在外读书。我有时看着他们想，我为他们做出的牺牲他们可会在乎？”

“他们当然会，莱斯特，”她垂下眼帘，看着她叫的那杯热茶，虽然他强迫她像他一样要一杯酒，“你是对的。别逼我再说一次。”

“是啊，但是此刻我跟你在一起，我觉得自己真是大错特错。”

“如果你是在跟我调情，那我可要走了，”这句威胁触动了韦罗妮卡的心弦，她神情严肃地说道，“格雷戈尔和我正在办离婚。”

“噢，不！”莱斯觉得空气仿佛变厚变重，仿佛有只枕头紧紧压在他脸上，“为什么？”

她耸耸肩，纹丝不动地看着那杯茶，像打牌的人保护着手里的牌，谨防别人偷看。“他说我再也配不上他了。”

“真的吗？自私、自恋的怪物！还记得你曾经抱怨，不喜欢他碰你吗？”

她再次难以察觉地耸耸肩。“他是个典型的男人，比大多数人要诚实。”

莱斯纳闷，这是在讽刺他吗？他们有可能再次合好，但在这场游戏里他不想高估自己而导致最终失败。不过他也没有一声不吭，而是找话说：“现在冬天到了，你没有夏天那样苍白了。受得了太阳吗？”

“既然你问起，我得说，阳光让我很痛。我得了红斑狼疮，他们告诉我。轻度的那种，管它轻度是什么意思呢。”在他看来，她的满脸苦相中有种讽刺意味。

“嗯，”莱斯说，“轻度就好。我觉得，你气色还可以。”女招待回来了，他们仓促地点了菜，余下的午餐时间过得有点尴尬，家常话聊完了，该分享的也分享完了——他以为自己早就丧失了分享的能力。然而，以往在床上，在做完爱之后的慵懒中，总有家常话说。莱斯觉得，韦罗妮卡现在没以前那么容易疲倦了，她小心地拖着自己臀部宽大、四肢修长的身体，仿佛它可能随时爆炸。她身上有种东西在发光，像充满电的细小灯丝。女招待还没来问他们要不要甜点，她便伸手拿过大衣，告诉莱斯：“什么也别跟丽萨说。有些还是秘密。”

他抗议道：“我从没跟她说过什么。”

可是，最后，他还是跟她说了，也许他和丽萨该离婚了。他要与维诺尼卡重修旧好——与现在这个越加楚楚可怜的韦罗妮卡重修旧好——不论白天黑夜他满脑子全是她。她的苍白，让她仿佛成了进入光芒闪闪的医院的大门，隐隐治好了他的旧伤口。他觉得上次斩断私情就不对，现在他要照顾她的余生。他想象着自己为病床上的她端茶送饭，开车送她去看时间紧张的医生，自己差不多成了个医生。他们的恋情并没重炽，他们的接触仅限于她看牙医时，因为任何冒险都可能危及到她作为一名受委屈的妻子的合法形象。在那些午饭和偶尔的鸡尾酒下，她越来越像他记忆中的主妇：举止随意自然，谈话活泼，轻声细语，不知怎么，这一形象像利刃穿透他沉闷本分的生活，直达他真正的自我，英勇的、温文尔雅的自我。

“可是为什么？”当他扬言要离婚时，丽萨不禁问。

他无法坦白说韦罗妮卡重回到他生活中来了，如果这样，便就意味着要承认早先的出轨。“哦，”他说，“我觉得我们作为一对夫妇，已尽了我们的本分。说实话，我跟不上你。你做各种运动，你早就自得其乐，也许你一直如此。考虑考虑吧，求你了。我不是说我们明天就去找律师。”

丽萨不是傻瓜，她的蓝眼睛中金色的斑点被细小的泪珠而放大了，她盯着他。“这事儿跟韦罗妮卡与格雷戈尔的分手有什么关系吗？”

“没有，当然没有，怎么可能？但是他们在告诉我们我们该怎么做——保持理智，互相尊重，充满感情。”

“我不知道他们有什么感情。人人都说格雷戈尔在她病情这么严重时离开她，真是可耻。”

“她病了吗？”他本以为蜜蜂的叮蜇只让他看到了她的脆弱，她可爱的老派晕厥。

“哦，我觉得是的，”丽萨说，“不过她很会演戏，韦罗妮卡一贯如此。”

“你看，正是这样，演戏。你就是这样想的。我们成了一出戏。我们整个婚姻生活，就是一出戏。”

“我从没这么想过。我得说，莱斯，这对我来说可是件新鲜事。我需要时间。”

“当然，亲爱的。”不着急，霍斯特夫妇遇到意外阻碍，钱方面的。光芒闪闪的入口依然开放。

而丽萨很有风度，确实在慢慢调整，这个家里弥漫着即将遭遗弃的灰尘感。孩子们从学校放假回来露了一面，嗅出家里的不同气氛，借口去犹他州滑水和去佛蒙特攀岩，躲了出去。丽萨却似乎越来越不活跃，下班回家后，莱斯会发现她在家里待着，无精打采，问她这天过得怎么样时，她会说：“我不知道时间都溜哪儿去了。我什么也没做，甚至没力气做家务。”

初春一个细雨蒙蒙的周末，丽萨取消了周日上午四人组的室内网球活动，她没去参加这个惯常活动，而是叫莱斯到他们卧室里来。他一直睡在客房里，孩子们已经发现了。“别怕，我不是勾引你。”丽萨说。她躺在床上，拉低了睡袍，露出左边乳房，脸上没有欲望，笑容里透着恐惧。“摸摸这儿。”

她的手指引着他的手来到她左乳房之下，他本能地抽回手，这个拒绝动作让她的脸羞红。“得了吧。我不能让孩子来做这个，也不能找朋友。你是我唯一找得到的人。告诉我你有没有感觉到什么。”

多年坚持锻炼和穿跑步胸衣让她身体结实。她的乳头颜色像兑了水的红葡萄酒，因这么随便地裸露于空气中而立了起来。“不光是在皮肤之下，”她教他怎么做，“更深点。在里面。”

他不知道在血管与腺体的黑暗交织中，他感觉到了什么。“一个肿块，”她进一步提示，“我十天前洗澡时摸到的，希望这只是我的想象。”

“我……我不知道。有点……不连续，但那儿可能只是本来就厚一点。”

她把手放在他手上，把他的手指压得更深一点。“这儿，感觉到了吗？”

“有点儿。痛吗？”

“我不知道会不会痛。在右边同一位置上摸摸。感觉一样还是不一样？”

他照她说的闭上眼睛，集中精神比较，试着想象内部肿块，那黑色的闯入者。“不一样，我觉得。我不知道。我说不出，亲爱的。你该去看医生。”

“我害怕。”丽萨坦白说，蓝眼睛在褪色的雀斑中发亮，眼神惊恐。

莱斯立在那儿，一只手还握着她健康的右边乳房。它柔软、温暖，有一定分量。这就是蜜蜂的一蜇，是他垂涎已久的亲密，最终名正言顺成了他的；但他觉得自己被这具身体上的什么东西给玷污了，他只想转身一走了之，可是他明白他不能。

宇宙的加速膨胀

马丁·费尔柴尔德为何要为它烦恼？他是受过教育的人，在漫长的一生中，他阅读过多种宇宙理论。爱德文·哈勃对星系普遍红移的发现，以及随之而来的宇宙膨胀的发现在他出生前早已存在；到他青年时代，宇宙大爆炸理论，以及获得认可的基督教创造论的弦外之音——“要有光”——与宣称宇宙于虚无中自身每次形成一个氢原子这种更具佛教意味的稳恒态理论相比，占了上风。最近几十年，天文学像金融界一样，十亿取代了百万，成为度量单位：十亿个星系，每个星系中有十亿颗恒星。功能越来越强大的望远镜，包括悬挂于太空中，以哈勃命名的望远镜，发现了一群模糊的椭圆，每一个都代表一个银河系。这些发现让那些尽量真心想理解时空距离，想理解巨量无生命物体在整个骚动着虚粒子的并非无限的真空中不断累积、爆炸和消失的人茫然不知所以，让费尔柴尔德燃起最后一轮难以企及的希望：待伟大的天空之谜最终揭晓时，将证明人类以自我为中心是正确的，并将揭示隐藏于宇宙排列之后的妥帖安排。

但是事实上，由两支彼此独立的研究团队所发现的事实似乎是：没有任何迹象显示星际空间里最遥远的星系在逃离我们时速度有所减缓，相反却可观测到它们在加速，以致可以大胆预测，万物将最终消失于绝对冰冷的黑暗之中。我们正沿着一场无意义的爆炸驶向蛮荒。只有看不见的有害的反重力、所谓的黑暗力量可以解释它。为什么费尔柴尔德要把这当成自己的事情？宇宙活得比他要长，彼此寿命相差悬殊——这绝对错不了。但是，不知何故，他相信永生，相信永生的存在，哪怕自己并未有幸身列其中。宇宙的加速膨胀为这个密闭的茫茫空间增添了一丝不光彩的意味。古老的猜想——上帝、天堂、其中的道德法制——现在彻底没了依存的基础。一切都将消融。费尔柴尔德并非神秘主义的鼓吹者，可是一想到宇宙脉冲、大爆炸与大塌缩的交替，每次都会将万物重新抛入无法想象的小熔炉，一个崭新开始的亚微观起点，他心中总暗感宽慰。现在这种宽慰没了，他飘入不随时间改变的稳恒状态——一种他身边人难以觉察的、与亲人日渐疏离的极度沮丧之中。

费尔柴尔德至今还不相信自己老了。从镜中他可以看到成倍增加的灰发、加深的皱纹，用力后仍然短促的呼吸，在椅子上或车里坐久后僵硬麻木的四肢，但这些现象尚未侵蚀到他的内心，仍有一段安全距离。他觉得自己内心最深处不会受其影响。

他每天吃苦耐劳地工作，随着公司职位的升迁，自己日益德高望重。他积蓄了一笔丰厚的储备金，可以每半年偕妻子出国旅行一次。欧洲的旅游景点逐渐游完了——英格兰、法国、意大利、希腊、斯堪的那维亚。妻子尚未去过西班牙，他以前只去过一次，还是仓促的学生之旅，没有留下什么印象。在马德里以及少不了飞去毕尔巴鄂看弗兰克·盖里①的钛鲸之后，他们南下来到西班牙南部，几百年来摩尔人在这片土地上种植柠檬，建造复杂精致的清真寺，在院子里围着飞溅的喷泉咏唱情歌。

① 弗兰克·盖里（1929— ），当代著名解构主义建筑师。

塞维利亚似乎少了点魅力，也可能是费尔柴尔德夫妇厌倦了着迷的感觉。他们刚从格拉纳达和科尔多瓦过来。那儿每座大教堂和宫殿里都有阴郁的基督教炫耀的痕迹，摩尔人连同他们的优雅、他们的宗教宽容，都被驱逐出去了。在费尔柴尔德看来，阿尔卡萨尔城堡和塞维利亚圣母主教堂都大得没有必要。老犹太区街道狭窄，挤满了嗡嗡叫的小摩托和摇摇晃晃的运货卡车，完全不理会只准行人通行的标志。他们住的酒店就在这条街上。

那天傍晚时分，这对老年夫妇完成了当天参观彼拉多宫的任务之后，从这条离奇而有趣的犹太区小巷中出来，上到一条稍宽的大路上，舒了口气。他们坐在户外喝了杯咖啡，然后往他们住的酒店走去。他的方向感告诉他最直接的路线是沿着繁忙的单行街走，那条街只有一边有条狭窄的人行道。“你觉得？”他警惕的妻子问道，“你有没有想过如果我掉到车流里去了怎么办？”

“你怎么会掉到车流中去？”费尔柴尔德轻蔑地说，“我就在你身后。”

不过，当他们一前一后走着时，嘈杂的车流感觉真的离得很近，费尔柴尔德走在后面。菲亚特、黄蜂小摩托嗖嗖地驶过，扬起无处不在的尘土。他盯着妻子的脚，或正想着自己的脚时，突如其来的压迫感让他失去平衡向下倒。费尔柴尔德对这令人费解之力毫无招架之功，他扭了几下侧身倒地。在倒地的瞬间，他看到离他眼睛几寸远之处，一位黑发年轻人新刮过胡须的脸庞上粗大的毛孔。那人因拼命用力、因经受着某种苦难而脸部扭曲。

费尔柴尔德面朝下倒在了沥青路上，胳膊被身后无情的力量缚住了似的，他预感额头会撞在坚硬的路面上。脑子里刚冒出这想法，前额上快如闪电的一击便告诉他，最坏的已过去，他会活下来。

身后的汽车紧急刹车，他抬头正好看见机动脚踏两用车上有两个男人灵巧地一致倾斜着，向下转入一条侧街，消失无踪了。两人中有个人就是刚刚跟他一起受地心引力的可怕控制的黑发男子。他背上的重量还在，但它小心翼翼地升起，开始用女人的声音对他说起话来，费尔柴尔德发现那无法抵挡的重量原来是妻子的身体。他在粗糙而肮脏的路面上躺了好几秒钟，隐隐觉得那个姿势可不是一般人能享受到的待遇，同时他欣慰地想着一个显而易见的事实：头上遭受的这一击并没有让他失去意识。他是个身体硬朗的美国老头，他想，仿佛他的意识已从他身体中抽离出来，在一旁见证鉴定着这一切。

往回看，他的错乱感一点点明晰起来。等他在几只手的搀扶下站起来时，他明白原来妻子挎在肩上的包被抢走了，拉扯中她被拖向他。当黑发抢劫犯拼命扯着他的战利品，同时保持坐在高速小摩托上不掉下来时，他俩因压力被叠压在一起。费尔柴尔德满意地发现，他遭到重击的脑袋仍然条理分明，运转得很快，可惜还不够快到伸出手，把攻击者拖下来的地步。他非常愿意那样做——把罪犯拖下来跟他一起躺在沥青路面上，用他的拳头捣碎他那张刚刮过的脸。

妻子卡罗尔曾经当过护士，对紧急事件仍然反应迅速。她急切地打量着他的脸，聚拢在她身后的几个西班牙人也盯着他看，脸上不加掩饰地写着惊恐。“我很好。”他对妻子说。他又对西班牙人说：“我很好，没问题。”①

妻子用安抚紧急事件中的伤者的语调柔声说：“亲爱的，别说话，来，脱下你的外套。”

---

① 原文为西班牙语。

“我的外套？”一件有衬里的驼色风衣，在西班牙的早春里穿着它很暖和，是特为这次旅行新买的。“为什么？”

他纳闷是不是该将谈话翻译成西班牙语让围观的人群也听懂。“为什么？”①他大声翻译道。

“保持冷静，”她理智地说，仿佛他疯了，“我在帮你，亲爱的。”

费尔柴尔德开始觉得她多管闲事，但在他嚅动嘴唇想要抗议时，他尝到某种暖乎乎且略带咸味的东西。于是，他发现自己在出血，就像在树林中行走的人发现被一群让人痒痒的蠓虫包围了他的头一般，血流到嘴里。他凭着自己以前运动受伤的经验知道，他的右眉骨撞在了沥青路上，现在上面全是血。他恍然大悟：妻子，这位异常讲究实际的护士，担心血会把这件新夹克弄脏。它并不贵，但显然比他的伤口、比这起差点酿成惨案的事件更为贵重。她轻柔地从他肩上脱下外套时，她身后的人群，以及那位急刹车以避免撞到他的出租车司机开始七嘴八舌地建议，最明显的词是“警察”。“警察，警察。”他们似乎在吟唱。

外套脱下后，卡罗尔从他屁股后的口袋里掏出一方叠好的手帕，递给他，指示他应该紧摁右眉骨。在交通瘫痪的舞台中央，费尔柴尔德站得最高，他用那只自由的手大幅度比画着，如同斗牛士不承认一场场面壮观的杀戮。“警察，”②他轻蔑地发出这个词，可惜无法用西班牙语表示“他们能做什么？”，只好用“警察——不！”③来表达。看着众人受惊的脸，这句话他本该说得更快活些。不久前，在佛朗哥统治下，这里还是极权国家。

汽车开始鸣喇叭，出租车司机要上路了。这个司机，身穿羊毛夹克，系着领带，一副刻板而妄自尊大的欧洲人姿态，其实是个小

---

①②③ 原文是西班牙语。

个子、圆圆脸的家伙，由于差点碾着一位美国老头，此刻明显还在哆嗦。费尔柴尔德的手依然高高举起，对司机说："非常感谢，先生，愿上帝与你同在。"①这句话从他少年时代一首帕蒂·佩姬②的歌里飘进他脑子里。他冲人群大声说道，"再见，朋友！"③毫无疑问，这个表达也不充分，但他脑子里想到的道别时说的祝福却是法语"你们真好"。

费尔柴尔德兴奋极了，用手帕捂住流血的眉骨，大步走过古老的街道，妻子——比他年轻，淡蓝色的眼睛——一路小跑跟着他，手里拿着他的夹克，她关心的只是衣服上仅滴了一点血，且干了。"那个狗娘养的，"他说的是那个贼，"里面装了些什么？"他问的是她的包。

"有我的钱包，没多少钱。几张信用卡是大麻烦。回酒店后他们可以帮我销卡。如果前台有过氧化氢，我可以去掉衣服上的血渍。柠檬汁和盐也行。"

"你别再老盯着我的血不放，行不行？你嫁给我时就知道我身体里是有血的。"为什么要生她的气？为什么？仿佛是想道歉，他说，"你总是听说这类事，可我从没想过会发生在我身上，"他自己又更正道，"在我们身上。"他活了这么大一把年纪，她才在教他什么是女性的包容。

卡罗尔解释道："我一心想着在人行道上走，我猜我忘了要把包换到里面这侧的肩膀上。现在我在想那里面有些什么东西。傻瓜相机，相机里面全是在阿尔罕布拉宫拍的相片。还有我最喜欢的

①③ 原文是西班牙语。

② 帕蒂·佩姬（1927—2013），美国著名女歌手。

围巾——你再也买不到那么轻的羊毛了。马蒂①，我觉得恶心，真的。旅游手册一再警告我们要小心吉卜赛人。你觉得他像个吉卜赛人吗？我根本没看见他。”

“噢，我看见了。有一秒钟他的脸就在我脸旁边。他没戴耳环，脸上表情坚决。我猜他以为你早就会松手的。”

“我简直不敢相信居然有人会想要那个包，”她说，“那么突然，你根本没准备。顺便说，谢谢你垫在我身下，我甚至连膝盖都没磕破。”

“小意思，我亲爱的。真可恶，你最喜爱的围巾丢了。”

“他不知道它对我有多重要。他会把它扔掉的。”

警察已经在酒店等他们了。他们怎么知道的？“出租车司机报告了这起事件，”服务台后的服务生微笑着说，“然后警察打电话到这个区的所有酒店，寻找你们这样长相的一对夫妇。”怎么西班牙仍是如此过分的极权国家？

这名警察相当冷淡、乏味，四十岁开外，无精打采，仿佛当警察的经历已经洗掉了他身上所有的自然气息和吃惊的能力。他不会说英语，也不愿冒险说哪怕一个词，唯恐影响他的尊严。他瞟了一眼费尔柴尔德凝血的眉骨，递给他一份双语表格让他填写。通过前台服务生的翻译，警察表达了想带他走的意思，受害者枉自一再反对：“不，绝不！”②服务生面带微笑地翻译说，费尔柴尔德太太也获邀一同前往。

在警车的后座上，卡罗尔告诉费尔柴尔德：“你在填表时，服务生告诉我，在另外一起事件中，有个女人被人甩倒在地，摔断了

① 马丁的昵称。

② 原文为西班牙语。

髋关节；还有一起事件，丈夫想插手干预，结果被一刀捅死了，所以我们还算幸运。”

“我俩可真行。”费尔柴尔德开始觉得有些疲劳，眉毛处很痛，这场惊吓导致的兴奋在慢慢退去。他发现，他们被带出了旅游区，进入真实的塞尔维亚之中，普通的住宅区和日常机构，工作和购物场所，生活与死亡之处。他们经过餐饮街，经过银行和百货商店，一切在夜色渐浓时依然忙碌喧嚣，而这个时候，美国城市里的商店可能早就关门了。警察一声不吭地停了车，这地方肯定是医院。这幢建筑有个六层楼高的艺术中心，以及后佛朗哥时期建的现代侧楼。入得里面来，灯光明亮，与美国医院里采用的照明相比，乳白色灯光更加柔和。美国电视剧里那种忙碌的医院在这里是不存在的。大厅里相当安静，目光所及之处大部分桌子后面都空无一人。看来没人会说英语，警察也没有用本土语言向任何人耐心解释费尔柴尔德的案子——他突如其来的危机，他英勇活了下来的事迹。

两个穿制服的女人，一绿一白，可能是修女，她们接待了受害者。费尔柴尔德指着伤口解释道，“两个年轻人，小摩托，呜——呜呜——！我妻子”①——不知道再用什么词来描述卡罗尔被拖倒在地的样子，他比画着从自己肩膀上抢夺的动作，然后手臂又做了一个跌倒的动作——“这位女士，一声巨响！我和她一起。”②两个女人同情地点点头，走了，终于带回来一个男人，来到有回声的大厅里。尽管费尔柴尔德正在成为一个女权主义者，但是看到一个男人接手还是相当欣慰。绅士③这个词从脑子里冒出来；这个男人是个人物。他矮矮个头，一头金发，四方脸——西哥特人④的金发后

---

①②③ 原文为西班牙语。

④ 也称哥德人，是欧洲日耳曼民族的一支。

裔，嘴上一抹牙刷式的小胡须，还有一种彬彬有礼的幽默感。他是医生，检查了费尔柴尔德流血的眉骨，打手势让他坐到一张铺着床单的高床上。费尔柴尔德喜欢他的手势，坚定且从容不迫，像伊比利亚①的某种仪式。

病人对西班牙语的理解有所提高，他听懂了医生在问护士要奴佛卡因，而护士上气不接下气地跑回来报告说找不到奴佛卡因。医生优雅地耸耸肩，但是当病人对这个女人如此不称职而向他使眼色时，他的目光拒绝与病人的会合。最后，在远处一通翻箱倒柜后，麻醉药找到了。费尔柴尔德重新躺下来，闭上眼。他感到一张纸面罩覆在他脸上。卡罗尔用关切的护士语调在他耳边描述医生正在做什么："现在，马蒂，他拿了针，你马上会感到一点刺痛，他在给你伤口周围注射麻药，不要突然摆头。现在他拿着纱布，他会擦干净你的眉毛，别做搞笑的表情，保持面容平静。"

隔着麻木感，费尔柴尔德还是感到针线在拖动，戴着乳胶手套的手指在轻轻摁着眉毛。这位医生、还有警察，还有这整个后法西斯时代的国家多好啊！手术结束后，他掏出装着信用卡和一叠五颜六色的欧元钞票的钱包，但他交钱的表示被医生挥手示意不用了。相反，医生递给他一份签好字的华美文件，算是给他的伤口一个官方身份。一丝礼节性的微笑拧动了牙刷胡须，"一周，"医生努力说了一句英语，"拆线。"

一周后，费尔柴尔德的黑眼圈消了，他也回了美国。他自己的医生，一位年轻人，年纪不会比吉卜赛抢劫犯大，对手术用线居然是丝线大为惊奇。"在我们国家，"他解释说，"你再也看不到丝线了。"

---

① 伊比利亚半岛，包括西班牙、葡萄牙、安道尔和英属直布罗陀。

为什么这起不幸事件——在异国遇袭受伤——让费尔柴尔德如此开心呢？他想，可能是与人接触这一因素。在他的宇宙加速膨胀理论里，他越来越难享受到与人交往的乐趣。退休后，与旧同事的关系逐渐淡了，虽然当初分别之际，觉得会有许多往来机会。孩子们成人了，分散四处，他能见到的孙儿们对他老掉牙的招待——看白痴儿童电影、去吱嘎刺耳的保龄球馆打球，里面还有股无法消散的上世纪的香烟味——仅表示礼貌的兴趣，而他只能给他们这些。他的老牌友们，过去一张牌桌前总围着八人，现在要聚起起码的五个人也越来越难；以前的高尔夫四人组，如果不是进了坟墓，便是体弱多病，去了佛罗里达，反正四人组烟消云散了。只剩下一个伙伴，以前他跟费尔柴尔德一样老派，不坐高尔夫球车，情愿两人一起走路。一个冬天的清晨，这位朋友英俊的照片，二十年前的旧照，突然出现在《波士顿环球报》的讣告版里。

除了讣告，报纸上适合费尔柴尔德看的东西越来越少——重要的体育赛事，严重的社会议题，国际危机全都离得很遥远。这些议题全跟他没有关系，他成了一座孤岛，甚至照顾他晚年的医生和理财顾问，都越来越难一睹真人，他们全藏身于留言电话和秘书之后，秘书们匆忙的移民者口音，费尔柴尔德很难听懂。如果他突然心脏病发作，或者金融市场突然大崩盘，他只能抓着电话，在下一个有空的服务代表接听电话前，听着维尔瓦第①的涓涓乐声，甚至更无礼的是，听着披头士老歌改编的多愁善感的器乐曲，漫长地等待。

与此相反，那位西班牙医生，他坚定柔滑的手碰触到费尔柴尔德的眉毛；还有那位警察，在坚忍淡泊中带他们来了一次真正的塞

① 维尔瓦第（1678—1741），意大利神父和巴洛克音乐作曲家。

维利亚之旅；而黝黑的年轻劫匪，虽然不一定是吉卜赛人，但显然很黑，一头闪亮的黑发梳成刷状，他的脸离费尔柴尔德只有寸步之遥，在保护他的战利品时难看地扭曲着。西班牙的一切都感觉更近。那儿有接触。

费尔柴尔德太太则不然，她过着忙碌的美国式生活，各式委员会、桥牌组、读书俱乐部以及修指甲约会。她已经置身于宇宙消亡之中，但费尔柴尔德觉得自己已至消亡中心。一天，她外出前派给他一项小任务。她耐心地解释，“即使是他”也做得来。去年夏天，她不理会他的意见，坚决要把通往客厅的两扇又高又重的门卸下来。“我讨厌不通风的房间。”任谁也阻挡不了她。“空气！光线！”这倒是会让这个家更流通，(他徒劳地指出)但是也更难保暖。

门太重，他抬不动，由两个年轻人把门抬到谷仓里，由于它们几乎不可能哪天再被费尔柴尔德或下一任主人重新装上，所以用防水油布包好，斜靠在墙角。随着他住在房子里的时间逐渐缩短，甚至这所房子也从他身边慢慢飞离。两扇门中有扇门上有个蓝色门把手，罕有的深蓝色玻璃做的，卡罗尔想把它装在别的地方，看起来赏心悦目。他能不能下去一趟，把那个门把手取下来呢？“真的，马蒂，孩子都做得到。”她说。

那天是二月间清澈的一天，有点寒风。谷仓是马车时代的遗留物，有几个马厩和马槽，中央一大块空地逐渐被费尔柴尔德夫妇填满了他们不愿或不想扔的东西。孩子们留下的大量课本，轮胎瘪了的自行车，散了架的玩具，坏掉的每分钟转三十三又三分之一转的唱片。死去的先人寄身于镜框里的文凭中，花园工具，塞满了衣服和书信的发霉箱子，其年代甚至比谷仓本身还要久远。

在一阵可怕的茫然之后，费尔柴尔德想起了挂锁的密码。涂过油的谷仓门吱扭打开了。谷仓里面，借着高高窗户的脏玻璃射进的光，有着弃置教堂应有的宁静。两扇客厅门包着米色油布，斜靠在一面墙上，前面六尺远处摆着一个古董樱桃木转角橱柜。这个橱柜是费尔柴尔德母亲去世时留给他的。

儿时，这个令人难忘的三角橱柜一直都在，费城橱柜里的上等货，是他们家爱面子的隐约证明。在孩子的眼中，它散发出财产权庄严神秘的气息。你买下东西，它们归你所有，你把它们安全地放在架子上，政府颁布法律，执法者令其他人不能染指它们，成年人生活里的这种神圣权利深深地打动了他。他几乎无法忍受与自己的任何东西分离。甚至最旧的衣服也可以被用作清洁抹布，或者干脏活时穿，比如干比这个活更脏的活时穿。

转角橱柜的下部有两扇门；上面，不是连在一起的，压着只有一扇大门、同样大小的柜子，里面九块摇晃的旧玻璃将柜子隔成九层，玻璃门后的架子上摆放着家里不常用的瓷器。当费尔柴尔德还是个孩子，在地毯上玩、画蜡笔画时，坐在餐桌边的大人们夸他的画画得好时，柜子里闪闪发光的排排架子长年不变地坐落在餐厅里，陪伴着他们。母亲寡居多年去世后，橱柜是他继承的遗产中最宝贵的一件东西。他没有卖掉，而是租了一辆卡车，将它从宾夕法尼亚运到了马萨诸塞。但是孩子们没有谁想要，家里也没地方可放，卡罗尔呢，她的装饰风格源自医院，她喜欢干净简洁，觉得他们庄严堂皇、新殖民风格的家里本来窗户和暖气片就太多，也找不到安置它的地方。于是，它便在谷仓里落脚，等着像费尔柴尔德一样珍惜它的人来把它带走。

费尔柴尔德爱它，因为它那不规则的旧玻璃板在他脑中映出祖父母、父母，还有威尔伯叔叔摇曳的影子。威尔伯叔叔是新泽西一家牛奶农场的农场主，有一年夏天他来这儿时，掏出小折刀，撬开这个转角橱柜的门。威尔伯叔叔说话的那种口音，费尔柴尔德再也没听别人说过，轻微柔和的呼哧声，可能是跟动物耐心说话时形成的。许多年前的那个夏天（空气沉闷似乎马上就有大雷暴），费尔柴尔德的母亲抱怨说打不开橱柜，拿不出东西——也许她想要拿那个有盖的大陶瓷汤盆，或者光滑的厚垫巾，有圆齿边的点心碟子。因空气潮湿，柜门发胀卡住了。这位新泽西表亲用他的小刀加聪明耐心打开了它，挽救了那一天——那遥远的一天，围坐餐桌前的亲戚们都快活地欢呼起来。这件小事因家庭亲情的缘故成了件大事，想到童年时那么一件小事竟能被他牢牢记住，费尔柴尔德颇有感触。威尔伯叔叔的小刀痕还能在樱桃木圆凸边上看得到。新英格兰的干燥气候让门很容易就能打开。

当那些珍藏的瓷器、连同大部分其余家庭物件拍卖掉后，费尔柴尔德伤感地把母亲遗留的宝贝放在橱柜里——瓶身有紫褐色釉彩的笨重陶瓷花瓶，另一只瘦长的花瓶，粗糙的大理石图案，有点像一本装帧精美的书的衬页；用多种颜色的稻草编织而成的几只篮子；装着她少女时代在乡村收集的箭头的小盒子；外公手绘的剃须杯，上面有他镶金的名字；陶瓷小人（小圆点的有翅小精灵、小知更鸟在有颜色的窝里）；几块"玫瑰石"，是她跟丈夫去西部旅行的纪念品，一年后丈夫便过世了；一个小扁盒，来自百货公司不管多小的礼物也用个大盒子包装的年代，里面是她保留下来的主日学校的出勤证和唯一的儿子在学校运动会上曾经得过的丝带。

费尔柴尔德甚至把母亲的手提包也放了进来。这是个圆鼓鼓的黑皮包，提手立在顶上，因为年深月久皮子已发霉。手袋里面装着母亲的驾照、社会保险卡和医疗卡，还有电脑生成的一周后看医生的提醒记录，她没等看医生就突然去世了，死亡令她活着时的这些救命工具变得没有任何用处。母亲这一生的纪念品，只有费尔柴尔德是唯一见证人，这些遗物令他十分压抑，但他又下不了决心扔掉，深深的压抑使得从一扇不用的门上拆下一个蓝把手这么简单的任务也像座无法攀越的大山。万物都在时间与无序的统治下腐烂、沉沦，消失殆尽。

把油布移到一边都很难。强壮的工人——两个年轻男人①——把两扇客厅门包在一起，再将它们斜靠在墙上，结果重量让它们扣牢在一起。蓝把手在里面，对着墙。费尔柴尔德的老花镜放在家里没带来，所以他看不清将门把手固定住的小螺丝钉的头。从高处脏玻璃透进来的光线微弱，他把门朝自己这方抬起来，离有光线的地方近点。他扭过头以便看得更清楚。他似乎看清楚了，那儿没有螺丝钉，在那个本该是螺丝钉的洞里是颗钉子，必须用尖嘴钳才能拔出，而他没带尖嘴钳来。

为什么生命中的一切都这么难呢?

要想看得再清楚点，就得将蓝把手再挪动几寸到大一些的空间里，于是费尔柴尔德将门连同碍事的包装一起朝自己这边挪动，它们靠着他的肩膀，不稳当地竖直起来。

突然间，他被什么力量给压垮了，就像在塞维利亚的街头，他毫无反抗地倒了下去。然后他才明白：门倒下来，压在了他身上。两扇松木实木门是从前年代的，十分厚重，把他面朝下压平在一堆旧木板上。那些木板是他一时节俭留下来的。他的膝盖擦在木板粗糙的边上，碎片插进他的右手里。当他的大脑感受到这些伤痛时，他觉得门的重量还在继续压下来，穿过他，越过他。那一瞬间他知道发生了什么：门把橱柜的上面部分扫了下来，从安放它的下半部上倾斜倒下来，所有东西都被压碎、散落一地——箭头、证书、花

① 原文为西班牙语。

瓶、篮子、小雕像以及九块无法再配到的波纹玻璃板。

他闭着眼睛躺在那堆无用的木板上面，膝盖刺痛。碰撞的喧嚣声一波一波地来，一波坏过一波，直到最后归于死寂。冬天的风在谷仓高处的角落里低鸣，碎玻璃缓慢地散落在地板上，叮当直响。一切全毁掉、散落、消失了。费尔柴尔德的脑子像针织机在快速转动，在瞬间看到了这一切的来临。这一瞬间，他不再压抑。

德语课

七十年代中期的那几年，波士顿有种让人别扭、郁闷的感觉。姑娘们长发长裙赤脚走在查尔斯街上，可惜六十年代的全盛期已过去，你发现自己会替这些花骨朵般的孩子们担心，担心她们会不会踩在玻璃碴上，寄生虫会不会从脏脚跟钻进来。那脚刚刚从公共草坪上走过，脚底染上了绿草汁。文化革命不那么干净。

埃德·特林布尔觉得自己不洁且内疚。他把家人撇在新罕布什尔，独自来到这座城市。他和妻子在彼得堡共同经营着一家小地产行，大部分交易都是艾琳做成的。她干劲十足、善于社交；她不会让自己对某处地产的真实情感影响到她的生意，而他则不行。他恨她出众的成功，知道即使他抽身离开一段时间，她也能把整个生意继续经营下去。他需要空间，什么都悬而不决。这段时期里，身处肮脏却方便的城市，他找到一个打发时间的机会。按照黄页索引，他在剑桥一家所谓的语言学院报名学德语。

后来他才发现学院只是位于中央广场北边的一幢普通木房，这个班里参差不齐还有几个打发时间的人，有些人比他年轻不了多少。教室在地下室里，过亮的日光灯照着，仿佛想用明亮来克服狭小的缺陷。老师名叫弗劳·穆勒——德语发音应该是米勒——他们用的教材是《非母语德语》，一本薄薄的蓝色大书，正如它的双语封面所示，是为学第二语言的人编的。书中有许多照片插图，埃德感觉这些相片很不真实——要不是里面的人都太过拘谨，还有无处不在的奔驰车，你还以为他们是美国人。照片里的男人，哪怕是汽车修理工，也系着领带，年轻女人们炫耀着有点过时的迷你裙和杰奎琳·肯尼迪①式发型，梳得光滑的大背头。埃德的哥哥，在阿登高地反击战②中给霰弹击中，瘸了腿，落下终身残疾，所以埃德相当痛恨课本里这些插图透露出来的整洁与冰冷的繁荣。美国冒着大量军人牺牲的风险，不顾一切保护这个国家残余部分不受俄国人的侵犯，而这些被打败的德国丘八，这些狡猾、自鸣得意的德国佬，却沉湎于图画般的资本主义里。

弗劳·穆勒不是照片里梳洗整洁的模样。她稻草色的头发已有些灰白，在脑后梳成一条马尾辫，脸庞周围散落的头发看上去有些零乱。她的穿着也有种心不在焉的剑桥式风格，夏天过去，深秋也要转入冬天了，她便添了几层羊毛衣物。埃德觉得她比自己年纪更大些，但也许相差不到五岁：她只是吃的苦更多些。因为长年吸鼻子的缘故，她的尖鼻头总是红红的，厚镜片把她的灰白睫毛、眼睛都放大了，有时候闪着光，仿佛她想起了某个很难解释的笑话似的。

虽然《非母语德语》里面没有英语，弗劳·穆勒的辅导里却含有大量英语，大部分集中于英语语法的优点上。埃德知道这样不对：他学过几种语言——法语、西班牙语，二者差不多都忘光了——他知道，经反复证明，现代语言教学强调融入，不论初学之际融入对学生和母语导师有多痛苦。他们在学到德语虚拟语气时，

---

① 杰奎琳·肯尼迪（1929—1994），约翰·肯尼迪之妻，她的穿搭引领了美国的流行时尚。

② “二战”结束前，欧洲西线最后、也是规模最大的一次战役。盟军死亡、受伤、失踪共八万余人，其中大部分是美军。

她对全班同学说："你们英语里的虚拟语气让我着迷。它看起来似乎——我怎么说好呢？——不太严肃。人们什么时候用它？请给我举个例子。"

"如果我是国王。"埃德迟疑着说了一个。

"若有人犯罪。"一个名叫安德烈娅的学生怯懦地插话道。埃德发现她引用的是祈祷书里的话。

弗劳·穆勒的眼睛闪着光，飞快地扫了一圈沉默的众人。"啊，"她得意扬扬地告诉他们，"你们必须想想例句。如果英语中没有虚拟语气——如果它不存在，这样说对吗？——没有人会想念它！没人会觉察出有什么不同！在德语中可不是这样。我们一直在用它。不用它会相当无礼。听起来会——我能用这个词吗？——太盛气凌人了。德国人总是被批评太盛气凌人了，对吗？我觉得松散的英语可真迷人。"

"不过——英语也有规则。"①埃德抗议说，希望自己用对了"规则"这个词的复数以及宾格形式。班上其他人望着他，好像他疯了，居然想用德语交流。

"句子的规则，"弗劳·穆勒笑着说，"只不过是小意思。"②

埃德发现德语有点讨厌，晦涩难懂，与英语太过相似让他头昏脑涨。在课堂上阅读小说《在餐馆里》时，小说人物赫尔·韦伯礼貌地请求道："也许你能给一张靠窗的桌子？"③他不得不忍住自己想把桌子理解为碟子、将窗户理解为篱笆的冲动。要不是因为安洁雅，他可能都退学了。在他生命中这段混乱时期，虽说她已三十好几，却散发出一种单纯，抚慰着他的心。她娇小的身材，大大的眼睛，娃娃脸上透着疲惫，嘴唇跟脸颊前额一个颜色。冬天慢慢来

---

①②③ 原文为德语。

了，精致的嘴唇有点开裂，她一直在用唇膏，涂过唇膏的嘴唇在刺眼的日光灯下闪着光。

弗劳·穆勒不仅英语说得太多，而且在全班研习指定的德语课文时，她总会把课文丢到一边，仿佛对大家而言，它们太过浅显。可埃德觉得它们一点都不浅显，哪怕是“noch”和“doch”的区别。Doch似乎无法翻译，纯粹的语气词，像英语中的“嗯”——但是英语里“嗯”的用法和感觉虽难以形容，却非常明显。遇到语言障碍时，安洁雅没有他那么生气。在教室里，他和她开始坐在一起，为了学好功课，他俩常常一块学习，要么是在南边他租的没什么家具的两居室家里，要么是在安洁雅公寓里的沙发上或床上。安洁雅的公寓在费耶韦瑟街上一幢庄严的剑桥式房子的三楼上，举止优雅的房东太太是一位入不敷出的教授遗孀。安洁雅与一位女大提琴演奏家合租三楼，她经常外出演出。而安洁雅是兼职图书馆员，在东剑桥的市立图书馆上晚班。她整日闭门苦读，外加在图书馆为弄清南腔北调的少数族裔读者的要求而练就的理解能力，让她能够看透德语教材的晦涩，领会它要表达的意思。甚至有一次，当他们一同啃一段老师指定的布莱希特①的德语文章时，他看到她突然想到什么笑话而笑起来。这是女性直觉：新罕布什尔的艾琳也有，但她越来越少用它来揣测他的愿望。当他与这名新相识的女子、这个花骨朵般的女人、素食者、反战分子做爱时，她似乎正是他心仪的对象。她的温柔娇羞之中透着老练，那是从其他伴侣身上得来的经验。念及此，埃德有点慌张，但是从某种程度上说，这对他有利，因为反正她已堕落。

---

① 布莱希特（1898—1956），德国剧作家、戏剧理论家、导演和诗人。

他和安洁雅在德语课上出双入对，再加上他们比其他学生年纪要大，令他们赢得了意想不到的尊重。圣诞节前，第一学期结束之时，弗劳·穆勒请他们去喝茶。“只要你们愿意。”她说。

“你用了虚拟语气！”埃德告诉她。

她似笑非笑——她总是这样似笑非笑，挑剔与谨慎冲淡了她的笑容——她说：“我觉得这只是个条件句。”

她住的公寓楼坐落在老肯莫尔广场工业区，是三幢矮胖砖楼之一。这几幢楼像是有着小窗户的现代监狱，只是没有带刺铁丝网和岗哨塔。埃德和安洁雅不想去，觉得这越过了付费学习与社交友谊之间的美式界线，可是又不知道如何拒绝这样一个笨拙的邀请。“你觉得呢？不，谢谢？①”埃德问。

“你想伤害她的感情吗？”安洁雅说。这次拜访也是他们冒险向前迈出的第一步，第一次作为一对伴侣接受款待。他们带去的礼物是他们精挑细选后想到的，独特的美国东西——小木屋样的锡桶枫糖浆。不过，没有薄煎饼，枫糖浆又有什么意义？

在入口处，一个舞台式德语口音很重的男人答应对讲机，然后又在黑暗的走道里迎接他们，令他们猝不及防。“我是黑德维希的丈夫，我叫弗兰茨。”他告诉他们。他口里说出的“黑德维希”听上去像“黑特维”。“你们能来真是台荣庆（太荣幸）了。”这男人也觉得这个场合、这次尴尬的接触有点奇怪。

茶还在烧，没有端出来，不过为应圣诞节就要来临之景，洒上了红绿糖花的曲奇饼早已摆出来，还有些从熟食店里买的迷你水果馅饼，仍装在小绉纸杯里没有拿出来。弗兰茨劝埃德来了一杯进口

---

① 原文为德语。

的卢云堡啤酒，对不抽烟不喝酒、不吃肉不吃鱼的安洁雅——“不吃任何有脸的东西”是她的信条——他从冰箱后面找出一罐可乐给她，可她也不喝任何含有咖啡因的软饮料，埃德知道，但是她温顺地接受了主人递过来的可乐，埃德看着心疼。弗兰茨胖乎乎的，精力充沛，稀疏的金发往脑后梳得笔直，紧贴头皮。他的头上在冒汗，衬衫也湿了，仿佛是对这间租来的公寓的闷热的无言注解。

有丈夫在场，弗劳·穆勒似乎卸下了无形重担。她一点也不活跃，啜着一杯琥珀色饮料发呆。当饮料快喝完、冰块沉到杯底时，弗兰茨又飞快地为她续满。她似乎很开心弗兰茨成了谈话焦点。他是个摄影师——婚礼、毕业典礼、酒吧和男女成人礼，等等。“特别是对东方人而言，”弗兰茨解释说，“摄影师比牧师更重要。实际上，摄影师就是牧师，他是那个说‘要有光’的上帝，这些短暂事件造就——是不是永恒，亲爱的?”①

“永恒。”弗劳·穆勒微笑着从游离状态中提供了正确的英语说法。

客厅里的布置像地下室：楼梯通向上一层楼，楼梯下三角形的空间堆满了杂志。埃德坐在靠近楼梯的安乐椅上，慢慢看出这些保存下来的杂志大部分是《花花公子》《阁楼》和《好色客》。喝第二杯卢云堡时，他觉得有权评论一下这不同寻常的家庭馆藏。热情的主人立即跳起来，放了几本在他手中，催他翻看。那些光滑的页面让埃德想起玫瑰商的目录，那么多鲜艳的色彩：粉红、鲜红，以及偶尔一个黑女人深深浅浅的紫。弗兰茨解释说：“他们用镜子把光聚集在”——他犹豫着，瞟了一眼安洁雅——“球(就)在那一点上。”

---

① 原文为德语。

埃德也瞟了一眼安洁雅，她脸上天使般的美令他震惊。她空幻地凝望着什么地方，神态宁静，根本没理会男人们在讨论镜子聚光在阴道上的事。她是银尖笔画出的美人，全部用线条勾勒，对那些发着光的下流事物视若不见：也许，突然拿她与《阁楼》里面那些脏女孩，与她们张开的双腿、淫荡的目光相比，她才给人以这种印象。她那么美好，那么简朴，以致埃德失落地发现，她永远也不可能属于他。当这次略微疯狂的茶会的种种细节早已淡去后，这个看透真相的一瞥还永远留在埃德的记忆里。

穆勒夫妇看来想多聊点他们自己。这对夫妇中男的天生是老师，是天生的分享者与推销员。弗兰茨曾是一名年轻的纳粹国防军士兵，巴结逢迎打败自己军队的两支大军。在苏联当战俘时，他学会了俄语，在艰苦环境中，这对他颇为有利，让他得到较好的对待。后来，被遣返回西德后，他又学了美国英语。他会多种技能，摄影只是其中之一罢了。周一到周五，他在麻省理工学院工作，是实验室的一名技术人员。黑德维希和他大约十年前来的美国，婚姻将他们连接在了一起。

如果他们曾描述过他们如何相遇，或说过是什么样的梦想带他们来的美国，在卢云堡啤酒的微醉之中，埃德也早任它们从脑中溜走了。

当黑德维希面前的第三杯茶色饮料慢慢少下去后，她的慵懒消极慢慢回暖了，化为放松的信任。她唤弗兰茨的小名——“阿费”，他则回应以“阿芬凯”。猴子和小猴子的意思。当她出其不意地提到弗兰茨“可爱的小屁屁”时，埃德大吃一惊。“屁屁”这个词埃德从小时候起就很少听人说，七十年代的美国女人们对男人臀部的所有兴趣仍藏在自己心中不会说出来——像“屁股”这类词，要说的话，也仅限于非常亲密的人之间。他心中揣度，这两个德国人，无儿无女，在陌生的、以前曾是敌国的土地上，彼此间的性爱纽带会更紧密些。但此刻，四个人在这儿，这对夫妇急于以性话题为借口拉近与他们的关系。他们是真正的德国人，埃德告诉自己——是他哥哥与之交战过的德国人，不是来这个国家当农夫或来酿酒的“荷兰人”，不是为逃避希特勒而来这儿的德国犹太人。这些德国人曾在他们以前生活的地方战斗。他们作战凶悍。

小茶会快结束时，十二月初的夜晚紧密舒适地裹住他们，黑德维希宣布道——笑容比她平时那种似笑非笑稍稍开朗点：“我是个希特勒婊子。”她说，在十来岁时，她和千千万万的德国姑娘一样，加入了BDM，德国少女同盟，这是个德国女青年组织。她说的一些事情、元首在收音机里的声音，让这两个美国人听得着迷——“二战”时，埃德还是个孩子，安洁雅还没出生。“很可怕，”黑德维希闭上眼睛，精心组织着词句，仿佛又听到了元首的声音，“却又很让人兴奋。像愤怒的丈夫对妻子的尖声吼叫。他爱她，但她必须符合标准。当然，你们俩都知道，在一个德语句子里，不管句子有多长，复合形式的动词必须放在句尾。可他才不管。希特勒不用遵守任何语法。这也是他高高在上的一个表现吧。”

黑德维希在脑中重新审视最后一句话，埃德看到她脸上闪过一丝对语法的怀疑。可能这句话在她耳中听来那么奇怪，她又没有找出毛病。

在埃德断断续续的记忆中，埃德、安洁雅、弗兰茨和黑德维希此外还聚过两次，都是在差不多的社交场合下。

第一次，是某个严寒刺骨的一月之夜，他们两对，还有另一对，卢克和苏珊，外出聚餐。卢克和苏珊几乎算不得一对，因为卢克，这位瘦小青年老是眼睛痛似的斜着眼，大家几乎都认为他是同性恋。他的身份是苏珊邀请的客人。由于新学期开学后注册人数减少，课堂气氛越来越随意，黑德维希在讲 weil、 um zu 和 damit 等连接的主从复合句时跑题了，说出想吃正宗粤菜而非杂烩式中餐的愿望。她有意用了“杂烩”这个英语词，显然没理会它糟糕的历史内涵①。苏珊人高马大，一头浓密的黑发，惯于不分青红皂白地发表意见，她响应说知道这样一个地方：唐人街一家小得难以置信的家庭餐馆。于是大家同意，下次课后——他们的课都在傍晚时分，学生们从难以忍受的明亮中出来，进入一月的黑暗里——弗兰茨会开车来接他们五人。车是六十年代初期的别克，保养得不错。这群美国人哈哈笑着钻进车里，车内的宽敞，天鹅绒的柔软衬里，让人怀想到父母辈那更天真、更豪爽的美国。唐人街果然狭窄拘束，对这辆敞阔的车而言相当逼仄。在海滩街转角处，弗兰茨好不容易找到了一个不太安全的停车位，前保险杆和镀铬水箱罩几乎要戳到前方来往的车辆。

餐厅里烟雾弥漫、嘈杂拥挤，侍应生是一群穿着拖鞋的孩子，苏珊有点扫兴，不过其他人都没抱怨。弗兰茨觉得青岛啤酒味道不错，他不顾几乎身无分文的同伴们微弱的反对，坚持付账。不过，当他们酒足饭饱之后暖烘烘地、高声大气地走进冰冷的一月夜晚，回到海滩街停车地点时，停车之处空空如也。那辆怀旧的大别克车不见了。

埃德，本质上还是个乡村男，做了最坏的猜测：车被人偷了，彻底损失，无法弥补。如果他孤身一人，他会步行回南边去，他想起搭出租或坐地铁费劲的样子就讨厌，那是他送安洁雅回剑桥寡妇的住处时必须忍受的一件事。其他人，则更有城市人的小聪明，对

① 动词 mongrelize 的名词形式 mongrel 是“杂种狗”的意思。

车的不见没有那么可怕的结论。弗兰茨和卢克一致认为因为违章停车，车可能被警察拖走了。卢克用一部被损坏得不像样的公共电话打了通电话，证实车确实被拖走了，现存放于海滩街之外马萨诸塞收费公路那边的一个围起来的扣车场里，要交了罚款和拖车费后才能还给他们。穆勒夫妇建议大家就在海滩街道别，然后他们坐出租车去把车赎回来，但是美国人不听这套。人太多，一辆出租坐不下，于是大家伙一起步行一英里到凄凉的扣车场去，一路上脸颊被冻得发红。

苏珊戴着白色御寒耳罩，长长的条纹围巾绕着脖子，走在最前面，深色头发在街灯下发光。地上到处都是发光的碎玻璃碴。在埃德眼里，安洁雅光芒四射，宛如发出宗教极乐之光。为了取回失去的东西，跟众人一道费力地走过满地垃圾的荒凉市郊，穿过高速公路收费站，这种身体上的极大挑战考验着她的修行与她的配合精神。当他们英勇地穿行于荒芜的城市时，碎石子、旧电线栅栏和结了冰的污水坑让埃德想起被炸过的柏林，想起被柏林炸过的许多城市，想起给他童年带来不正常的快乐的黑白战争影片。

这是与德国人无比团结地在一起、自然开心的一段经历。弗兰茨是用现金付的饭钱，那年月信用卡还没有像现在这样普及，他发现自己的钱不够那个穿着厚棉衣，坐在防御严密、温暖舒适的小屋里毫不留情的警察所要的数目。大家很快凑够了这个数，抬高了他们的美国口音，仿佛想掩盖弗兰茨的口音。警察不喜欢他的口音，也许是不喜欢弗兰茨奴颜婢膝的神态，那是在战后的毁灭中养成的习惯。警察满腹怀疑，以为自己遭到捉弄，他习惯了人们阴郁的敌意，而不是这群拖车受害者这么快活、七嘴八舌的样子。德语学生们爬进被解放了的古董轿车里，好像他们是参加学校的远足活动，只不过稍稍快活地绕了点弯路。

第二次，是德语课结业的春天聚会，不是在阴冷的肯莫广场一楼公寓的穆勒家，而是在波士顿一栋新公寓四楼的宽敞房间里，靠近马萨诸塞艺术学院，要穿过电车轨道和危险的使命丘。这座城市的那一带，也就是艺术博物馆那边，房屋租金便宜，却让人觉得生气勃勃，同时还有种波希米亚的妄自尊大之感。聚会颇有规模，两个学期的所有学生都受到邀请，还有对他们很重要的另一半，加上弗兰茨摄影工作室里的同事以及这两个德国人拉拢过来的几个闲人。在这场不太像样的聚会上，弗兰茨勇敢地人前人后穿梭着，送啤酒和各种饮料，像极了熟练快活、汗流浃背的总管。而黑德维希似乎被自己好客的程度吓坏了，晕眩了。

有些女学生带了些餐前开胃小食过来——新鲜蔬菜及鹰嘴豆泥蘸酱，还有微热的奶酪泡芙——但是几个小时过去了，这些小食早已消耗殆尽，起初说个没完的好话和客套话亦如此。靠凸窗的桌子上摆放着纸碟、餐巾餐具，但是食物呢？弗劳老师坐在高靠背椅的君主宝座上，而她的客人们四处走动，越来越没了力气。埃德突然间觉得自己跟这儿没什么关系，在这群年轻人或尚未成年的人中间，在这些兼职学生和半吊子文化工作者中间没什么意思。春天是彼得堡地产业最活跃的时候，他的草坪和花园需要打理。安洁雅走到他面前，有同样的感觉。她最终摆脱了一个优雅的黑人摄影助理的纠缠，那人穿着破烂牛仔裤，紫色大袭古装，一直不停地朝她的脸喷着某种烟。与她平时不同，她发牢骚了。“我饿得要死，怎么回事？”她说。

“问黑德维希。”

“问她未免太无礼了，是不是？我们是客人。有什么就吃什么。”在埃德听来，这句话也暗示着他来到这座城市，有什么就接受什么。

他接着刚才的话题说。“但是什么也没有，没有现成的。”

“她没有动。”安洁雅悲伤地说。

越过安洁雅的肩膀，埃德看见弗劳·穆勒还坐在椅子上没动，脸带微笑，尽管没人跟她说话。他觉得她醉了。如果不是吸食了管制药品，便是作为德国人、希特勒的婊子，在虚拟语气正在凋零、万物皆杂种的异乡待得过久的缘故。美国让她厌倦，又或许希特勒离开了她的这一事实慢慢浮现出来，令她无法动弹。房间一角，弗兰茨流着汗在打电话。大约又过了一小时，一位西班牙裔的送货员走进门来，手里拿着肉铺包装纸包着的超小包东西。黑德维希抬起一只胳膊，做了个无力的欢迎手势，叫道：“弗兰茨！”消息马上在有气无力的人群中传播开来，是一包烤猪肉，而弗兰茨刚把它放进烤箱。安洁雅对埃德说：“那要等到半夜才熟，肉让我恶心。我想回家。”

“我也是，亲爱的。”埃德卢云堡啤酒喝多了。

“这样走会不会有点无礼？”

“我觉得没人会发现。”

“我们要不要去跟穆勒夫妇道别？”

“不用。那会伤他们的心。不管怎样，这次聚会本来就是道别。你明白吗？①”

她扬起那张娃娃脸看他，眼睛睁得大大的，眼神苍白，她咬着下嘴唇，明白了。“知道了。”②安洁雅说。他感到她在极力隐忍不哭，但他没有气力揽她入怀。安洁雅的问题在于她从不抵抗，所以没有必要把她推开。她是银尖笔勾勒的轮廓。

---

①② 原文为德语。

这两个德国人的消息再次传到新罕布什尔的埃德耳朵里，已是几年之后了。安洁雅只在最初给他写过几封信，让他明白回来的决定是明智的。“你可爱的、怕老婆的心似乎从来就不在波士顿。”卢克和苏珊每年会寄张圣诞卡片，他们共同生活，虽然从没宣布过结婚。弗兰茨和黑德维希，他们信中写道，离开新英格兰去了西南部。在那边，他们像沙漠中的雨滴一般立即被吞没，仿佛他们追求的就是在与潮湿、拥挤、高度工业化的德国完全不同的美国山水里迷失自己。

八十年代时，有消息说他们离婚了，弗兰茨搬去南加利福尼亚，那里是摄影之都。但他早就脱离了摄影这一行，跟他的新妻子开始做起了餐饮业。后来，苏珊华丽的大字手写信坦诚相告，她寄给黑德维希的卡片都被图森邮局退了回来，看来没有弗兰茨的照料，她死了。但是，后来，在布莱特尔博罗的一场婚礼上，弗兰茨从前的老摄影助理告诉卢克，死的是弗兰茨，死于心脏病。他在两支军队的统治下都活了过来，却没能逃过美国的高脂肪饮食。

九十年代末，艾琳开始鼓吹去国外旅游，免得他们老得走不动的时候再去。进入二十一世纪后，他们参加了一个易北河①豪华游轮的旅游团，然后再坐汽车，在统一后的柏林待了三天。他们年轻的导游，名叫格列塔，身段苗条、五官分明，稻草色的头发让埃德想起了黑德维希，想起了她谨慎的似笑非笑以及略微精神错乱般的严肃。当旅游团在波茨坦停留时，她把这帮脚走痛了的美国老人教训了一通，全是冗长的说教，她坚持认为杜鲁门和艾德礼②在一九四五年刚掌权时还是孩子，被精明的斯大林操纵，以致一大块德国

---

① 中欧主要航道之一。

② 艾德礼（1883—1967），英国首相，一九四五年七月取代丘吉尔参加波茨坦会议。

土地被偷走，拱手送给了波兰。“他们还是孩子。”她重复道。她的英语说得几乎没有一点错，流利得很，团员们都想飘到另一个没这么固执己见的导游那里去。如果格列塔有过悲痛、受过委屈，可能就是曾经的黑德维希，而实际上她没有：格列塔长在东德的共产主义社会，靠着小聪明在突然降临的资本主义社会里谋生，准备与任何人争论，不会向任何人说抱歉。

在街上、在剧院和餐馆里，埃德仔细听着他周围的人说话，可是他几乎听不懂一个短语或词组，仿佛他从未学过德语。只有在维滕伯格①，当他向女招待大声读出菜单上他点的菜时，女招待用英语恭维他的发音不错。

“德语灰（非）常好。”她说。

“啊，亲爱的！”身边的艾琳干巴巴地说，“我真是感动。”女服务生这意料之外的恭维让她有点恼火。

“其实，”他对她说，想起安洁雅热情而可悲的老练，想起那瘦小结实、善解人意的身体如何迎合他的身体，“我不是什么好学生。”

---

① 德国东部城市。

返乡路

坐在租来的奶白色尼桑车内，在十一月初绵长的细雨中，戴维·科恩从一个刚建成的收费站口下了宾夕法尼亚高速公路，飞速驶入陌生而神秘、弯曲盘旋的高架桥，旋即进入高架桥下面的通道。有那么几秒钟，他不知道自己身处何方，这让他非常吃惊。摩根铁匠铺所在的那个小村庄——一家小酒馆、两座教堂、一家食品店——本该出现在他左边，但他看到的是一排俗艳的全国连锁店和零售店。“二战”刚结束不久，他家在母亲的鼓动下，买回这个家庭农场时，这个乡村的南边还是树林茂密的穷乡僻壤，现在却成了费城人的天堂，他们抢购那些旧的石砌农舍作为周末度假屋。他得知，甚至还有人每天往返费城与此地——单程就要花上一个多小时，但是他们觉得值。而科恩五十年前离开这个地方时，恨不能越快越好。

他感觉迷路了。恰在此时，一块生锈了的子弹样楔形路牌，写着十四号公路，为他确定了方位。他以年轻人的气魄大踩油门。他熟悉这条路：一条笔直的路慢慢爬上去，摩根水坝在路的右下方；然后是陡峭的下坡路，有一块指示牌提醒货车减速；接着道路朝一条小溪而去，小溪环绕着没了屋顶、只有一间房的校舍，母亲还是孩子时曾在这里念过书。再然后便是条开裂的沥青路，很老的路了，六月天他和母亲常常在路边竖块牌，拿把椅子坐在这儿卖草莓，一品脱一盒，一盒四毛钱，少数车会停下来买。接着，一个右急转弯，在这里，你必须立刻减速，以致后面的车子都来不及跟着减速，上了石头土路，现在石头成了碎石子。这条路通向的地方，有一段时间，曾是他的家。

小雨点不断敲打着他的车窗。他驾车穿行在两边一模一样的住宅小区之间，它们曾经是金里奇奶制品农场和老阿莫斯·施拉克的果园，从屋顶上方望过去，可以看到曾经是他家的农场。那块草地、以前靠他祖父和曾祖父挖建的石头沟渠排水的低地，现在没人再来割草，相反，农场新主人在这里种植常青植物和白桦树，卖给做庭院设计的人。在草地边上，有许多漆树和野生覆盆子藤蔓，过去他母亲常常走过那儿。她独自走这条路去只有一间校舍的学校上学，在这条路上会碰到也去上学的金里奇家的孩子们。草地边上长着高大的鹅掌楸，科恩中年后，它们还活着，跟他母亲一样。母亲告诉他，她独自上学时，会在鹅掌楸树阔大平滑的四瓣树叶下歇息，对树荫、对枝丫间的鸟儿鸣啭——清晨时响亮，傍晚低沉——心存感激。

母亲少女时的形象在他心中栩栩如生，头发被外婆编成辫子盘在头上，头发盘得太紧，走路时头皮生疼。母亲穿着格子裙、系着相衬的发带，走在田野间这条沙子路上。这生动的形象是母亲告诉他的，她向他讲述的那个年代天堂般的乡村里，有不怕人的动物和朦胧的静谧。她想用她最美好的幸福来感染她的孩子，这样当她死后，当他继承了这座农场后，他会生活在这里。结果，科恩继承农场后，急不可耐地抛弃了它。他将这条路一边的三十亩地，连同谷仓和房屋、鸡舍，卖给了远房表亲；剩下的五十亩地、田野和树林，租给了邻近的农夫赖卡特一家，这样可以让这片绿地不被开发建成房子，满足母亲的遗愿。母亲儿时的鸟类手册也留给了他，一本破烂不堪的长方形小书，皱巴巴的油纸封皮，里面是年轻人用认真的笔迹写下的关于鸟类的笔记——蓝鸫、鹩哥、烟囱雨燕，都是她在这个农场里看到过的。他手握这本软塌塌的小手册，想到她竟如此关注鸟类，颇觉伤感。她跟他讲过自己儿时的小故事，她学小鸟归巢，爬进装着刚洗干净的衣服的篮子里，被外婆狠骂了一通。

作为拥有五十亩地、出门在外的地主，科恩对自己很少回来心存内疚。因为职业关系，他往西行，在圣保罗的麦卡勒斯学院教英语，现在退休了，妻子讨厌中西部的寒冷，于是他们搬到了南加利福尼亚。这次他来东部是出席纽约一场费用全包、为期三天的教育会议，在会上他要朗读论埃德蒙·斯宾塞①的当代重要价值的论文。他开车经过老屋时看都没看一眼，表兄把它卖了，接着这房子被转卖给一个费城人，装修得几乎认不出来。第一次见到这房子时，科恩十三岁。一户佃农的孩子们飞奔过快坍塌的门廊，躲了起来。沙石台阶曾经通往一条小路，小路穿过杂草丛生的草坪，平坦的半圆形车道圈起一丛绿色灌木，像是苗圃里的展示植物，绕着土红色怪嘴兽挤在一起。科恩母亲的许多鸟舍和后廊上的风铃都不见了。她坚决认为这是女人的房子，就像她提出其他新奇理论时一样一本正经。她引经据典说，据记载，一八一六年时这房子的第一位主人名叫梅西·兰蒂斯，是位女子。可除了老契约上的名字外，她对她的其他事情一无所知，她活在神秘的历史之中。而且，母亲记得，外婆每周六赶马车到阿尔顿集市，“一战”期间包雪茄的烟草叶极度短缺，农场便种植烟草叶，靠着这些烟草叶农场挺挣钱。外公将盈利再投资，卖掉了农场，举家搬到阿尔顿郊区的奥林格。二

① 埃德蒙·斯宾塞（1552—1599），英国文艺复兴时期著名诗人。

十年后，母亲用“二战”期间家庭积蓄从一个阿尔顿纺织厂厂主手中买回农场。在这位厂主手中，农场里雇用了佃农，养起了奶牛。这是山顶上的土地，而非有着山谷沃土的门诺派教徒风景如画的农场，这位富商以四千元的价格卖掉了它。

科恩觉得祖先们的足迹围绕着他——在宾州这个乡村的范围内，一代又一代的人劳作、吃饭、行走、驾车，这些过去的景象织就一张看不见的网。只有他逃了出来。他儿时的家庭中，只有他，现在活着目睹了这个地区的变化，目睹这个地区逐渐消磨掉旧我，在缓慢腐朽与更新换代的混乱中，具有历史意义的建筑与场所一点点消失，新一代人对这片土地有自己的索求。

他继续开了四分之一里的路，车子驶进瑞查德为农产品卖场建的停车坪。他们的农场是这一带幸存下来为数不多的农场之一，由于乡村南部来的新客户而生意兴隆。瑞查德一家虔诚，但不迷信于跟上时代。科恩每年的租金支票是计算机打印的，科恩记忆中那个简陋的棚子，便是锯木架上搭几块木板而成，上面罩个遮雨篷，木板上摆着用蒲式耳①筐装的梨子、苹果、甜玉米和青豆，现在棚子里冒出冰箱、收银机和超市购物车和相当大一部分的进口美食。年轻的塔德·瑞查德带着家人去迪士尼乐园玩了，要一周后才回来。科恩难得回来一趟，每次来时都是他来接待。“他每年都去，南下奥兰多。”收银台的姑娘主动告诉他。“他说，每次去感觉都不一样——因为孩子们在长大，他们可以看不同的东西。他的小女儿已经出落成公主了。我知道，你住得离迪士尼很近。”

“离那儿好多里呢，很远很远。我从没去过。”

“哦。嗯，瑞查德先生收到你的明信片知道你会来，说你来了

---

① 英制容量单位，1 蒲式耳约合 36.4 升。

就让我去把他爸爸找来。”尽管她头上戴着一顶门诺派教徒才戴的传统白帽，她却从围裙口袋里掏出手机，拇指灵巧地摁着号码，这个把戏似乎所有年轻人都会。

科恩反对道：“不必麻烦伊诺克，我自己四处看看就行了。这儿一切都越来越好了。”

“他来了。”她对着小电话宣布说。几分钟后，科恩的同龄人，伊诺克·瑞查德出现了，雨淋湿了他，他却咧嘴大笑。他们还是孩子时，两家的农场毗邻，他们想一起玩，可总没成功。伊诺克比科恩小一岁，曾拿着垒球和球棒来科恩家的院子里玩——瑞查德家没有院子，他们房子周围的所有空间全用于摆放设备、饲养动物了——而戴维，刚刚十来岁，还不习惯自己有如此大的力量，挥棒一击把球打过谷仓，掉进那条土路那边紧挨着晾烟叶的棚子旁的荆棘和毒藤丛里了。那时候的这条路，还没有铺上碎石，也没有修直，弯弯曲曲，离谷仓、宽阔多尘的驶入匝道很近，然后又一路向下，绕着草地，越过那棵鹅掌楸。虽然两个男孩烦恼而神经质地搜索了二十分钟，他们再也没能找到那个球，伊诺克也再没来他家玩过。

今天，五十多年后，他似乎没有丝毫怨恨，而科恩也很高兴看到有人跟他一样老，却精神矍铄——壮实、晒得黑黑的，仿佛上过蜡似的雨滴不侵，笑起来，露出一口白牙。伊诺克的牙齿以前扭曲变形，呈黄褐色，肯定多年来疼痛不已。他问客人想不想去地里看看，看看地里作物的情况。

“太湿了点，”科恩说，“我想我知道个大概。”

科恩约好今晚在阿尔顿乡村俱乐部与奥林格高中的两位老同学夫妇见面，他穿着博柏利风雨衣，灰色西装，在西米谷①商场买的

① 美国加州南部城市。

薄底黑色路夫鞋①。

伊诺克神神秘秘地笑得更厉害了，只看得到白牙，他解释说："坐我的车去，用不了半分钟。自从你上次来之后，我们有了些新想法。我的车就在外面，戴维，我要不要给你拿把伞？"

"别傻了，"科恩说，"一点毛毛雨而已。"

"是啊，我也这样想，"伊诺克同意，"但是我知道在加州，你们那儿很少下雨。"

他的车是让人安心的老古董——黑色的福特轿车，铬黑色——从前的玩伴钻了进去。不远处，就在扩建后的停车坪边上，即使这种天气，那儿还停着顾客的十来辆轿车及货车。所谓的新想法中的第一个——白色塑料搭建而成的圆拱形活动小屋，用弯曲的肋材撑起。"还记得以前我们怎么种草莓的吗？"

"我怎么会忘？"草莓曾是科恩的 4-H 计划，挣学费的一个方法，每个夏天挣几百美元，直到他大学毕业。他和母亲站在十四号公路边上卖草莓，他曾觉得很丢脸——而她却假装不明白为什么。

伊诺克踩下刹车。"你想不想进里面去看看？"

科恩觉得别无选择，因为尽管雨似乎更密了，博柏利风衣虽说防雨，但还谈不上滴水不透。伊诺克自豪而兴奋，大大咧咧地把塑料布掀开一道口子，戴维往里瞄了一眼。草莓种在几条狭窄的槽中，离地四尺，那些在十一月成熟的草莓，像樱桃似的垂在空中，像圣诞节时的装饰品。"循环共生的小生态系统，"伊诺克告诉他，"这些塑料保暖，太阳光也可以照进来。所有营养靠一根管子一点点输进去，没有土。"

"没有土。"戴维迟钝地重复道。

---

① 一种矮帮休闲皮鞋。

“记得以前草莓是怎样长在地上、沾上沙子的吗？还没摘下来，乌龟和蜗牛已开始一点点咬它们吃了，还记得吗？”

“还有摘草莓时，你横跨在田间，弯着腰，背痛得要命。爸爸的长腿差点要踩到你的胳膊。”

“再也不会了，”伊诺克说，很高兴戴维还记得，“这些草莓你站着摘就行。如果我们放进加热器和栽培灯，它们能活过整个冬天。”

“真是不可思议。”科恩勉强承认道，查看过新路夫鞋上的泥巴状况后钻进车里。伊诺克穿着厚厚的黄色靴子，绿雨衣披在牛仔背带裤上。他不怕这种天气。

伊诺克问：“你想不想让我开车带你去看看那一大片田野？”

“当然，”科恩说，“只要车不会陷在泥地里。”

“噢，现在啊，我觉得我们不会再给卡在烂泥里了。”伊诺克说得很慢，像在对孩子说话。

为了经营这片农场，方便开车前来买东西以及亲自来摘水果和甜玉米的人，瑞查德家在庄稼中间开辟了几条小路，铺上碎石加固，以防小路毁坏。“开发”，科恩想到，母亲害怕这个词。伊诺克开着车在一堆备用的PCP灌溉管、几排休眠期的草莓和几间装配式小屋之间穿过，车有点打滑，草莓上面覆盖着有孔的黑塑料薄膜，装配式小屋涂抹了灰泥，方便夏天的买卖。当这一大片田地还在母亲管理下时，土地休耕时地里长着苜蓿和野花。以前，八月长天里，戴维总用他们家那架老约翰迪尔拖拉机刈草，他还不会开车就已学会开拖拉机了。那辆拖拉机买的是二手货，漆成深灰色，刈草时它轻轻摇晃着缓缓爬过这片台地，身后机体里拖着咆哮着的飞快旋转的刀片。

“你想下车吗？”伊诺克问。车走得够远的了，戴维低头看看自己的鞋，很是担心西裤会被弄皱。他以前从没在阿尔顿乡村俱乐部做过客。

“当然。”他说。谁让他还欠着伊诺克一个垒球呢。他们下了车，并肩站在雨中，山顶上微风徐徐。天晴时，从这儿可以看到十里路之外阿尔顿最高建筑的顶端，不过今天从这儿看不到那座城市。科恩的母亲在晚年曾可怜地说起要他在这一带，为他和家人建幢房子，待今后某天回乡时，他们有地方住。她则安全地栖身于梅西·兰蒂斯那幢老房子，正好可以不被他们看见。“你甚至不会知道我在那儿。”她十分肯定地说。

他担心得没错，红土像陶土一样黏脚。他两脚小心翼翼地轮换着从一块老式干草垫换到另一块上，结果漏掉了伊诺克许多的热情讲话。他在说庄稼轮作，说精巧的新机器可以按符合科学的间距种植梨树小树苗，说玉米新品种不会从土地里吸取太多营养。泥土，科恩想着，低下头。祖辈留下的土地，在他看来也只是烂泥。他把注意力转到上方，看着角落里的那片树林。毫无疑问，乡下人自有其理由，那几亩地农夫懒得去砍伐树木、锯掉树桩、犁耕。

感觉到听众的注意力不集中，伊诺克眨了眨眼，不过也许是雨点弄到睫毛上的缘故。“你母亲过去常常说起有一天你会在那上头建房子。”

他俩都老了。科恩说：“啊，我也许会，”他忍不住加上一句，朝那片被灌溉过和覆上塑料薄膜的几亩地一挥手，“把这些全变成我的前院。”

果不其然，回去的路上，福特车在离修好的路很近的泥坑里打滑了。伊诺克调低档位，黑福特终于滑了出来，科恩总算不用穿着精致的衣服下来推车了。

他走时带了些伊诺克的礼物：一纸袋新鲜苹果，上了十四号公路，往北朝阿尔顿开去。他从母亲的领地驶向父亲的领地。曾经，他和父亲，一位老师，每天一起驾车离开农场，朝这同一方向，朝学校、朝挤挤挨挨的镇屋、朝城市的快乐而去。

科恩那晚住在西阿尔顿的阿尔顿汽车旅馆，但他并不急于赶到那儿，而是取道新开发出来的一片商场和近几年才冒出来的高速公路。他下了十四号公路，经过犹太人墓地，从铁路桥下穿过，进入阿尔顿，又上了一座桥。这桥是“大萧条”开始时父亲丢了工作后，还参与修建的。父亲在电车轨道间铺石头、夯实并紧固它们。他只要想起那年夏天就想到背痛的苦楚，而儿子每次经过这座桥时都会想到父亲的滴滴汗水与桥成为一体，在混凝土里干涸。科恩的祖辈不只在这个国家的乡村留下痕迹，城里也有。

阿尔顿是一座正在消亡的城市，但它的居民还坚持活着。它最好的岁月，科恩认为是在他童年时，但长辈们却觉得是更早些的时候，在“大萧条”之前。那些岁月令一众人口如今陷于困境，他们住在纵横交错、紧挨着的房子里，像夏末犯困的黄蜂拥挤在一个旧纸巢里一样。哪怕是在他童年时期，这座脆弱的工业小镇就盛产这个孩子认为是弃儿的男人——手艺或职业消亡的工人阶级，成天无所事事，只能抽着烟，等着可以去本地小酒馆的时间到来。开车经过南阿尔顿时，科恩隔着刮动着的雨刮看到他们，站在小门廊上，看着雨滴从遮雨篷上滴落，将侧墙木板打湿变黑。

他开车继续走，进入韦泽街宽阔的中央街区，有轨电车哐啷哐啷地经过那儿，那儿逛商店、看电影的人成群结队。战时，科恩家住离有轨电车不过一站路远的地方，他系统地逛遍了那儿所有的五分十分钱连锁店，从格兰特和麦克克罗伊直到伍尔沃斯和克勒斯格，搜罗儿童丛书，扩大他的收藏。一毛钱一本，虽说他每周的零用钱只有三毛五分钱，他还是收集起数目可观的一套书。那些五分十分店的门口处总是有股温暖的香水味和糖果味，有些店还兼卖宠物，店里面养着金丝雀、鹦鹉和金鱼，在店堂最后面。那时的阿尔顿，在他眼里，可以买到生活中需要的任何东西。

奈德·米勒，为数不多跟他仍保持联系的高中同学之一，曾告诉他，布兰肯比勒百货商店给拆了，那儿要建一家新银行。一座行将死去的城市，科恩想着，而他们居然还不断地开银行。在旧时年月里，你很难在韦泽街找到一个停车位，而现在科恩能毫不费力地把车开到布兰肯比勒百货商店近旁。不只是这家大百货商店，它的铸铁电梯笼子，头顶上为了运送装零钱和收据、嗖嗖直响的小铜罐而架设的通风管也全被拆了，甚至它旁边的一排建筑，科恩记得以前是些鞋店、办公楼和五金店的地方也全都不见了，只剩下孤独的墙壁立在那儿，邋遢的灰泥大概从没想过会暴露在外给人看。地下室的房间，自从建好后从没见过日光，现在也填满碎石，裸露在外。即使下午日光渐暗，此刻又在下雨，阴沉的挖土机仍咯吱咯吱啄着地面。

母亲曾经向他解释过她为何发胖：全怪布兰肯比勒的地下餐馆，那儿加了冰激凌的苹果派、大黄派和山核桃派实在太好吃，无法抗拒。当她在圣诞节期间作临时售货员时，总要以这些东西当午餐。太累了，她解释道，站了十小时，这份苦差让她对吃上了瘾。科恩低头看着这湿透了的砖砌餐馆旧址，它葬送了母亲的苗条身材，他还是蹒跚学步的孩子时母亲的形象。有一天，正是在布兰肯比勒买东西时，他松开母亲的手，走失了。他向店面巡视员咿咿呀呀说个不停，还尿湿了自己的裤子。

有个人，这座城市里的闲人，好奇地想看看科恩在看什么，便从韦泽街上幸存的一个有遮拦的门口轻手轻脚地溜了出来。科恩往后缩，害怕他会过来要求施舍点什么，但是那人只是隔着铁丝网一声不吭地盯着他。过去，在城里，科恩的父亲常跟陌生人交谈，令他很是难为情。那些人越不体面，父亲越是热心地把他们当作潜在的启蒙对象。科恩曾是难以讨好、易发怒的少年，但慢慢改变了好多。现在，他转身对着这个衣着寒酸、胡须也懒得剃，甚至可能无家可归的陌生人，试着交谈："好大个洞，啊？"

那人转身走了，科恩的轻率让他不开心。他说了声"是啊"还是什么都没说，科恩不知道。

在科恩脑中的地图上，阿尔顿汽车旅馆和招待厅就坐落在河的北面。阿尔顿的北部一直有种不一样的、充满敌意的味道：高中生更野蛮，工业建筑更大更暗，富人们从阴沉沉的工厂和采石场里发了财，住在离高速公路很远的用篱笆隔起来的豪宅里。科恩一贯不怎么认路，新建的高速公路让他迷糊，它们从以前的村庄里插进去，购物者靠着它们可以迅速奔赴商场，那些商店在几十年后怕是正在变得陈旧。母亲去世后，没了她的指点，他去当地机场接孩子们来参加她的葬礼时就迷了路。此时，在转错几个弯后，虽说最终找到了沥青小山包上的汽车旅馆，他还是担心自己待会儿在黑暗中、在雨里，会找不到阿尔顿乡村俱乐部。

前台姑娘穿着男式夹克，浓密的头发上染红了一大绺。对她而言，阿尔顿乡村俱乐部的位置显而易见，她用铅笔在迷你地图上戳了几下，飞快地背出几个公路号码，相信科恩肯定能找到。他没有听明白，但又担心再问显得自己痴老，便温驯地点着头，回到自己的房间。房间落地窗俯瞰外面神秘立体交叉道上无声的车流，这房间像个安全的山洞。但是他的同学们，出于对年龄和身体状况的顾虑，要求早点聚餐，所以，他没有在两张诱人的床上躺下、打开电视看看，而是打开洗漱用品，刷牙，换了条更喜庆的带花领带，用一块湿厕纸擦干净沾了泥巴的路夫鞋。来到停车场，租来的尼桑车操作起来仍然很陌生，仪表板太小且模糊。车内有一股香甜味：是伊诺克的苹果。明天在机场他怎么把它们带回家呢？加州容许外来苹果进入吗？灯光闪耀的车流正在往家赶，虽说这个县正在消亡，但上下班高峰时也还是拥挤。他约在六点钟，只有一刻钟了。时间都到哪儿去了？

当科恩斜眼看着路牌时，身后的车灯无情地逼射过来，对面那些车则带着一圈圈浑浊的光晕冲他而来。他在旅馆姑娘为他写的公路号码处转了个弯，但可能转错了方向。没有名字的工厂和储货仓库赫然耸现在路边，他依稀看到传送带和楼梯架的剪影；路的另一边，走了一段后，看得到石灰岩砌的餐馆，一块精致的白色招牌为自己做着广告，但因为冬季的缘故此时歇业。一个高尔夫练习场和小型高尔夫球场呼啸而过。这儿还有点熟悉——他觉得，多年前，他和几个吵吵闹闹的朋友来这儿玩过，在那些小型草坪间快活地把小白球扔进风车和隧道里——然而这些全不能告诉他此刻的准确位置。他正在受惩罚：他在这个乡村长大，然而除了最接近自我和当时需要了解的地方外，他竟不屑于了解它的地理状况。现在，作为报复，当他以可怕的高速穿过这一带时，这个地区像个无形的虚幻泥沼。

这时，他前面扫过一片探照灯光，他意识到，此处是阿尔顿机场。一天只有两架航班降落，但它还是开着明亮的灯。如果那个染了一大绺红发的酒店服务员姑娘草图画得没错的话，他似乎在高速公路上走错了方向。科恩开始出汗了，他永远到不了那儿。高速公路两旁的建筑稀少起来，到了乡下——远处孤零零的房子里透出灯光，卖地毯和汽车配件的低矮商店黑漆漆的。他想尖叫。他要小便。终于，格蒂加油站和 7-11 便利店的一大片光辉出现了。一个戴着金框眼镜的白胖女人站在柜台后——汪洋黑暗中孤独的岗哨——她仿佛有点怕他这唯一的顾客。从面带狐疑的她的椭圆镜片上，他看到了自己狂乱的表情、皱巴巴的博柏利雨衣和加州风格的领带，上面有惹人注目的凤凰木花朵图案。他解释说他迷路了，她面无表情，似乎很生气他居然走了这么远的错路。“哪儿来的回哪儿去，”她对他说，“这是机场后面。你已经过了机场。”

“过了多远？”

“噢——一英里多吧。”

“俱乐部在右边还是左边？”这些宾州人，在他看来，不太想让外来客有宾至如归的感觉。

“左边。”

“路上有路牌什么的吗？”

那女人对此想了好一会儿，继续上下打量他，一只手放在柜台下看不见的地方，可能放在报警按钮上。“你会看到它的，”她不情愿地说道，“有两根大门柱。”

十分钟后，科恩确实看到了这两根门柱，很模糊，在路的另一边。它们可能是幻觉——在挡风玻璃雨刮的敲击间的幽灵幻影——但是找到庇护所的唯一希望就在它们之间。这是最糟糕的那种高速公路，两条车道想变成三条车道。身后的车流和迎面而来的车辆络绎不绝永无止境；他在路中央踩下刹车，后视镜里可见一溜暂停的车前灯，他喘了口气，突然转进对面车道。领头的车朝他高声长鸣喇叭以示抗议，但还是踩下刹车避免迎头相撞，科恩衰老的心脏差点蹦了出来。

他找到了。一个小小的标牌插在没有花的花床里，上面写着俱乐部的名字。一条两边种着马栗树的小径领他从两片黑暗之间穿过——他猜是高尔夫练习场的草坪——俱乐部的房子浮现出来，前面出现点点灯光。有很多空停车位，这是个普通的工作日之夜。科恩下了车，眼睛水汪汪的，膝盖还在哆嗦。下了一天的毛毛雨停了，他把湿博柏利雨衣留在了车上。奈德·米勒在休息室里等他。“我们很着急。”奈德说。

“我找这地方费了很大劲，”科恩告诉他，热忱地握着老朋友的手，“等我最后找到并开进来时，差点被撞死。那个不得不踩刹车的家伙摁了好一阵喇叭。”

“这个左转弯确实很差劲。你从另一头来就好了。”

“我知道，我知道。别再说了。下次我会做得更好的。也许。”奈德没说什么，两人都在想可能没有下次了。

奈德跟科恩一样，以前是个好学生，但是没有那么乖僻和吵闹，他只有在需要时他才说话；而科恩健谈，有时候，兴奋得结结巴巴，有很多话想说但又说不出来。科恩发现，等他认识到沉默是奈德自然、友好的与人相处方式时，奈德成了他最好的朋友。奈德满脑子的无言想法，它们是他的力量源泉。他成了一名律师，职业保密人。

另外三位客人已坐在桌边了，玻璃罩中的烛光照得他们的脸很迷人。奈德的妻子玛乔丽皮肤紧致、满头银发，从阿尔顿东部另一所高中毕业；还有科恩的另一位同学桑德拉·巴赫曼，不过她早就嫁给了奈德的律师行合伙人之一杰夫·朗。肯定是淘气而体贴的奈德请朗夫妇来的，因为整个学生时代，科恩都默默地爱着桑德拉，但离她远远的——她引人注目，活泼好动，是运动健将、歌手，也是班花，迷蒙的绿眼睛，一头柔滑的褐发小学时扎成马尾辫，高中时成了戴头箍的童花头。他从奈德那里听说她现在疾病缠身。他想也许靠窗边的折叠铝合金步行撑架就是她的。他感激地在他们给他留的座位上坐下，正在桑德拉旁边。他观察，发现她的脸由于中风变得僵硬而扭曲。不过，由于他对她的爱始自幼儿园，早在性爱成熟之前，所以桑德拉身体的变化并不能影响这份感情。

科恩很高兴地坐在她旁边，热情地说："桑德拉，我吃了一番苦头才找到这里，我不知道方位了。其实我以前也不知道，夜间我的视力不太好，所有车灯都有道七彩光圈，我慌里慌张开进来时，开到对面车道上去了，就在那一瞬间，我想：'好吧，傻瓜，你生在这里，最好也死在这里吧。'这儿的交通总是这样糟糕吗？"

她盯着他，扭曲的脸上没有表情，一阵痉挛中她朝他的嘴唇抬起手，仿佛想触摸它们，让它们安静。"戴维，"她小心地说，"我耳朵不好，说慢点，让我看着你的嘴。"她的头发向后梳得光光的，他看到她漂亮的耳窝里塞着色彩鲜艳的助听器。但是她的声音还是那样圆润、低沉，熟悉的当地口音，从出生起便灌进耳朵里的德语辅音，在他听来有如音乐。桑德拉从来无须叫喊以吸引他人的注意，除了八年级时她的胸部突然隆起之外，她的身体特征刚刚好，不是特别引人注目，她像一张拍照时稍稍调低亮度达到特别效果的相片。她的鼻梁上有个不太明显的突起，还有点虎牙，但这却让她显得端庄迷人。科恩觉得嘴唇上桑德拉的手要碰到之处变得麻麻的。

他的嘴迎着她的眼睛一字一句地说："见到你真是太——高——兴了。很——抱——歉，我迟到了。"

谈话总体节奏不错。科恩，这位归家的游子，有一段时间大家让他主导着话题。他问的问题，他记得的细节，都是记忆中他觉得新鲜、倏忽而过的那些青春岁月里的事，但是在朋友们眼中，那不过是埋藏于同一片土地下的几十年、成千上万日子的淤泥之下的东西，成长、结婚、生儿育女、埋葬父母、工作、退休。他隔着桌子冲奈德大声道：“还记得有年夏天我们的母亲带我们去鹅湖游乐场玩吗？就在有轨电车路的最尽头？她们坐在那儿，”他向其他人解释，“并排坐在一把长椅上，奈德和我进游乐中心去玩，往那些纸做的小西洋镜里投几个硬币，自己摇手柄看——穿迷你裙的姑娘们跳肚皮舞。现在回想起来，非常平淡，天啊，想想现如今的孩子们都在看些什么！”

几十年的教书生涯也许让他说话太过流利。他大声唤醒了早已消失的电车——它们滑溜的草编座位、角落里的铜把手，那是电车在终点站用来开关后门的；还有表情严肃的电车驾驶员，腰带上别着机械零钱找换机，“跟电子产品出现之前的所有那些东西一样，精巧极了”。

“每个孩子都得有一个。”奈德附和道。

“没错！”科恩同意。他大声追忆起奈德家的老房子——那么多玩具，地下室里的游戏室，侧院大得可以用网球玩飞球游戏，石板地、封起来的侧廊，他们曾在那里一玩好几个小时的大富翁游戏。科恩，一个穷教书匠的孩子，曾经对那幢房子艳羡不已，此时还很想赞美它。可他提到奈德的宠物拉布拉多猎狗时说错了名字，是布莱基而不是贝基；奈德飞快地纠正他，有点生气，他平时可不是这样的。

大富翁游戏令科恩想起了初中、高中时的凯纳斯塔牌热，那些牌一排排摊开在父母家的餐桌上。他问大家还记不记得游戏规则，没人主动说。玛乔丽·米勒开始看起来有点呆滞，语气坚定地说她读高中时从没人玩凯纳斯塔牌，还一口咬定说她们那个县里从来没流行过这种牌戏。

正在这时，恭敬的侍应生送来他们叫的食物。他们一直称奈德为“米勒先生”，桑德拉为“朗夫人”；只有科恩没有名字，是外人。他也曾是离这里很远的教职员俱乐部、高尔夫俱乐部的成员，可是如果他一直待在这里，他是无法加入阿尔顿乡村俱乐部的，对于一个学校教员的儿子来说，此路不通。

这一天的经历让他疲乏，他慢慢沉默下来。同伴们聊起了本地话题——最新出炉的阿尔顿市长丑闻，市中心让人绝望的情况，西班牙毒品犯的侵入，共同朋友的不幸（疾病、生意场上的失利、不明智的婚姻，等等）。科恩觉得桑德拉完全跟得上这些谈话，她宁静的灰绿眼睛直盯着说话人的嘴巴，自己的嘴唇频繁地张开大笑。她笑时，声音洪亮，甚至有点意想不到的刺耳，在科恩听来，就像是小学课间休息时听到的第一声和弦。在那座老式红砖教学楼周围铺好的操场上，男女生截然分开在两个区域。她的声音，虽然不是很大，但还是能从在那儿玩的所有女生中分辨出来，他准是一直竖着耳朵在听。

侍应——两个，今晚人不多——站在那里听候召唤，他们穿着百褶衬衫、系着条纹领带，等着客人们点甜点和咖啡。一桌人看着科恩，他说出他们想听的话：“我什么也不想要，对我们这些老家伙来说，时间不早了。”接下来是七嘴八舌的赞同、拿大衣雨伞的混乱喧哗。桑德拉用上了她的步行撑架——但那仿佛是个玩具——高兴地在她前面晃着。外面雨彻底停了，科恩可以看清左边多荫的绿地，许多编着号的小旗还插在洞里，只要十一月天气温和人们就可以来打球。

玛乔丽坚定地拥抱了他。“我们是坐一辆车来的，你跟着我们。我们不会让你再迷路了。”

“噢，我想我不会了。我只要原路返回就行，差不多一样的路。不麻烦你，你们了。”

“戴维，你跟着我们。”

四个人钻进了朗家深蓝色的大SUV里。玛乔丽的银发在后座上闪现，桑德拉整洁的侧影沉入她身边的阴影中。女人们仍然坐在后座上。杰夫·朗的尾灯领着科恩开下两排马栗树间安静的长长的双车道，掉落的豆荚被碾成烂泥状。在高速公路上，等所有车辆走完后，左尾灯闪着离开了机场，然后在石灰岩餐馆处右转，几乎就在同时，他们驶入城市狭窄的街道。他一直在阿尔顿边缘，一直。我离机场这么远是去哪里了？科恩问自己。

市里这个区域他很陌生。孤单的行人疲惫地穿行于湿漉漉的街头。自助洗衣店、熟食店、街角小酒馆亮着灯光的窗户像突然而至发着光的幽灵，一闪而过，也像他在鹅湖游乐场里游玩时看到的景象。许多标志是用西班牙语写的。那辆SUV，飞一般掠过两边停着的车，领着他先下坡然后再上坡。上坡时，没有任何过渡，街道一下变成了奇怪的桥，高高地架在黑色河水之上。过了河，便是一片紧密的半独立房屋区，每间房屋都要走过长长一段水泥台阶才能到达。两辆车的车队来到一个大型停车场的交通环岛处，一边是一家装饰豪华的全国性连锁卖酒铺，科恩终于知道他在哪里了：西阿尔顿。

他和母亲过去常常在布兰肯米勒站换乘去西阿尔顿的电车上钢琴课——是的，当然——老师是希夫纳小姐。瘦削、苍白、忧郁的希夫纳小姐，也许曾以她自己的方式美丽过，如果他当时年纪够大能够注意到的话。铺着绿色户外地毯的水泥台阶通往她家的前厅，那儿一架竖式钢琴跟洋娃娃、陶瓷小雕像和灰蒙蒙的长绒毛玩具一起等着，他紧张的手指触摸着黑白琴键，一片冰凉。有轨电车到站了——那时还没有交通转盘——它噼啪放下一段台阶，科恩跳下车来，心里忐忑不安，他知道自己没能学好钢琴课。这是他们搬到乡下、开始他的放逐生活之前的事，那时母亲还是城里人，仍然信赖教养，递出“大萧条”时期宝贵的钞票，痴心指望自己的儿子将来能够出人头地。他自己很清楚，想必希夫纳小姐也一样清楚，他不是小莫扎特，不会在还要踮着脚尖才能够着琴键时就能敲出自己的小步舞曲。

杰夫·朗自命不凡的红色尾灯继续绕过交通转盘，经过那家酒铺，朝第四街驶去，那里曾是纺织厂，重获新生后成了商品折扣店，然后再度关门大吉。一车车从巴尔的摩来买便宜货的人现在都去摩根铁匠铺附近那些更新的折扣店了。科恩想到，在他身后，第四街再过去一个街区，那儿曾是通宵营业的小餐馆。他，当时还是十来岁的少年，在送约会对象回家后，不急着回农场去，而是独自一人去那里吃饭。奥林格中学舞会结束后，他会和一伙人一道去那儿，如果是班级舞会，女孩们全都穿着无带塔夫绸裙装，坦露的肩膀在座位上发着光。每个座位上都有个自动唱片点唱机，有《星尘》《重新再来》以及拉斯·摩根①的《太累》可供选择。如果科恩现在再去那儿，他可能会要一块荷兰苹果派和一勺奶油山核桃冰激凌，作为他错过甜品的补偿。

他想再走一遍刚才的路，但是朗的汽车尾灯无情地远去，在每个十字路口等着他赶上来。他简直不敢相信：他像个外地来的笨蛋，他们打算领他回阿尔顿汽车旅馆的停车场。他在脑中愤怒地吼道：现在我知道我在哪儿！我来了！

---

① 拉斯·摩根（1904—1969），二十世纪三十至四十年代的美国乐团主唱和作曲家。

父亲的眼泪

我只见父亲哭过一次。那是在阿尔顿火车站，当时列车还在运营。我要去费城——到三十街的中转站，一小时的路程——然后再去市场街赶那趟回波士顿和学校的火车。我急切想走，觉得家和父母对我而言已经有点不太真实，而学校、学习以及由此而生的对未来的憧憬，还有我大二时交上的女朋友却一个学期比一个学期显得真实。父亲握着我的手道别时，我惊呆了——几乎不知所措——他眼里分明闪烁着泪花。

我觉得这是握手造成的：十八年来，我们还没有机会行握手礼。这种男人间的接触，近几年我们才摸索着开始。他个头比我高，虽说我也不矮。他努力朝我笑笑，手在我手中暖暖的。我发现我们的心情不太一样。我要远行，他来送我。我觉得自己正在成长，他却觉得我越来越小。他一直深爱着我，我以前却没觉得。过去它无须言说，而此刻他的眼泪道出了一切。他有种感觉，生活是进退两难的困境，而我和他，一度同处于这种困境之中。

阿尔顿老火车站是他喜欢的地方，弥漫着人来人往的气息，散发出城市生活中隐秘的愉悦。我在这里买了生平第一包香烟，我当时才十五岁，一脸稚气，竟没有引起报亭卖报人的怀疑。他只是找给我零钱，还给了我一盒印有阳光牌啤酒广告的火柴，那是阿尔顿本地产的啤酒。阿尔顿是个中等工业城市，自从那些纺织厂南迁后，它便逐渐萧条起来。但是它纵横交错的整洁街道，令人垂涎的美食，给了当地居民惯有的舒适方便和富足的假象。我记得，走出火车站一个街区外，我点燃香烟，虽然我根本不知道如何吸，一口下去只觉得神经好像遭到猛地一击，人行道顿时朝我竖起来，整个世界都变得轻飘飘的。从那天起我追上了那些早已吸烟、让我着迷的同龄人，开始了跟他们的交往。

甚至常年在家的母亲与这个车站也有联系，她并非旅人而是读者，城里只有这儿才能买到《哈泼斯》和《纽约客》①。火车站庄严宏伟，就像沿富兰克林街两个街区之外卡内基捐赠修建的图书馆一样，身处其中你会觉得很安全。两者在建造时就想好了要永世流传，铁路和书籍看来会永远和我们在一起。火车站是个方方正正的花岗岩殿堂，大理石地板，高高在上的天花板，周围一圈金边镶饰，虽然蒙着一层煤灰，不过仍能看到闪闪金光。候车室的高背椅和教堂里的靠背长凳一样庄重，暖气片哐当作响，土黄色墙壁也咕哝不休，似乎要把它昼夜吸收的嘈杂声送还给人们。报摊和咖啡店总是很忙，很多个冬夜，我和父亲发现候车室里总是很暖和。我们往返于同一所中学，他是老师，我是学生，好多次我们的二手车要么发动不了，要么就陷在暴风雪中。我们只好艰难跋涉到一个总是敞开大门的地方：火车站。

月台上，半英里外的铁轨上传来汽笛声，我乘坐的火车就要进站了。那时候我们没有料到，十年后，这个车站去费城的客运服务就要停止，像整个东部的许多车站一样，这个火车站会被关闭，用木栅栏围住、挂上大锁。车站矗立在一大片沥青空地上，像一个特大号的陵墓。曾经包容过的所有生命都被它静默地封存在里面，在

---

① 美国两份著名的人文杂志。

这个世纪余下的岁月里，在这个发展停滞的城市里，它只有屈辱地等待着，等待着被夷为平地。

但父亲却料到了，他眼里闪烁的泪光告诉我，时间正在吞噬我们——曾经的我，那个男孩如果还没死去的话，也正在死去，我和父亲渐行渐远。父亲给了我生命，现在我却带着它偷偷溜走了。火车来了，它的车头、高大的钢轮、长长的连接杆以及巨大的圆桶锅炉与它拖动的小小柔软车身不成比例。我上了车。父母亲看起来越来越小、越来越矮。隔着脏乎乎的车窗，我们腼腆地朝对方挥手。火车还未驶出阿尔顿那满是沙砾的市郊，我就打开了书——《约翰·弥尔顿诗歌全集》。

一天漫长的旅行结束了，我提早一站，不是在波士顿南站而是在后湾下了车，那里离剑桥更近点。女友来接我。读了一整天乏味难记的弥尔顿五步格诗歌《复乐园》后，在其他下车的大学生的注视下，月台上有个女孩——不，是个女人在接我，我们相互拥抱，那感觉多么神气。她穿着一件灰色布外套，帆布网球鞋，扎着马尾辫。那一定是春假时节，因为黛布家在圣路易斯，如果她从家里来接我然后再回去，假期太短，时间不够。实际上，她等我回来等了一个星期。在新英格兰漫长的冬天里，她穿得单薄了些，而我却穿着有腰带、有毛茸茸羊毛衬里的厚大衣。惭愧的是，这是父母给我买的，怕我在新英格兰得肺炎。

我们先坐地铁绿线，然后再换红线回哈佛广场，一路上她告诉我她这一周来经历的事情。一场意外的暴风雪，弄得我们身边的路到现在还是脏兮兮的。打临工的餐馆看她是大学生，派她在地下室里算账，而其他女招待却在上面端盘子，赚小费，说到气愤之处她眼泪都掉了下来。我告诉她我在宾夕法尼亚待的那一周的情形，大部分事情都已淡忘了，只有一些细节的碎片还留在脑海里，在闪光——比如父亲的眼泪。在叮里哐啷的火车上经过一天的阅读后，我的眼睛又涩又痒；当火车行进在新伦敦市四周的路段上，经过那片闪亮的湖水时，我才抬眼欣赏了一下。

刚结婚还没有孩子的那几年，夏天我和黛布会和一方的父母过上一个月。她父亲是基督教唯一神教派的著名牧师，在华盛顿大学校园附近一幢灰色的新哥特式大教堂里布道，那栋建筑也是为了永存不朽而建的。每年六月，他都要举家从林德尔大道宽敞的砖砌牧师宅邸，搬到佛蒙特州一座废弃的农庄去住上一阵子，那是他于二十世纪三十年代花了不到五百美元买下的。那年六月，他教务缠身，家里其他人——他妻子、另外两个女儿——都没来之前，我和黛布先行到了那里。那儿寒冷孤寂，只有起码的冷水供应，没有电。房子位于一条肮脏的羊肠小路的高处，从他家唯一可见的另一所房子，远在半英里外，是另一位唯一神教派牧师的。这一切让我更加觉得自己进入了一个全新且更为高尚的领域，多亏我的新娘。

浴室是一间独立的长条形房间，灰泥墙和木地板都裸露着，一小束强烈的光柱神出鬼没，一天中随着时间的变换，阳光以不同的角度射在医药柜镜子斜边上，光线在墙上移动着。为了白天洗澡，我们很麻烦地在煤油炉上烧水，任凭五彩光柱和入浴者做伴。有人走过或一阵风吹过，房屋便会微微震颤，光柱也来回跳跃、抖动。在我看来，这精灵般的光柱就是基督教唯一神教派苦行不可思议的产物，是崇高观念的象征，这种观念认为从舒适的、设施齐全的市郊住宅搬到原始的农舍是一种救赎。凭着我刚刚学到的知识，我知道，这与理想主义、与爱默生和梭罗、与自力更生有关，在崇高的自然界感受自然。这所房子里有间大偏房，木柴炉子微弱的热量无法覆盖至此，屋里有一架大织布机，长年摆在那里，此外还有一套破旧的百科全书和一套《世界哲学大师著作》，书脊都已磨损，颇有年代但鲜有人翻看。我首开先例，抽出其中一卷，它那做工精良的书脊和布封面给我的手指带来一阵不太愉快的兴奋感。这册书里有爱默生的小品文。例如，我读到《自然乃精神之象征》《万物皆由隐藏之物所造》《每一个英雄最后都令人生厌》，还有《我们的沸点不同》。

黛布把这个大房间和外面藤蔓遮蔽的石头走廊当成工作间，她在这里画那些精雕细镂的油画或苍白浅淡的水彩画。在煤油炉上烧洗澡水实在太麻烦，如果阳光明媚，我们就在屋外不远处的山间小溪里、小水塘内洗澡，她父亲以前还为这个水塘设计建造了堤坝。我想用我的柯达布朗尼鹰眼闪光灯相机给她拍几张裸照，可她很古板，坚决不干。一天，趁她蹚水时，我不管三七二十一，从那座旧桥上偷拍了几张快照，她的惊叫声淹没了我按快门的喀哒声，随即她纵身跃入冰冷的池水中。

事后算起来，我们是在佛蒙特州，在其他人来之前，意外地怀上了第一个孩子，但我们一点也不后悔。在我心里，新娘体内深处的微小生命就像浴室墙角处的七彩光线，是我们可爱的小淘气。

她父亲来了。那种父亲我不太了解。我父亲，虽然不乏谋生技能，在人生舞台上却总是扮演着失败者的角色。每天，不管是在学校还是在哪儿，他总会碰上麻烦，陷入窘境：汽车又点不着火啦，学生表现又不好啦。他需要人，需要和他们接触来往，哪怕这会惹他自己生气，只为寻求一点刺激。惠特沃思牧师则喜欢佛蒙特，因为与圣路易斯相比，这里人烟稀少。有一回他连着好几周都没下山，而让我们其他人开上两英里灰尘漫天的土路，去最近的村落买东西。那里杂货店、五金店、邮局都在一幢建筑内，归一个老板所有，老板同时还经营着当地一家锯木厂。我们带回当地的街谈巷议和前一天的报纸。岳父歪着头，慵懒地笑着，听我们兴奋地讲述外面大世界里发生的事，从那副神情来看，我们怀疑他一个字也没听进去。他有很多事情可做：砌石头墙，修缮他的大坝，每天还要打个盹，打盹时大家都得保持安静。

岳父面容英俊，头发硬如铁丝，虽已花白，却依然浓密如故。他少年时代在缅因州得了风湿热，体质虚弱。乡村田园的安宁，树林里的静谧，微微的穿堂风，煤油灯从这间房移到那间房，燃烧的灯芯跳跃不定，灯光摇曳闪烁——这就是他喜欢的自然环境，他不喜欢城市的喧嚣和拥挤。在山顶度假的那几个月里，他在我们——他的妻子、三个女儿、女婿、一直未婚的小姨——中间活动，像一颗不受引力约束的行星。

岳父靠玩游戏和人交流，而玩游戏时也是一心想赢——一家人下午玩槌球游戏，晚上闻着木柴炉和桌上煤油灯的混合气味玩红心牌。那种灯很特别，灯罩里的火苗很强，光很白。灯罩是用白蜡木做成的圆锥形网，十分脆弱，把玻璃灯座放在桌上时，若一不留神，手稍重了点，它便会破碎。惠特沃思牧师对他做的每样东西都小心翼翼到了夸张的地步，我怀着年轻人那种不愿宽恕的仇视心态，对此十分厌恶。我讨厌他过分烦琐的吸烟动作：往烟斗里装烟丝，点火，吐烟；我讨厌他严格遵守午睡习惯；讨厌他纯正的蓝眼睛(黛布就遗传了他的这一点)；讨厌他那平静的唯一神教义。不知何故，在我们宾夕法尼亚一带，蓝眼睛很少，少得有点稀奇——我们那里都是棕色眼睛，就连浅褐色也不常见，那是来自威尔士和德国南部的移民带到斯库尔基尔山谷来的。

至于唯一神论，似乎过于模棱两可、过于自满含混、过于不可捉摸：当我第一次接触它时，它还披着路德教派的外衣，无懈可击却全无特点，是稀释了的基督教——一幅完全虚幻、多姿多彩而令人舒适的画面：道成肉身①和东方三博士②、圣诞颂歌和圣诞老人、亚当和夏娃、赤身裸体和分别善恶树、毒蛇和人类的堕落、花园里的背叛和十字架上的救赎、“何以将我遗弃？”、彼拉多洗着他的手、第三日复活、死后在高处房间的晚餐、多疑的多马和天使在耶路撒冷周边徘徊、给门徒的指令、保罗在去大马士革的路上被人从驴背上推下来、信徒们用方言祷告（而阿尔顿和它周围那些天天去教堂的麻木的人并没有遵守这一做法）。公立学校每天上课总是从阅读《圣经》和祈祷上帝开始，我们的老师、银行家、企业家和邮差们，所有的人都公开宣称自己是传统的基督徒。我觉得以前我以为凡是对基督徒有好处的东西对唯一神论者也应该一样。我习惯性地认为，生命中没有宗教信仰便没有快乐可言，如果这种信仰要求智力上的牺牲，那么便牺牲好了。我读了大量的克尔凯郭尔、巴特③和乌纳穆诺④，知道了信念的飞跃。惠特沃思牧师没有实现这样的飞跃；相反他在打盹，在建他的石头墙。我在他的卧室里见过一本简装版蒂利希⑤的《存在的勇气》，还有一本《世界哲学大师作品集》，也许他读过，但我从没看见过。唯一一次让我觉得他还是个神职人员的是，他语调温柔地说起他的某个女儿时，不觉脱口而出少年时代教友派常用的“汝”“尔”。

他去世前的那段日子过得有点屈辱，所有的尊严都消失殆尽。与其说老年痴呆症侵害了他的大脑，还不如说加重了多年来不太严

---

① 指耶稣必须“降世”，再通过肉身死亡来拯救人类。

② 《圣经》中的人物，可能是波斯祭司。

③ 卡尔·巴特（1886—1968），瑞典神学家。

④ 米格尔·乌纳穆诺（1864—1936），西班牙作家和哲学家。

⑤ 保罗·蒂利希（1886—1965），德裔美国神学家和哲学家。

重的糊涂和经常性的发呆。岳母死于癌症，在她的纪念仪式开始前，他转身看着我，一脸温和但迷惑地笑着说：“呃，詹姆斯，这是在干什么，我一点也不清楚，不过我想我马上就会知道的。”他没有意识到大家正在纪念的是与他共度四十五载的妻子。

岳母去世后，他老得很快。我们最后一次送他去护理中心时，他在接待处呜呜哭了，体似筛糠，仿佛裤子里有什么东西在跳。我知道他想小便，可我却不像个男人，没有快步领他到洗手间，替他把阴茎从裤子里掏出来，结果他尿湿了裤子，地板也尿湿了。在与黛布离婚前的那些年间，我是这个大家庭里年龄最大的女婿，同时也是他们家第一个女婿，到现在我仍以此为荣，但我没有很好地担起这一责任。奇怪的是，自从在佛蒙特度过第一个夏天后，岳父就特别信任我，放心地把他女儿的幸福托付于我，后来又相信我能和他一起抬起石块，放在墙上适当的位置上，虽然我本可以夹痛他的手指，或失手让石头掉下砸着他的脚趾。

其实，我爱他。他像我父亲一样善良无辜，对周围的人要求甚少。现在看来，他午休时要求一点安静实在不算过分，可那时却令我恼怒。他的神学理论，或者说他缺乏理论这一点，现在似乎成了我欣赏的一种高尚观点，这要感谢他。他的神学理论是个大宇宙，那里面迷信的云雾被澄清。他的教区是通往西部的大门，他布道时语调深沉优美，教区内有一些在大学任教的存在主义者，他们的某些新潮哲学更为他那老派的先验论布道添色不少。黛布在床上告诉我：虽然他是唯一神论者，不过只是唯一神论的小教派而已。她希望能调和我们。现在回想起来，当时我虽不至于没有风度到经常与他争吵的地步，但他不可能忽视我的哈佛新正统主义及其艾略特般的惊慌潜流。

在佛蒙特时，派给我的家务活是在屋后斜坡上的一个大桶内焚烧当天的废纸，对面便是为我们提供冷水的一口泉眼。人们可以望见二十英里外树木葱茏的山谷，看到格林山的第二道山脊。受惠特沃思牧师的祝福，一个拥有漫长风景线、冰泳及新英格兰式缄默的世界接纳了我。他是真性情的好人，有点缅因州的风趣。爱记忆中的人很容易，难的是当他们出现在你身边、你面前时，你仍然爱他们。

对我和黛布来说，宾夕法尼亚州完全是另一种紧张关系。我们没有开个好头，我第一次带她回家见父母时，下早了车。从费城开出的当地火车，中途会在离阿尔顿七英里远的山区工厂小镇暂停，这个小镇就在斯库尔基尔河边，紧靠着几英里外的一片村舍。战后，在母亲的怂恿下，我们全家搬到这儿来了。我和黛布夹在一群旅客中下了车，月台两边都是树，一条长长的甬道。月台上一下子就人影全无了，没有人来接我们。尽管我心里觉得这样安排清晰明了——我想省得他们跑路——父母还是上阿尔顿接我们去了。

现在我常想，手机发明前的那些年代，人们如何联系呢？那个时候，一些小车站主要还是靠人管理；也许站长将我们的困境发电报通知了阿尔顿车站，在充满回声的大车站里，广播告知了我父母？又或者，也许是过去在落后地区使用的“精神电报”，父母没有看到我们出站，猜出我们在哪里，便径直开车过来了。那时我只是个乡下年轻人，黛布在圣路易斯或剑桥那种环境下无忧无虑，而在我的家乡却好似迷失了自己。我一直没法让她不受我们传统方式的影响。她经常把事情搞砸，我不能怪她。

那时我们还没结婚，但她已经把我的脏袜子、内裤和她要洗的衣服放在一起，洗干净、叠好后又放进她的衣箱。母亲在客房里走动，看有什么要帮忙的时候，发现了这个变化，沉默的暴怒一泻而出，一阵阵无情的怒火把她额头上、眉峰间的V形皱纹烧得通红。愤怒填满了那个小石屋的犄角旮旯、楼上楼下。我小时候家住奥林格镇，坐电车只用一站就能到阿尔顿，房子是长条形狭窄的砖石结构，有个长长的后院，所以当母亲——借用父亲宽容大度的话——“在制造紧张气氛”时，我们有地方躲避。但是在那幢新房子内，我们无处可逃，夜里在床上翻身的动静彼此都能听到。甚至屋外的昆虫聒噪，野草中的窸窸窣窣，有点什么动静都会激起她内心的无名怒火。我在她的怨气里长大，这种怨气通常起源于我看不到听不到的大人间的冲突。她可以连续好多天一直怒气冲冲，可是有一天我放学回家，或从朋友家回来，惊觉她的怒火奇迹般地烟消云散了。她的坏脾气伴着我长大，就像宾夕法尼亚的酷暑期，能热死闷热排屋中的老人，让街上有轨电车的钢轨变宽，让有轨电车出轨。

母亲发火时，我低声向黛布道歉。母亲的愠怒让餐桌旁的人噤若寒蝉。可还不止于此，愠怒从她的卧室蔓延到楼下的起居室。她插门锁的咔嗒声像一声惊雷在我们头顶炸响。“你没做错什么。”我让黛布放心，不过心里觉得冒犯母亲也不对，是最根本的罪过。我埋怨黛布，说她不该将我的内衣和她的混在一起，说她本该想到这个问题，预料到这样做的意味。“她就是这样的人。”

“好啦，她一觉醒来就会没事的。”这就是黛布的反应，这么大声，我害怕楼上听得到。我惊奇地发现，对母亲一浪接一浪的怒火，她的反应没我的反应那么大。她生出来可不是来受我母亲的气的。

我们坐在沙发上，父亲坐在旁边的摇椅上改数学试卷，意志消沉。他说：“米尔德丽德这样子不是针对谁，不过是女人的老毛病又犯了。”

对他那一代大男子主义者来说，妇人之见可以用来解释一切，一切都情有可原，可对我这一代不行。这种紧张气氛令我觉得很丢脸。那时候母亲在后门廊附近种了一小块三色堇，但没时间打理。也许是那一次回家时，也许是后来的哪一次，星期天的清晨，黛布动手除草，她觉得是在做好事。而我解释说，这儿星期天没人干活，大家都去教堂做礼拜。黛布迷惑不解地站在那里，赤脚踩在松软的泥地里，就像英格丽·褒曼在《火山边缘之恋》里一样。“真蠢，”黛布说，“我父亲整个夏天每个星期天都在砌他的墙或忙别的什么事。”

“他属于不同教派。”

“吉姆，我不明白。我真的不懂。”

“嘘……她在屋里，在敲盘子了。”

“得了，让她去敲。反正是她的盘子。”

“我们得做好准备，要去教堂了。”

“我没有带去教堂穿的衣服。”

“穿上你在火车上穿的衣服、鞋子就行了。”

“呸，我才不会。那样子看起来会很可笑。我宁愿留在家里除草。你外公外婆会留在家里，对不对？”

“外婆在家，但外公会去教堂。他每天都坐在沙发上读《圣经》，你没注意？”

“我没想到美国现在还有这样的地方。”

“好吧……”我的回答肯定苍白无力，她看出了这一点，所以打断了我的话：“我现在知道你那一派胡言是从哪里来的了，对爸爸那么粗鲁。”说话时她的双眸是那般湛蓝。

我很没面子，不过又很激动，因为我发现自己居然可以反抗我母亲了。结果，黛布留下来陪外婆，外婆得了帕金森症，不能走路，也说不了话。我对惠特沃思牧师的粗鲁遭到了报应。我们的第一个孩子——也就是他的第一个外孙女——在她路德教派的祖父母家受洗时，采用的却是充分协商过的唯一神教派家庭仪式，惠特沃思牧师小小地嘲弄了一番“圣水”——水是从我们自家的泉眼里取的，这口泉的地势比房子低，跟佛蒙特州不同，那里水源位于房子上方。母亲那一整天都板着脸，很不高兴，一提起我们的第一个孩子凯瑟琳，就说“没受过洗礼的孩子”。到另外三个孩子都出世后，我和黛布已搬到马萨诸塞州，那是我们相遇、相恋的地方，在那里我们加入了基督教公理会，这算是一种妥协吧。

我们身处圣水之中，世上之水皆为圣水，圣水乃生命之母。坐飞机我习惯于坐在右边，但那天从波士顿飞往纽约时，我却坐在机舱左边。像是对我的奖赏，上午十点多时，阳光射在康涅狄格州的水面上——不是那些大河或大湖，只不过是些小池塘而已——反射过来，刹那间水面跳跃闪烁的光芒直射入我眼帘，银光闪闪。那一刻，父亲的泪水在阳光下晶莹剔透，我看到的就是这样。他去世时，我和黛布在办离婚，为什么会这样，很难说得清。用爱默生的话说，我们的沸点不同，而一个与我沸点相同的女人出现了。我给黛布拍的那些快照，裸体的，离婚时成了离婚协议中的一项，她声称那是她的，可我觉得它们是我的——因为是我拍的，她却说身体是她的。听来有点像女权主义的口号，但我没有再争辩。

离婚后，母亲跟我说起父亲，说道：“从你第一次带她回家开始，他就为你们俩操心。他觉得她对你不够体贴。”

“他太在乎什么女人味了。”我说，不知道她的话可信不可信。死者的话无法对证。

虽然是我提出离婚的，可我总为黛布辩护。在高中同学聚会上，同学们不厌其烦地告诉我，他们更喜欢我的第二任妻子，我很吃惊。这倒是事实，西尔维娅真的能跟他们打成一片，而黛布却羞于这样。黛布觉得尽管每隔五年左右我们要聚会一次，但他们不过是我的从前，是我已抛在身后的东西。而西尔维娅呢，在我一把年纪时才认识我，知道我从来就没有真正离开过宾夕法尼亚，无论我审视自我的次数是如何之少，那儿总是我最看重的栖身之所。最近一次聚会，是第五十五次，黛布可能会觉得很没劲——所有人都几乎七十出头，大部分人就在离他们出生地不远的县里过了一辈子，有的甚至就住在离儿时的家不远的半独立屋内。有些人是坐着轮椅来的，有些病得太厉害，无法开车，只好由他们已届中年的子女开车送过来。聚会节目表的背面是去世同学的名单，名单越来越长了。从前的班花们有的发胖臃肿，有的瘦骨嶙峋，都成了又老又丑的老太婆；昔日的体育明星也好、非运动健将也罢，都同样得借助心脏起搏器、塑胶护膝才能行动。大家都退了休，到了父辈们体谅地去世的年纪，取代了他们的位置。

但我们不是那样看自己的，一点都没觉得自己瘸了、老了。我们看到的是幼儿园里的孩子——同样圆圆、新鲜的脸，同样的圆耳朵，长睫毛，大眼睛。我们听到小学学校里课间休息时愉快的尖叫声，高中舞会上体育馆里射灯闪烁的蓝光，诱人的萨克斯风，本地摇摆乐队喑哑的喇叭演奏着小夜曲。我们在彼此身上看到小镇长期的简单淳朴，“大萧条”没有改变它，世界大战亦如是，尽管食品配给、玩具坦克、空袭演习来到我们中间，但炸弹从来炸不到我们这里。老敌人重燃硝烟，很快又偃旗息鼓。旧情人一度旧情复炽，然后归于平和的温情博爱。我们的班长，亲爱的乔恩·埃迪森，一头浓密的栗色鬈发现在比洗得发白的衣服还要白，她拿着麦克风，考大家过去的事情——老师的外号啦，早已消失的小吃店、冷饮摊啦，我们三年级和毕业那年演出的剧目名称啦，三年级时废物利用比赛的获胜者啦——四面八方传来回答她的喊叫声。没什么能难倒我们：那时我们都在那里，而我们的另一半——西尔维娅也在其中，为那些长期珍藏的无用知识友好地鼓掌。

他们不仅仅是我的同学，也曾是我父亲的学生，大家总是不时提起他。在乔恩·埃迪森的问题里，父亲好几次都是正确答案——“韦尔利先生！”“曲奇”本曾经因考试不及格，留过一级，留到我们班上。他比我们大一岁，现在已经得了老年痴呆症，晚餐会前会后他老是走到我跟前，斜眼看着我，好像有强光照着他的眼睛。他热情而沙哑地问我：“吉姆波，你父亲——还跟我们在一起吗？”他忘了父亲已去世多年，但还知道说“还活着”就跟说“死了”一样，不够委婉。

“没有了，曲奇，”我每次都这么说，“他一九七二年第二次心脏病发作时就过世了。”很奇怪，我称呼一个七十四岁的老人为曲奇，一点也不觉得唐突。

他点点头，表情庄重，又有些疑惑。“听到这个消息，我很难过。”他说。

我回答说：“我也很遗憾告诉你这个。”虽然，如果此时父亲还活着的话，已逾百岁，还会欠下看护院一大笔钱。事实上，跟惠特沃思牧师去世不同，他的去世没有给我添任何麻烦。

“你母亲呢，吉姆？”曲奇锲而不舍地追问。

“她比他多活了十七年，”我简短地告诉他，好像我憎恨这个事实，“她是个快乐的寡妇。”

“她是位高贵的女士。”他慢吞吞地说，还点点头，仿佛同意自己的说法。我有点感动，他在努力回忆我母亲，毕竟，在外人眼中，就是他说的那样，母亲年轻时举止端庄，容貌秀丽。在漫长的寡居年月中，母亲变得越来越率直。有一次，跟我提起从前时，她说她自己，“其实不是那么美丽”。

父亲去世时，我和黛布在意大利。我们是和另一对婚姻出问题的夫妇一道去的，想看看能不能让我们的婚姻“继续下去”。我们住在佛罗伦萨的一个小酒店里，从酒店里可以瞥见阿诺河。从菲耶索莱游玩回来后——菲耶索莱是古罗马露天竞技场，一个小小的博物馆——我们临时起意，四个人去酒店楼上的咖啡厅里喝下午茶，而不是像往常一样回各自房间关禁闭。那地方没什么人，只有几个德国人待在一个角落里喝啤酒，几个意大利人站在吧台旁喝意式浓咖啡。即使我听到电话铃响，我也不会想到是找我的，但是服务生从吧台后走出来，走到我身旁说：“是韦尔利先生吗？有电话找你。”谁会知道我在这儿呢？

是母亲，声音听起来很小，咔嚓咔嚓的。“吉米？你们玩得还好吗？我很抱歉打扰你们。”

“我没想到你能找到我。”

“接线员帮的忙。”她解释道。

“出什么事了，妈妈？”

“你父亲在医院。第二次心脏病发作。”

“情况很糟糕吗？”

“哦，他坐在车里，我开车送他去的阿尔顿。”

“那好，不是太坏。”

些许停顿后她才回答，我觉得这是跨洋电缆之过。最后她说：“我不太肯定。”除了这次在电话里，我从未发现母亲的宾夕法尼亚口音原来如此之重。我们面对面时，她的声音透明得简直如同我自己的一样。“他醒来觉得胸口很闷，平时他都不理会的，但今天他受不了。我们这儿现在是中午。”

“那么你是希望我回去。”我有点怪她。我知道父亲不想给我添麻烦。我们已经预约明天去乌菲齐博物馆。

她叹了口气，大洋底下的电缆也哧哧喳喳作响。“吉米，我想你最好还是回来，你和黛布都回来，当然，如果她要待在那里，欣赏艺术的话就算了。舍克医生觉得他听到的心跳不太妙。你知道，平时要引起医生的注意有多难。”

那时还没有开胸腔手术和心梗血管成形术，医生除了用听诊器听听心跳、开点硝酸甘油片外，没多少事可以做。酒店前台帮我们查了去罗马的火车，那对夫妇送我们到佛罗伦萨火车站，美第奇教堂就在旁边，我们一直想去，而又注定没法一同参观。在罗马，的士司机找到一间还没关门的航空公司办事处。我永远也忘不了那个年轻办事员的礼貌及耐心，他凭借着课本上学来的英语，收下了我们下周去波士顿的机票，转成第二天飞费城的。那时去费城的飞机更多些。我们定了夜班飞机飞伦敦，只好在伦敦耽搁一晚。在希思罗机场远离伦敦的一侧，高楼林立，都是供中转旅客住宿的全新旅馆。午夜时分，我们总算住进了酒店。在房间里，我打电话给母亲——宾夕法尼亚那边正是晚饭时间——知道父亲去世了。对母亲而言，这已是几个小时前的旧闻了。她疲劳地回顾说，一下午她都坐在阿尔顿医院里，不断收到紧急报告。她说：“舍克医生说他搏斗到最后，可怕极了。”

我挂上电话，把这消息告诉黛布。我们躺在床上，她搂着我，说：“哭吧。”虽然我觉得这是哭的时候，我哭也的确无可厚非，可我相信当时我没有哭。父亲已经把我的眼泪流光了。

童年即景

窗框框出外面世界的情景。从一扇俯瞰侧廊的窗户里可以看到上了漆的拼接侧廊壁板、柳条家具弯曲的背部。从侧廊边缘再望过去，可以看到葡萄藤凉亭下拓宽了的小径上铺着的砖块，还有葡萄叶间洒进的阳光和景色。蚂蚁们在砖块间拱出些小土丘，像洒在地上的咖啡粉末，葡萄藤彼此牵牵绊绊爬在凉亭板壁上，好看的淡绿色卷须拼出些字母形状：这些东西是托比在外面时看到的。但他不知道，也没想着要问的是，谁建的这个凉亭？这是谁的主意，是外公外婆还是前屋主的？他永远也不想问。他曾收集过卷须字母，想收集全所有字母——A、B、C——可惜从没能找到D及其后的字母。

晚上，爸爸坐在柳条藤椅上，跟一帮大人坐成一排。他把香烟弹出凉亭外，香烟划出一道弧形的红色火星轨迹，撞在砖地上，溅出点点火花，粉身碎骨。秋天葡萄掉落下来，砖地被弄得很脏，可从没人想过要把它们拾起来。窗玻璃中间有气泡，如同空洞的泪珠，当这孩子的头微微移动时，东西的边缘都变形了，有点像坏孩子拿着放大镜去照急匆匆赶路的褐色蚂蚁，害得它最后只好停下来，吓得缩成一团，哆嗦声托比几乎听得到，好像是从他身体内发出来的。

薄薄的玻璃把外面的世界隔开来，屋外是平凡的世界，可屋里有些东西却不那么平凡，让人难过，觉得不对。人人都想当然地觉得这是个平凡小镇，跟别的许多镇子没有两样，夏天萤火虫，冬天雪花。托比却觉得它不平凡。这是个小世界，是离他最近的世界，他是这儿最重要的人，但他不会跟和他住在一起的大人们这样说。家里有四个大人——爸爸、妈妈、外公、外婆——就像家有四个边一样。

在修剪得方方正正的树篱后面有条小路，大孩子们常常高声大气地说着话从这条路走过，去学校操场和棒球场。侧廊和凉亭的那一侧靠着小路的是侧院，是花圃和开花灌木展示自己的地方，托比的母亲和外婆占据着这块多余而复杂的地方。为了防止邻居路过时看见篱笆里面，她们特意种上这丛灌木，它们需要修剪了，低矮的枝丫需要撑起来，母亲红着脸推着割草机，几乎生气了。割草声吵得很，割掉在下面悄悄长出来的青草。她把这份活称作“撑起灌木丛的裙子”，这话里的顽皮调子听上去无论如何都不好笑。她喊托比到外面来干这个，叫他不要再玩他的玩具、看儿童书或假装有什么事要做。硬邦邦的树枝戳着他的胳膊、他的脸，有些树枝上还有刺，扎着他，像是存心的。如果他不小心，可能会被刺瞎一只眼睛。母亲可不管，她总是穿着裤子在花园里干活，膝盖上弄得脏脏的。托比最喜欢看她穿着裙子坐有轨电车进城时的样子：一条褐色裙子，外面罩一件大衣，头上斜扣着一顶帽子，走在家门前的街道而非侧院旁边的小路上，沿着马栗树下的人行道走着，走向有轨电车站所在的那条大街。

这条小路的对面是一块空地，大孩子们夏天时在那里玩耍，吵闹叫喊声不断，在草地上翻腾打滚。草长得很高，顶端都结籽了，而草根处还有露水打湿的痕迹。过了这块杂草蔓生的空地，是住宅区，房子一幢连着一幢，一直延伸到一座农场旁，那里猪圈的气味太难闻。有些房子被遮住了，从人行道上看不见，托比家就是。“远离危险。”外公喜欢这样说，他坐在沙发上，捻弄着雪茄，脸上狡黠的表情总是惹得母亲很恼火。她说他只能在屋外抽雪茄。沿街的大部分房子门廊前只有一小块草地，许多房子其实是两户人家连在一起的，有不同的门牌号码、不同的油漆颜色，所以每户人家只有三面有窗户，不像托比住的那幢又漂亮又长的白屋。

另一边侧院对着艾克尔伯格家，这是对老年夫妇，先生总是戴着一顶油腻腻的帽子，而太太的下巴处则挂着一个甲状腺瘤。托比很怕靠近他们那边阴暗窄窄的侧院，哪怕隔着窗户看一眼都讨厌。艾克尔伯格夫妇似乎总是蹑手蹑脚一起行动，嘴里同时嘟囔着什么，朝什么东西戳戳点点。母亲说他们的不幸在于他们没有孩子。托比是家中独子，母亲是独女，所以他能来到这个世界可以说是颇为侥幸。

人们说他家的房子是白色的，其实应该是黄色——“奶白色”，他听母亲说过。奶白色，配上绿色的木框，绿色的窗户。上小学时，他用蜡笔画过一幅自己的家，他发现绿色和白色在一起有种别的色彩组合所没有的和谐。黑色和黄色也很配，是万圣节的色彩，紫色和金色是复活节之色，红色与绿色是圣诞节之色。美国国旗上的红、白、蓝三色就像铜管小号上的三个音调。发现这些和谐色彩令他相当兴奋，远远超过其他孩子对此的感觉。

他的玩伴们——当他有玩伴时——会从对着小巷的那边侧院的篱笆缺口处进来，穿过三色堇花丛，走过那条砖铺小径来找他。篱笆间的那个缺口从前有扇很重的绿漆门，门吱嘎哐啷乱响，最后外公把它送到战时垃圾站去了。它锈坏了，他说，他讨厌再给它上油漆。威尔玛·多布林斯基在学校里比托比高一个年级，在她同龄人中也绝对是高个儿，她总在缺口处张望，看他在没在侧院或侧门廊处；如果他在，她就不用敲侧门，面对厨房里的外婆了。她觉得外婆不欢迎她，然而威尔玛是他有过的最好朋友，从某种程度上来说，也是唯一的朋友。不管他提议玩什么、做什么，她总是积极响应。有时候在侧廊上，他们把柳条椅翻倒，假装躲在山洞里，躲开印第安人或强盗。有时候，他们用纸剪出一些苹果、梨子、香蕉，再涂上颜色，把它们放在装橙子的空箱子里，卖给假想中的顾客。

威尔玛喜欢他家的侧院，跟她自己家比起来，她喜欢托比家青翠多树的草地。她家的草地被她们家人踩踏得光秃秃的，低洼处还系着一条杂种狗。有一次它朝托比扑来，用力拉扯着铁链，咆哮着露出可怕的青白獠牙。托比尽量不去多布林斯基家玩，她家很小，也没什么卫生设备。多布林斯基太太给威尔玛洗澡，是让她站在厨房里的一张椅子上，拿一条澡巾在有泡沫的脸盆里打湿，然后给她擦身子。托比之所以知道，是因为他有一次从没关严实的厨房门缝里张望看到的，最后多布林斯基太太高声叫道，说他这样太不体面。她怎么看到他在偷看的呢？难道他偷看的眼睛在门缝中发光？女孩们，他发现，有着跟他一样的屁股，只是前面有些不同，前面几乎什么也没有，只有一道凹口。

不知怎么回事，奇怪得很，这附近、街这边，没有与他同龄的男孩，而大人们又不同意他自个儿到街对面去。有个调皮的男孩，沃伦·弗莱，在学校里跟威尔玛同级，住在另一头，就在小巷下面。小巷顺着学校操场下去，变成一条两边都是房子的街道。沃伦从低处穿过菜园旁边的鸡舍，来到托比家的院子里。外婆不喜欢他。她不喜欢他家的“人”，早在托比出生之前，她自己还是孩子时，她就认识弗莱一家。托比不愿去想那段没有他的空白时间。

一天，沃伦和托比在厨房里的油毛毡上扭打作一团，打架的起因是沃伦粗暴地对待托比的玩具，又嘲笑托比太在意玩具。其实玩具没有感情，可托比搞得玩具有感情似的，沃伦甚至还嘲笑说只有女里女气的人才觉得它们有感情。托比偷偷使绊子，结果沃伦的头磕在暖气片上，血从头发里流出来，他好像会死。托比吓坏了，外婆用一块旧抹布给沃伦包扎起来，包得很不错，然后把还在流血的他送回去了。不过第二天沃伦又到他家来，几乎已经完全好了，他也没有还那块抹布，托比听外婆说再也找不到那么好的一块抹布了。沃伦没死，他骗走了外婆的抹布。

外婆也不喜欢威尔玛家的人。她的不喜欢跟威尔玛有多少兄弟姐妹及钱有关，虽然托比从在家里偷听来的话中知道，外公再也没钱了，股市崩盘吞光了家里的钱。他们全靠父亲当老师的一点钱过日子，那点钱放在一个红白两色的锡盒里，上面写着“食谱”两个字。锡盒搁在冰箱顶上，大人们买东西去之前，都在那里掏几下。外公去威尔玛家前面几所房子外亨·盖格小客厅改成的杂货店，杂货店地板上的钉子被磨得发亮；母亲和外婆则是去山上两个街区外的佩普·谢弗家更大的商店，那儿冰激凌的品种更多，肉很新鲜，血水渗到肉砧板上，砧板上全是切肉刀划出的十字形标记。佩普有台冰柜，大得他可以直着走进去不用弯腰，出来时嘴里呵出白气，一月份时你的呼吸才会这样。当托比大到能把厨房椅子搬到冰箱前、站在椅子上后，大人们同意他可以伸手去食谱盒里掏一个五分硬币，吃过中饭回学校上课的路上，可以在亨·盖格杂货店买一块美味糕或啫喱馅的甜甜圈。他喜欢边走边吃，不喜欢坐下来吃。由于家里有五个人，他只能坐在厨房小餐桌的一角吃饭，桌角老是戳着他的肚子，他还遭训诫要注意吃相。

这儿有小巷、街道，还有电车经过的大街以及矗立在一片沥青地之上的小学校舍。当他走过那条街朝大街走去时，他经过的房子变得越来越小，它们的门廊低于地面，没有栏杆扶手。外婆老说“那些人”这不好那不好，但在托比看来，他们一家人正是生活在他们之中，应该与这些人打成一片。这是他生活中的人。

侧院被灌木和花圃弄得很挤，不好玩，只有玩藏猫猫游戏还凑合，但是后院一路伸向鸡舍和车库，当外公还有那辆绿色福特A型车时，那辆车就停在车库里。托比还记得，车还没卖掉前，自己挤坐在后排父母中间。记忆中他觉得母亲在生气。靠近围住鸡舍的地方，放着一个燃烧桶，大人们同意他拿根火柴烧前一天的报纸和其他废纸，还有不戳戳它们、分开页面就不会烧着的杂志。靠近桶底处有个可以掀开的小盖，因为火需要氧气。残羹剩饭不能烧，给鸡吃。

在燃烧桶上方，离房子更近一点的地方，是菜园。春天时，外公会掘翻土地，整个夏天那几排菜地需要松土、拔杂草。爸爸不用做这种农活，但托比得做。一排排利马豆、甜菜、胡萝卜和圆甘蓝间的杂草得拔出来，还得小心地平摆在地上，否则它们会再次扎根于地下。锄过的土地，在变干之前，一般跟外公在春天时掘翻出来的深褐色湿泥土颜色一样。秋天，母亲和外婆把番茄、切成片的桃子、大黄装进大口玻璃瓶中，弄得厨房里热气腾腾。玻璃瓶用红色橡皮圈扎紧封住，这种橡皮圈在家里玩掷圆圈游戏最合适，每个圈都有个小拉环，正好把手指套进去，让圈旋转。

阳光下杂草无望地摊在那里，很快干枯了，托比觉得拔除它们很残忍，但是，他也不想要它们长在那里。万事万物自有其缘由。在学校里，教三年级的肯德尔小姐告诉全班同学，青草是绿的，因为绿色是最令眼睛舒服的颜色。上帝做了这样的安排。如果万物都是鲜红或橙黄的，她解释说，人们会因为色彩过浓而疯掉。天空是蓝色的也是同样道理，虽然有时候托比抬眼望天时湛蓝刺得他眯缝起眼睛，如果他正好直视太阳，那一圈叠影会在视线里停留好久。是上帝为人类创造了这个世界，肯德尔小姐如是说。

后院斜坡从砖路开始，沿着门廊和地窖木门，穿过一片草地，直下到菜园。星期六，父亲将袖子挽到手肘处，在这片草地上推着割草机。吃过晚饭，他们把躺椅搬到院子高处，坐在那儿，萤火虫出来了，外公抽他的雪茄，母亲没有抱怨什么。雪茄烟可以驱赶蚊子，外公跟她解释过。他低声下气地跟她说话，她是他的女儿。“洛伊丝。”他这么叫她。这是个奇怪的名字，两个音节，跟“托比”一样，字母数也一样①，这么像，所以托比想当然地认为他的名字来自她，既然他似乎是她生的。而她是外婆生的，外婆名叫伊丽莎白，从某种意义上说，洛伊丝这个名字包含在“伊丽莎白”之中。托比脑子里想着这些事，昏昏欲睡。

放学后，威尔玛和沃伦·费莱，还有邻里间的其他孩子有时会到后院来玩，沃伦后来不来了，其他孩子也主要是女孩子。大家爬树，在外公做的秋千上荡秋千。托比还小时，外公为他在两棵英国胡桃树的低枝丫间做了个秋千。秋千很快就玩腻了，现在对他来说，绳子太短，只适合小宝宝玩。不过有许多树——桃树树叶长而尖，有深深的折痕；歪脖子樱桃树树皮像一堆黑色硬币；枫树有长着翅膀的种子，你可以剥开它们，贴在鼻子上；英国胡桃树的那些低矮树枝被孩子们爬得发亮。孩子们从这棵树旁跑到那棵树旁，奔跑尖叫着打他们自己的棒球。还有躲避球游戏，当拿球的人大喊“停”的时候，所有的人必须停下来，哪怕你的脚悬在半空中会失去平衡也要停下。

---

① “洛伊斯”和“托比”的原文是 Lois 和 Toby，均为四个字母。

托比最拿手、最骄傲的是领着他们到石头鸟澡盆处，它的基座有点摇晃，溅出的水会洒到女孩们的鞋上。他还领他们去葡萄藤凉亭下的日本金龟子陷阱处，大声吵吵着的金龟子在愤怒地死去。还有那片宽宽的铃兰花圃，大人们不许他们在那里面找球，不过除了踮着脚尖尽量减少找球时踏平花儿的风险外，他们还能有什么别的法子呢？

当小小的白色钟形花蕾在垂茎上开花时，铃兰花圃香气馥郁。托比站在它边上为一颗松动的前门牙担心了好久，在舌头和手指的帮助下，它终于掉了下来。柔韧的牙根上还有点血迹。他拿着牙齿进屋去，大人们夸他长大了。他想要他们开心起来，他们散发出一股气味，仿佛一成不变地活得太久了，他们会永远待在原地，就像他不想得的病一般。母亲对他掉牙不太开心，担心牙是被他用力拔下来的，新长出来的牙会长歪。她告诉过他现在他的牙齿都还是乳牙，等它们掉了后会长出更大更坚固的牙齿。当他站在那儿担心这颗牙齿时，这一知识一直盘旋在他脑中，也盘旋在这个小镇上，尤其是盘旋在隔壁那块空地上的无形压力中。

身处那个小一些的侧院里，他觉得身边大人们的悲哀之情最浓厚，那个侧院对着艾克尔伯格家。两栋房子在它们之间投下一片阴影，青绿苔藓在绣球花丛下的幽暗处生长着。这些花丛开出的花朵大得有如女人的帽子，但几乎是这里唯一的花，跟另一边阳光照耀得到的那个侧院完全不同。在这个有阴影的侧院里（脚下的草地有一点点弹性），有些事物的寂静托比不愿去思考——教堂和幽深的树林，还有墓地，那儿有一棵盆栽植物为纪念某人摆在那儿，它自己却给人遗忘，早就干枯死掉了。艾克尔伯格家的房子显得很近，孩子们很害怕老先生会突然跳出来，虽然事实上那个穿着布袋式灰毛衣、前襟上还有灰色珍珠状纽扣的驼背矮胖老头，偶尔和托比的眼光在两家分界线撞上时，他脸上会泛出一丝微笑来。

与独自一人待在院中别的地方相比，独自一人待在房子这边时，托比怕多了。房子这边没什么窗户，所以母亲和外婆不太可能隔着窗户瞟他一眼，确保他的安全。他几乎像在月亮上那么远。虽然这儿有一长条空间可以玩接球游戏，但他和威尔玛在这儿玩的时间总不会太长。如果一时失手球滚进紧挨着他们家的艾克尔伯格家那边的牡丹花丛里去了，那两口子——先生戴着油腻腻的灰帽子，太太总是系着围裙，还有脖子上那个大瘤子——可能会出来，在他找球时捉住他，把他好一通摇晃后，锁进他们家的地窖里，跟布满蜘蛛网、装着突出来的封存水果的架子和其他被捉的孩子的骷髅待在一起。他曾听大人们说过，艾克尔伯格向外公抱怨说当他们想午睡时，孩子们太吵。

然而，在他自己家里、外公的家里却很安全，托比从某扇窗户朝那个方向望出去，为那半边侧院感到难过，它看起来从没被用过，人迹罕至，像小学里没有蟾蜍的玻璃养殖箱那般安静。侧院里充溢着他能从自己身后、从家里大人们那里感觉到的那种成年人的悲哀。

为什么而悲哀？钱，托比猜。只要他们花点钱，爸爸就很担忧。当运煤的卡车开来，在路牙上、在随车带来的厚厚的木三角上倒车，长长的斜槽从车身里伸出来，伸进前门门廊处地下室的小窗口里，斜槽因煤块滑落被擦得发亮，煤块从卡车车身滑进装煤的桶里时，整个家都在颤抖。这世上的一切都是为了他的幸福，托比感到了这个奇迹，而爸爸却觉得钱在溜走。他通常都在工作，教那些不听话的学生，可在家里时，他看起来总是很焦虑，绞着两手，用母亲的话说是一副“女里女气”的样子。手是男人的手，方方正正，手背上长着些突出的疣子，显得斑斑块块的。当这个男人想擦掉内心的焦虑时，这双手会像女人做家务一样做出很多擦拭、扭绞的动作。爸爸有时候说他自己很烦躁、很沮丧，当托比很烦人，或在发牢骚时，他叫托比“年轻的美国一代”，向看不见的听众宣称说：“这孩子真是个烦人精。”

悲哀积聚在屋子的后面部分，在厨房里，远离前街和前街上来往交通的地方。人走得最多的地方，油毛毡上的图案都被磨花了，老石板水池闻上去有一股井水的味道，长鼻子的铜水龙头生锈变绿了，还有铺在小桌上的油布，他们坐在桌前用骨柄刀叉吃饭，桌角总戳着他的肚子——与他某些伙伴家的厨房比起来，这儿的一切看上去那么陈旧过时。不是说威尔玛·多布林斯基家，而是从这儿三户人家开外的纳格尔双胞胎家，还有街对面的几户人家，那些房子地势比这边高，耸立在围墙之上，水泥台阶长到邮差要抄小路沿着门廊走，跨过低矮的篱笆——这些普通住户家里有轰轰直响的电冰箱，而不是那种滴水的、要用锡盘接水的冰盒；还有烤面包机，只要插上电，吐司就会弹出来，而不是简单地把面包片放在发着怪味的肮脏老式煤气炉上烤，那小小的紫色火苗像狗的乳头。

圣诞节时，人行道上的过路人可以透过窗户看清别人家的客厅，跟杂志上的图片一样，窗里面摆着长针叶常青树，上面装饰着大量金银流苏，像一阵金银雨，还挂着许多薄薄的中空装饰品，看起来厚实得像圣果，闪闪发光。母亲喜欢看起来自然的树，她的装饰品简单，比如用来诱使母鸡孵蛋的玻璃鸡蛋，从阁楼上的几个盒子里拿出来，每个都被节俭的母亲用纸巾包着，各自装在一个小纸格中。纳格尔家的双胞胎说他们的叔叔每年都会在阿尔顿买新的装饰品，全蓝或全红，或带有“某个主题”，跟百货商店里的一样。托比不想要那个，他只想普普通通就好，像普通人那样有些钱就够了。

托比并不总是很乖。他怯懦、听话，但是内心里也藏着些阴暗的东西。外公外婆家里有些结着蜘蛛网的角落，人不常去的地方，甚至完全锁上的房间，在那些地方，另一个世界的东西，妖魔鬼怪们，偷偷潜行，呼吸之声清晰可闻。五个人住在这幢房子里，人太少不够把这些威胁挤出去，不够驱逐装煤块的阴暗地窖和一股樟脑丸和雪松木箱味道的阁楼里的恐惧。在屋檐下，阁楼里放着叠起来的旧地毯和有馅饼边的漂亮碟子，煤油灯和再也不会用的疙疙瘩瘩的大行李箱，用布包着的相册，里面全是外公外婆他们的“人”，早就去世的长辈，可是当他翻开相册烫金边的厚厚封面后，他们瞪着老大的眼睛直盯着他。男人们留着胡须，头发中分；女人们头发后梳，一丝不苟，穿着层层叠叠、深深浅浅全黑僵硬的衣服。整个家里，托比最当心的是很少用的壁橱和床下低矮的空间，他也不碰后楼梯下那几扇从没打开过的门，仿佛里面锁着干尸或疯子。

他很少去外公外婆的房间，偶尔去的话，他能闻到房间里的一股老人味道，焦干的甜味。家的正中心，有一块地方也让他很怕：前楼梯通向楼梯间，从楼梯间一边再上两级台阶便是外公外婆的房间，楼梯间的另一头是他父母的房间，楼梯间通往的第三个方向是楼上的洗手间。当他在里面上厕所时，他总怕身后的门关上，怕他再出来时，门后有什么东西在等他。所以，他让外婆坐在小台阶上守着，保护他。这是她的职责，因为托比知道她也觉得房子里有鬼，家中有鬼的想法就是她灌输的。

有一次，他从洗手间里出来，外婆坐在台阶上睡着了，金丝眼镜滑到小尖鼻头上，假牙滑落出来，样子吓人。托比发现她不是清醒着在保护他，气得要命。她正要起身，他扑过去，捶打她躬着的后背。他的拳头打下去时，她轻声咕噜着，长长的灰白头发四下里飞散开来。他明白这样做很不对，但他知道她不会告诉妈妈，即便她说了，妈妈也会理解他为何如此生气的。妈妈也烦外婆。

他做过的最坏的事情是折磨他的玩具。他的泰迪熊，灰羊毛的布鲁诺，掉了一颗玻璃眼球，褐色薄荷糖似的，那是拜托比的婴儿小手所赐，那时他还不记事。他还是小宝宝的时候，曾把玻璃眼球从铁丝关节上拔下来，事后又忘了把它放在哪儿了。现在，他是大孩子了，他喜欢把它剩下的那只眼睛挖出来，让布鲁诺当个瞎子，然后又发善心，亲吻那个羊毛空洞，把眼睛再放回去。如果他再失去这颗眼球，他们就会把布鲁诺扔掉，它就会躺在无边的黑暗中，再也看不到任何东西了。

靠着一分一分的积攒和向父母讨要，托比攒齐了一套迪士尼的橡胶玩偶——黑手黑腿的米老鼠，它的头是空的，像是瓶盖似的套在脖子上，可以取下来。唐老鸭有个结实的白胖屁股，托比喜欢它在手掌里沉甸甸的感觉。匹诺曹不是那么如意，疙瘩的膝盖，粉红脸颊，蓝眼睛，没有一撒谎就长长的鼻子，一副乖孩子的表情。在餐厅地毯旁边的一长块空地上，他把它们摆成一排，然后用一个脏垒球像玩保龄球似的把它们打倒在地。最难的是打倒褐色的小牛费迪南，它又矮又壮。当他自个儿而非和威尔玛一起玩这个游戏时，他再次把它们摆好，并威胁说如果它们不听话、不倒下去的话，他要干什么干什么。

有一次，托比拿来一块单边剃须刀片，那是他用纸板做东西时，用来割纸板的。他举起刀片对着唐老鸭的长脖子，要它招供，为了表明他是认真的，刀片切下去的深度超过了预想，结果现在当他把唐老鸭的脖子往后扭，它脖子上的第二张嘴就张开了，在黄色鸭喙下面。自己如此残忍的证据令托比每次看见还很惭愧——每次他把唐老鸭的头往后稍掰一点，刀口就拉开一点——不过，那时候，他不会像大部分男孩那样踩死蚂蚁，甚至女孩们也这样，还在男孩们面前显摆；他也不会去水坝那里钓鱼，把小虫子或蚱蜢挂在鱼钩上。他不明白人们怎么能那般折磨动物。

珍珠港事件后，美国卷入战争，暴力统治了整个世界。镇上老是有防空演习。他们得关上所有的灯，坐在那儿，他和母亲、外公外婆，坐在没有窗户的楼梯间，那里正是他一直害怕的地方。爸爸是防空演习执行长，打着手电筒摸黑出去了。他们坐在台阶上竭力屏住呼吸，一架飞机飞过去，就在他们屋顶上。托比知道它要是扔颗炸弹，他们就全都会被抹掉。这是个报纸上的新词，“抹掉”，还有“闪电站”和“潜水艇”也是。简直难以置信，在英国和中国，被“抹掉”的人中也有小孩。飞机发出的锯东西般的嗡嗡声慢慢小下去，托比的生活在继续，而在别处，无数的生命在死去。

当他剥去锡罐上的包装纸，拿掉盖子和底部，将它们弄弯塞进罐里，然后放在鸡舍前的水泥地上，把闪亮的圆筒踏平，就感觉像是跳在一个日本鬼子或德国佬的脸上。他每踏一下，水泥地上夹杂着鸡粪的灰尘便腾起来，母亲不明白这是战斗——你有时候得这样干。在四年级后面的走道上，五年级的男孩们总是作弄托比，因为他老是穿着短裤，或者因为他是老师的孩子，或者因为他住在白色大房子里，或者上课时他老是举手发言。即使他们跟他不是一个班的，他们也知道。他身上就是有那股什么都知道的男孩才有的讨厌味道。孩子们嘲笑他：“你觉得自己很了不起。”而他要的只是融入他们中间，做个普通男孩。

普通世界里的男孩们老是攻击他。有一次，一个五年级学生，名叫里奇·塞茨的，和托比扭打在一起，躺在阿克姆的装货门廊前杂草丛生的沥青地上，只不过托比被压在下面，露出一个流血的鼻子。当他走进前门，母亲看见了他流血的鼻子，不出一分钟，她已在打电话——给塞茨家打电话，然后又给学校校长打电话。电话就在小桌上飞科牌收音机的旁边，像胶木做的黑色粗茎水仙花。

母亲更让人难为情的干预发生在垒球场上。那个球场离他家只有两分钟的路程，从他家院子低处，穿过鸡舍和车库之间的狭小空间，沿着一片玉米地走一段，就在那条小巷对面。母亲总抱怨那块地方有股尿骚味，怪罪于家中的男人们，包括托比在内。只要想起来，她就狂怒。“室内厕所是干什么用的？”她满脸通红地问。不过，托比还是老这样干。只要在这两道墙中间，在鸡舍的石棉瓦和红漆像雪片似剥落的旧车库木板间，他的肚子下方就有尿意。

爸爸每天走这条路去高中，穿着大衣、系着领带，经过嗡嗡响的日本金龟子陷阱，走到院子和芦笋地中间，再出来经过那片矮篱笆。母亲几乎从没来过这块地方。她避开学校操场，那也是让发生的事情那么震惊的原因之一。这事牵扯到沃伦·弗莱——头上流血的沃伦·弗莱，他再也没有来过他家，可能讨厌托比出现在这条低矮小巷周围，因为沃伦就住在这一带的沥青瓦屋的房子里。在垒球场下围栏后面——当时不是学校里的比赛，而是周六的一个联盟比赛，队员都是高中毕业生，还有一群老观众——沃伦推搡了一把托比，托比回推了他一把，不久他们就扭打在灰土地上，就在一小群站着的观众前面，托比的爸爸也在其中。

爸爸只是站在那儿，衬衫袖子高高卷起，高昂着头发梳得整齐的头，尽量想忘掉他的担忧，认真看比赛，尽量想融入进去。也许，教了一周的课后，不用再要求什么纪律让他很享受，让一切顺其自然吧，他对面前两个打架的孩子和周围的人群置之不理。人们看着孩子打架，慢慢大声为哪边叫起好来。托比在打斗中略处下风——沃伦那阵子突然发育得很快，块头很大——托比看见母亲出现的时候，眼里涌出愤怒的泪水。

她就是那么突然地出现在那儿，高个子、年轻的母亲，一把揪住沃伦的头发，扇了他两巴掌，声音响亮得像击打棒球。然后，她丝毫不差地紧紧抓过托比的手，转过身，以同样惊人的准确度伸出手去，扇了爸爸一巴掌，因为他就站在那儿，撒手不管。

她拖着托比回家。泪水迷糊了他的双眼，他含糊着抗议，同时心里羞愧难当，不明白她是如何知道并且出现在那儿的。她准是在院子里听到了人群的嘈杂声，然后不知怎么看见了，在低矮的篱笆那边，他和沃伦扭打在尘土里。怎么回事，托比纳闷，在这个场景中(垒球场在他们身后退去，白房子和侧院还有葡萄藤凉亭慢慢拉近，他们左边地里的芦笋已开始空心结籽，他的眼泪让一切扭曲变形，像窗户玻璃上的泡泡)，他就得是那个住得离学校很近的人吗？有一位如此神奇、狂怒、不愿顺其自然的母亲？他的手臂好像被拉脱了臼，他慢慢屈从于现实：有这样一位母亲，他永远也成不了一个普通平凡的男孩。

幻　影

在酒店楼梯处，当她截住他妻子问问题时，米尔福德吓了一跳。她问得兴奋、急迫、气喘吁吁：“你去剪头发了吗？”

“没，还没有。”珍回答道。陌生人的搭讪让她也吓了一跳，不过由于他们都是博物馆赞助的南部印度寺庙游的三十人旅游团的团员，按理说她们是历险中的同志。只是旅游刚开始，米尔福德夫妇还没弄清楚团员夫妇中哪对是哪对，但米尔福德认出楼梯上的这个女人跟一位戴金丝边眼镜、矮个头、尖鼻子、身穿蓝色运动夹克的男士是一对，在酒店泳池边举办的欢迎鸡尾酒会上，他俩有点害羞地克制着自己。米尔福德猜，他们可能才四十多岁，是旅游团里最年轻的一对，而米尔福德夫妇七十出头，属于最老之列了。然而身处奇异而巨大的南亚次大陆，他们觉得年龄、财富和阶层差异压缩到没有任何意义的地步。“她怎么样？”珍问，抛开了通常的拘谨。米尔福德经常发现，女人们在论及美容技术时，很容易发展出热烈的同志情谊。他看到她俩似乎已情同姐妹。

“真可怕，”对方快速、差不多是气喘吁吁地回答，“她根本不懂我的头发。太卷。”这个词以两个重音节从她嘴里吐出来，太——卷。那女人穿着她自己的剪裁更贴身的蓝色夹克，说话有点奇怪——不完全是口音的问题，而是在那个词说完后她的嘴有点麻木、有点僵硬，仿佛不管她说的是什么，都令她自己惊讶一般。她的头发在他眼里实际上相当卷，古铜色，浓密蓬松，似乎在反抗把它们紧压在头上的玳瑁色发夹。

米尔福德站在弧形楼梯的下端，两脚分别停在两级不同的台阶上，想起较早前也曾瞥见这个幻影，也是在台阶上。旅行团里那些还不算太老弱的人正在爬文迪亚石山上凿出来的六百一十四级台阶，在这座山顶上矗立着耆那教派①的巨大雕像，传说中圣人巴胡巴里的巨大象征。他安稳如山地矗立在此多少天多少月（传说是这样的），以致藤蔓覆满了他的身体。米尔福德刚开始爬山时，一眼看见一位活生生的一丝不挂的圣人，吓了他一跳。那人赤身裸体向上移动，特意一次一步，同时颇有仪式性地停下来，嘴里念念有词，晃着手腕上的铃铛。他矮壮的身体和大肚子全被晒成了油腻腻的咖啡色，只有前胸和别处有几块灰色毛发。这么一个上年纪的老人丑陋的身体令米尔福德不安。这人整天这么神圣地上下这些台阶吗？印度难道没有法律禁止有伤风化的不雅暴露吗？也许在神圣场所、在巨大的裸体雕像周围裸露是合法的？这座圣人雕像的阴茎，导游手册上说有六英尺长。脑子里想着这些问题，米尔福德觉得自己被人赶上、超了过去，有个身体跟他擦身而过。一个年轻姑娘模样的女人超过了他，这女人穿着卡其布家常裤、白色跑鞋，头上一顶黄色棒球帽漂亮地朝前压着，仿佛头发太多、太蓬松，帽子戴不住似的。在气喘吁吁的米尔福德看来，她爬得不费吹灰之力，混在斯拉瓦纳贝拉戈的其他往上爬的朝圣者中间，一下子就不见了。等他好不容易爬到山顶来到神殿前的这座巨大雕像下时，她早就消失不见了。这座雕像匀称、安详，向外突出，像玩偶匣里跳出来的小丑。

“但是她对你的头发应该不会有什么意见，你的头发那么直。”

---

① 印度传统教派，耆那原意是胜利者或修行完成的人。

那个女人跟珍说话，在句子结尾时有个强调的重音，她的嘴唇半开着，仿佛直发有什么地方吓到了她。“我爱直发。”她加上一句，突然伸出漂亮的、带着许多戒指的手，要跟珍握手。“我叫洛雷娜。洛雷娜·比灵斯。”她说。

“我知道，”珍笑道，“我是珍·米尔福德，这是我丈夫，亨利。”

他想知道珍是在撒谎呢，还是真的知道。女人撒谎，经常没有什么特别原由，仅仅是出于礼貌，或出于想让故事圆满的愿望，而她们确实想到了被男人们忽略的种种细节。他已经忘掉这个幻影的名字了。为了掩饰他的痴迷疑惑，他握着她的手——惊人的温暖潮湿——说：“你昨天在耆那台阶上超过我，一阵风似的掠过我的身边——我忘不了。你准是有个好身板。”

“不，”她若有所思地严肃回答道，第一次看着他，褐色的眼睛色彩淡得惊人，几乎是琥珀色，“我只想在我失去勇气前快点熬过去。”

“你真的知道她的名字？”米尔福德在这个发型可怕的女人走后问妻子。实际上，这发型他感觉挺不错。这么卷的头发，总是往里卷，理发师怎么会出错？

“当然，”珍对他说，“我们在旅游团报名后，我就查看过他们给我们的全体团员名单，尽量想将名字和面孔对上号。亨利，如果你做点功课的话，你能从旅行中受益良多。”

珍二十多岁时，在他认识她之前，曾是一名学校教师。虽说那时他不认识她，但他可以逼真地想象她当时的模样：她站在二年级或三年级学生面前，苗条而敏捷，打扮得体，她平稳、连贯的声音吸引着所有学生的注意力。每节课下课时，她朝他们漂亮迷人地一笑以示奖励。她能让孩子们顺从于她所认为的正确教育，并且她还一直试图征服她的丈夫。有时候，当他想逃避她的说教，侧身想开溜时，她会横跨一步，挡住他的去路，坚持要说完，蓝眼睛盯着他说："看着我！"

他开玩笑地说，开玩笑是另一种逃避："我更喜欢浸入法——让我完全浸入其中，先入之见变得清晰、透彻。"

"那也太随便了。"珍说，神态颇为惹人怜爱。从身材上看，米尔福德想，她和那个幻影都是他喜欢的"类型"——中等身高的女人，身材有点丰满，但绝不胖，骨盆宽宽的，一望便知能生养孩子。女人们正面的样子令男人们想要她们生孩子。他和珍的孩子都已到生育年龄，两个大女儿甚至都过了这个年龄，然而原始的本能仍活在他心中：他想让那个幻影成为他孩子的母亲。

洛雷娜·比灵斯的身体跟珍的差别不仅在于少用三十年，还在于她花了很多钱去锻炼它。虽然这个旅游团也对米尔福德夫妇这种不太时髦但注重教育的新英格兰人开放，但绝大多数团员是上东区的纽约人。他们看似彼此相识，仿佛那座大都市仅是浓缩于高级公寓和博物馆区的一个小村落，听他们闲聊，聊的话题不外乎私人教练，还有为他们的身心安康服务的其他人员。

女人们谈话用的基本是西班牙语。奇怪，这个旅行团里有许多来自拉丁美洲的妻子——旧时遗风作祟，亨利揣测，花瓶妻子。洛雷娜就是其中之一，她是爱探险的美国采矿工程师和智利银行家女儿所生的孩子。这正好解释了她迷人而热切的说话方式——英语不是她的母语，不是她心底里的语言，虽然她很小就被送进美国学校读书，流利地说着后天学习而来的语言，她甚至有点纽约口音。那种不耐烦的鼻音，从她丈夫嘴里说出来，在快速评估案件时十分管用。伊恩·比灵斯是位律师，在法律界拥有大量不言而喻的人脉关系，令他的断言颇有分量。随着行程慢慢过去，团员们日渐熟悉，米尔福德颇感安慰地发现，比灵斯有着那种薄薄的皮肤，满脸粉红是早期心脏病人的征兆。他比妻子高不了多少。在跟洛雷娜说话时，瘦长的米尔福德感觉自己塔一般高耸在她面前，仿佛踩在普鲁斯特比喻的时间高跷上。他太老了——如果他想过这点的话——老得足以当她父亲，但在这个旅游巴士的小圈子里（有点像校车，不守纪律的学生坐在最后面，马屁精们紧挨着讲课的人坐着），他们是同班同学。

灰蒙蒙的村庄和绿色稻田从车窗外流过。不管车在哪里停下，总有一群小贩和乞丐围过来。寺庙一座连着一座，在米尔福德心里化成一座沉闷的迷宫，灯光昏暗的走廊有股饭菜的馊味——那是给没有饭吃的众神们的祭品。在某条特别长而暗的走道尽头，男性生殖器雕像立在那儿，圆圆的生殖器象征定期有花环为饰，涂上油和印度酥油。在人手特别充足的寺庙里，还有身穿长袍的执事守卫着男性生殖器像，眼含期待地盯着游客。

米尔福德对印度教不太了解。他老是把毗湿奴①和湿婆神弄混，忽视了两座雕像在发型雕刻上的微妙差异，而这正是区分他们的关键所在。他老是忘掉谁的配偶是可爱的拉克希米，财神和幸运女神；谁的配偶是帕尔瓦蒂/杜尔迦/迦梨②，喜马拉雅的女儿，力量之神、战神、破坏与重生女神。珍和伊恩结成联盟，就像好学生组成的学习小组，他们参考、对比彼此的笔记，记住名字一长串的主要和次要的众神，以及他们之间的关系，记住那些寺庙异常容易忘记的长名字。这些寺庙栖身于肮脏嘈杂的各座城市里，那儿有无

① 毗湿奴掌管维护宇宙之权，与湿婆神二分神界权力。

② 湿婆神配偶的三个分身。

数的一人店铺和伤残乞丐，还有满怀希望、瘦长结实、咧嘴嬉笑的褐色孩子们，看一眼都让人心碎。

当他们的另一半在比较笔记、彼此说着一点点印度话和梵语、轮流占上风时，亨利和洛雷娜只得陷入另一同盟。他们故意装作没看见，偶尔侧目而视，似笑非笑，细细品味无关痛痒的一些小事——旅游团领队对盛气凌人的日本和韩国旅游团很是烦恼；当地印度官员和侍者们刻板地模仿过时的帝国英语，虚张声势，傲慢无礼；在年久失修的寺庙壁檐上刻着的令人惊异、栩栩如生的春宫画；生殖女神(她还有许多其他名号)帕尔瓦蒂的偏僻神殿的基座上摆着凋零的孤独花束。

在更大些的寺庙的蝙蝠洞里，怒目圆睁的婆罗门僧人出现了，向游客们售卖祝福。游客学会了如何双手合十行合十礼，如何垂下头接受额头中间被点上一点指甲花红或油灰。米尔福德觉得，洛雷娜一整天都保留着那点鲜红，像是在她两颗黄晶般眼睛之间的第三只眼。她天性爱受赐福。在几个更大更繁忙的寺庙里，用绳子拴住的大象被训练好用盘卷的长鼻子三瓣末梢接受一张纸钞，向后一甩交到驯象人手中，然后那神秘而听话的长鼻子粉红色末端放低，在捐钱者的头上停放一会儿。只要有机会，洛雷娜都会接受这一仪式，她虔诚地合上眼睛，鹅黄色棒球帽活泼地前倾在她浓密卷曲的头发上。这顶帽子，米尔福德猜，起到某种预防保护作用，但是在一次她接受完这样的祝福后，她快活地睁大眼睛，向亨利抱怨道："它朝我吐了一口！就吐在我脸上！"

他想像她那样感受一次大象的祝福，于是他也交了一次钱，代价是一张印着甘地肖像的粉红色十卢比钞票。他确实感觉到了，他头顶上有轻柔的摸索，带韧性的重量轻重适度，好似出自一位操劳过度的神灵之手。

他不想跟洛雷娜走得太近。在他这个年纪，他宁愿安全地远观，宁愿从一旁默默关注她。她在各方面都令他消受不了。旅行团想在一日三顿饭上变点花样，非正式地轮换着一对对夫妇、丧偶人士和同性恋单身汉们。有一次，轮到米尔福德夫妇和比灵斯夫妇共用一张餐桌，这对年轻些的夫妇浑身上下透出有钱人的味道，因为从他们的谈话中可以听出，他们在长岛的南安普顿和佛蒙特的多塞特还另有房子，更别提在迈阿密的公寓和每年一度回智利的旅行了。虽然在米尔福德夫妇看来，他们很年轻，其实他们已经老得要操心孩子们能否去首选的学校读书，最后能否上常春藤大学这些事情了。宛如全月食时，月亮上的山谷间闪过的太阳光芒，财富也不经意地点缀于他们幽默的即时抱怨中，诸如公寓管理处像暴发户似的肆无忌惮地收费，纽约市政府以税收和慈善之名，征收种种税费，为无处不在的穷人榨取有钱人的财富。

倒不是比灵斯夫妇跟上了年纪的新英格兰乡下人在一起时不讨人欢喜、举止不得体，米尔福德注意到，洛雷娜在她丈夫在场时很热情，当她谈及戏剧、时尚、艺术展览以及曼哈顿建筑争议等话题时，她的眼神和声音都带上了大都会人的敏锐和风彩，而她慢慢发现米尔福德夫妇对这些几乎一无所知——除非这些东西在《波士顿环球报》上报道过，且不管过时多久。她的嘴又露出她在台阶处跟这对陌生夫妇说话时的表情，僵硬而难以捉摸；但她稍作停顿，又马上得出结论，能了解城市魅力，米尔福德夫妇感到很愉快，于是她接着往下说。

而比灵斯，亨利设身处地以丈夫般的骄傲看着，任她表露真我、展现她自己。她蓬松的鬈发来回晃动，略显正式的英语融合在铜管乐般的纽约双元音之中。“人们一直跟我们说加普的画很不错，但是——不用说是我太愚钝——我发现他的后波普作品太没劲，太——太宽泛，除了伊恩还很年轻时挑了几幅印刷品外，我们没有一点他的东西。拿他跟博特罗①相比，博特罗刚刚画了阿布格莱布监狱②系列，表现美国的凶残——野蛮至极，他从没这么画过。它们绝对可以与戈雅的《战争的灾难》③相提并论。”当她迸出一两句西班牙语时，一个更为真实的她跃然而出。“儿”化音带着颤抖，个性鲜明，她的声音在最低处有点深沉。

比灵斯比她更意识到曼哈顿之外的保守看法：“美国的凶残”这种说法可能令人不快。他整理了一下尖鼻子上的金边眼镜，还清了清嗓子，虽然声音几乎听不见，但这些细微的动作他妻子看在眼里，于是她的嘴唇呈现出麻木状态，她稍稍转换了话题。“当博特罗的这些古铜色的胖子在公园路附近展出时，你们俩有谁正好在城里吗？那片中央闹市区真是非常棒，哪怕是在郁金香时节。这些铜像在太阳下发着光——是这样说的吗？他们庄重却又荒唐，二者兼而有之！”

“棒极了！”米尔福德说，意指她说的所有话。

“我从没亲眼见过它们，”珍冷淡地插话道，“但是我在什么地方看到过。是在哪里来着，亨利？《时代》？可我从不看《时代》的，是吗？除了在牙医诊所外，噢，亲爱的，”她补充道，感觉丈夫对她插嘴表示不快，“我们真是土包子。”

事后，当米尔福德夫妇独自在一起后，珍说：“他们可真好，真是迁就我们。”

“她丈夫的那张脸可真让我着迷，”米尔福德对她说，“那么简约，像张快乐的脸。他绝对没有流露出任何东西。”

---

① 费尔南多·博特罗（1932— ），哥伦比亚视觉艺术家。

② 位于巴格达，曾发生过虐囚事件。

③ 原文为西班牙语。

“他是个律师，亲爱的。”

米尔福德曾是位教授，在韦尔斯利一所规模不大但很有名的商学院教统计和概率。退休后，他吃惊地发现，当他不用再向满教室的未来奸商授课之后，他对这门专业毫不关心。他教学纯粹是为了交差，现在他旅游也是如此。世界奇迹让他厌倦，汹涌的参观人潮令他不知所措。旅游团的领队，两周来在寺庙回声和博物馆的嘈杂喧闹中，为了让大家听到自己的声音，一直在扯着嗓子叫喊，现在他看来也没了兴致，盼望着下一站旅行，德国古堡之游。旅行团里有经验的游客向米尔福德夫妇解释说莱茵河上一切都简单得多，旅游全部在莱茵河上；你待在船上你的舱位里就行了，不像在整个印度南部，坐大巴车颠簸，不停地收拾行李、打开行李。

在旅游巴士上，当旅行团领队的激情消退后，他的地陪莎塔·沙布拉克什米，来自马杜赖[1]的一个身材矮小的黑女人，战士种姓人，拿过话筒，有点不好意思地说起她自己来，但说得还算流利——说她的父母不同寻常的决定，让她受教育，说她自己被包办的婚礼上的华美礼节（提前物色人选、正式拜访、新娘和新郎彼此不能见面）。她说起过去当她还是孩子时，泰米尔纳德邦的道路穿过一片连着一片的碧绿稻田，现在稻田成了工业园区，尘土满天、坑坑洼洼的道路被无情地拓宽。“那时的道路是极破的。”她说。她表达了对印度教的新见解，这是米尔福德从没听过的。“与佛教、天主教和基督教不同，”莎塔用精确、轻快的英语说着，“印度教不赞颂终身禁欲的僧人。它教导人们，生活分为不同阶段，每个阶段都是神圣的。它说性生活是生命的一部分，生意也是——男人挣钱养家，完成了他的社会使命。在生命的最后阶段，他获准离开家人，

---

① 印度南部城市。

放下生意，成为寻找神灵和生命终极意义的探求者。但是，中间阶段，世俗阶段也是神圣的，所以印度教允许生命的全部表现，而佛教则教人们放弃和超然物外。印度教是最古老且至今仍流传甚广的宗教，也是最现代的宗教，不排斥任何东西。这儿没有不信印度教的人，哪怕我们的粒子物理学家和电脑程序员也是虔诚的印度教教徒。”

莎塔帮助旅行团的女士们为告别晚宴穿上纱丽。纱丽是在穿插于长途汽车旅行和伟大寺庙之游中间的小型疯狂购物点买的。汽车有时沿着海岸行驶，去年的海啸将那片海岸一扫而光，现在仍是光秃秃的；而寺庙——高耸的肮脏迷宫，里面彩饰的神灵们呈金字塔状矗立在那儿，看不完的神灵，他们凸出的眼球、吐出的舌头、三头六臂象征着神圣的法力。

珍，节俭的新英格兰人，考虑到她以后不会再有机会穿纱丽，所以穿上她最好的长裤套装露面了。“旅游时人们头脑发热买下的衣服，”她说，“回到现实世界后再看会显得相当浅薄和俗艳，它们只会搁在衣柜里沾染灰尘。”

然而，奢华的纽约主妇们都穿上了纱丽；丝绸和锦缎在草坪火把的火光下闪闪发光，她们兴奋地用西班牙语彼此恭维，声音飘荡在棕榈树下。

“好漂亮！”

“你像个印度人，真的！”①

但是事实上，这种服装并不能让大多数主妇显得更漂亮：那

---

① 原文为西班牙语。

些时髦消瘦的人穿着它们显得一副憔悴的饿鬼模样，而身上肉过多的人裹在纱丽里看来不太舒适，仿佛身上有什么东西随时会从衣服里爆出来。米尔福德没有想到半短薄衬衣外加几码见方的布裙这样的服装竟会有人穿着不合适，但是火光下的这群女人，像是因火警而被赶至街上的一群酒店客人，慌张中只随手抓了块华丽床单蔽体。

洛雷娜除外：这个古铜色头发、美国化了的拉丁女人在米尔福德眼里仿佛生来就是为了穿纱丽的，至少天生就适合穿这一件，灰绿色的边缘，框住红艳的神秘图案，在闪烁的火光下，看似玫瑰色拇指指纹。她的眼睛几乎成了金色。他走到她面前，想就她的服装说点什么令她愉快的恭维话，但当他看到她以一种不知羞耻的诚实让纱丽裹紧了她的身体时——那诱人的骨盆宽度，锻炼造就的平坦腹部，他呆若木鸡。

他声音嘶哑地说："棒极了。"

她看起来也不太自在，自己的这种美丽新形象令她措手不及。她防备地含着胸，以纽约式的忧伤腔调问："你喜欢它？"

说不出话的米尔福德现在重新找回了一点力量与平静。"我很喜欢，"他对她说，开玩笑似的加上一句，"真的！"①

他从她身边走开，给她机会加入她上东区的朋友们中去，但是——可能是草地上迈错了一步——她移到侧边，挡住他的去路，正像珍有时做的一模一样，仿佛在说"看着我"。洛雷娜问道："你和珍有没有去过纽约？"

"我们以前去过，现在几乎没去过了。"他告诉她，想逃离这个幻影。

---

① 原文为西班牙语。

当米尔福德脸朝下趴在床上，身边的妻子早已熟睡时，火炬告别晚会的喧闹声还在他血管中流淌，他仿佛又面对着洛雷娜，身体贴着身体。几个晚上之前，整个旅行团——除了最年老和最衰弱的成员外——去了一座巨大的城市寺庙，那儿每晚都有一群敞胸流汗的僧侣扛着一座小型帕尔瓦蒂的青铜雕像，披着花环，从圣殿出来，穿过寺庙走廊。雕像在天明之前都摆放在那里，好让帕尔瓦蒂和丈夫湿婆神待在一起。这座青铜雕像最多只有真人的三分之一高，装在有门帘的轿子里，僧侣们扛着走。看不清雕像的模样，只能看到四个婆罗门僧侣肩上扛着轿杆，其他僧侣打鼓、叫喊、吹出吓得人血都要凝固的长长喇叭，陪伴着这支队伍前行。僧侣们小步疾跑，而不是走，只有当他们向隐藏的神灵表达敬意时才会停下。喇叭声不断地重复，勾魂摄魄，让米尔福德惊异地想到了在另一个更年轻的大陆上的爵士乐。寻找刺激的游客和寻找神灵的印度人推搡着，迈着沉重的步伐，走在快速移动的游行队伍的后面；闪光灯不停地闪着，伊恩·比灵斯像自由女神像一般，一只手高举着数码照相机，正拍着游行队伍，那发着亮光的小小屏幕记录下照相机看到的一切——跳动的身体，上下摆动的头颅，遮着帘幕的轿子——在雷鸣般喧闹的人群之上，暴露了他和妻子的位置。

米尔福德怯懦地保持着一定距离——毕竟是老年人了——他远远地跟着游行队伍，但是，当游行队伍停下，鼓声、喇叭声继续鼓噪着，仿佛想补充一点超自然影响力时，他的身高让他看得见围成一圈、汗流浃背、满脸茫然的僧侣们。他们中有个人看上去不同一般的美丽，做着鬼脸，以一种现代人的怀疑态度从熏香的烟雾中斜眼望着——也许是个皈依者，只可惜印度教有成千上万的教徒，不接受皈依者。游行队伍在最后一次停顿后，急急地出了走廊，来到湿婆神的圣殿，那儿非印度人不得入内。

启程前无法入眠，米尔福德明白这曾是真理，入世且出世的真理，一个人身体对另一个身体的倾慕。湿婆神和帕尔瓦蒂在肮脏与迷惑中结合，既是偶然也是宿命。再次品尝到荒唐的欲望，令他满心喜悦，虽则他躺着的黑色身形只是行将入土的一把老骨头。

蓝　光

皮肤科医生是个聪明的高个金发男人。他让人觉得，这个世界上的万事万物之中，他最最不感兴趣的，非人类皮肤莫属。他每年检查两次弗里茨·弗莱舍的表层皮肤——童年时它受牛皮癣的折磨，上了年纪后又为日光损伤——他大致看看，毫不掩饰嫌恶。尽管如此，他了解这个领域的最新进展。"有种新技术，"他说，"可以冲洗掉癌变前期细胞。在它们癌变之前。对你的脸可能有帮助。蓝光。"

他说话吞吞吐吐，缺乏自信，目光避开几乎全裸的病人身体。

"蓝光？"弗莱舍重复道。

"有点像普通的日光灯发出的光，不过没有紫外线，没有红外线，只有蓝光，只是比日光灯更明亮。皮肤用丙酮清洁，然后涂上德尔塔-氨基酮戊酸，也被称作 ALA。它被皮肤吸收之后，对细胞产生反应，粉碎细胞，摧毁它们。"他的声音里有了些热情。他的账单上列着"清除感染性皮肤"以及令人愤怒的收费——比如，二百九十元——往一点点皮肤上喷点儿液氮，两秒钟不到。

"摧毁它们？"

"那些坏细胞。"皮肤科医生继续说，仿佛在为自己辩护。

"那些发育不完全的？"

弗莱舍从以前的皮肤科医生那儿学了些术语。那个医生是个老头，退休后没多久便死了。过去他曾靠在转椅上，闭着眼睛，仿佛在头脑里看着显微镜，不急不忙、充满爱意地谈论皮肤。癌变前细胞，他解释道，只不过是没有发育完全，而活性药膏——氟优、卡泊三醇、艾达乐——他开的药帮助它们发育成熟。“成熟”似乎是死亡的委婉说法——肉眼看不到的、挤作一团的细胞最终退去，不会让病人看上去像个十来岁少年那样斑斑点点，影响自信。在头脑里想象着显微镜，弗莱舍的前任医生预见到光明的未来，当皮肤分子结构的秘密全部揭开后，皮肤病便能得到有效控制和治疗。

老医生的接班人拒绝使用“发育不完全”这种说法以及它暗含的意义。“受损伤的细胞，”他澄清道，露出一丝微弱的迫切热情，“你将焕然一新，看上去年轻十岁。”

“焕然一新？”弗莱舍想到这儿，疯狂地大笑，而另外一位则因看到病人的口腔黏膜而皱眉。“我要试试。”

皮肤科医生冷淡地点点头。“让希拉安排。我们周一和周四做这个。十六分四十五秒——这是皮肤暴露在蓝光下的时间。这个时间看起来有点怪，但就是这样。少了不起作用，多了也没有更大帮助。祝你好运，弗莱舍先生。”当弗莱舍换口气想感谢他时，这位高个子金发男人已大步慢跑过迷宫般的皮肤科的一个拐角，消失不见了。

希拉穿着印度传统纱丽，将这个科室的多元化广而告之。她矮个头，圆牙齿闪闪发亮，还有德拉威人①光滑的黑皮肤。弗莱舍笨拙地高耸在她面前，只觉得自己满身杂斑，麻风病人似的苍白让人恶心。“我该脱多少衣服？”

---

① 印度东北部民族。

“一点也不用脱，”她轻快地告诉他，“今天只做你的脸部。”她用药棉签蘸了某种无色液体，轻抹在弗莱舍的脸上，像小猫的爪子在挠，然后又换了一种药水。她工作时，像驯象师般机敏地在他身旁走来走去，他用余光看到她鼻子上的钉珠在闪着光。“现在，”她宣布说，“你必须等一个小时，等皮肤吸收，请坐着看会儿杂志。”还有其他人坐在那儿等，男人女人，大部分跟他一样老，全都是北欧人的苍白与粉红，但他看不到他们的皮肤有明显的毛病。弗莱舍想，我们全是相同的广告、广告上喷绘的二十岁模特、自我完美的荒唐美国梦的受害者。焕然一新？不可能。

他拿起一本书页破烂的过期《人物》杂志，看名人们的离婚、怀孕、坦白不快乐的童年、收养非洲儿童等事件。这些俊男靓女大多他从来没听说过，于是他沉浸在财经世界中，仔细阅读起《华尔街日报》上的一栏栏数字、关于倒闭与收购的种种传闻。他从波士顿事务所退休后，开始重读大学时代的经典名著——狄更斯、陀思妥耶夫斯基——让人惊奇的是，他发现，当初他对这些名著尚不成熟的最初印象，认为它们夸大其词、乏味无聊的感觉现在更为强烈，与以前不同的是，现在他没有学业上的压力，并非必须读完整本书不可。在扔满垃圾的海滩上方的人行道上，他每天花一小时跟其他退休人士一道散步，旁边是一排排公寓，从那儿可以看到波士顿深褐色的摩天大楼，就像天边低矮的云层。他关注着自己的投资。他若即若离地跟三个孩子、孩子的孩子保持着联系。

蓝光设备没有他想象的那样精密。一块厚大的马蹄铁形状的东西，半围住他的头，他的脸沉浸在嗡嗡作响的光亮之中，眼睛上戴着小小的杯形护目镜；希拉的声音在他什么也看不见时陪伴着他。“人们告诉我，”她说，“前五分钟最为刺痛，然后不适感会慢慢减弱。”

弗莱舍一生中大部分时间都生活在海滩边，觉得除了自然的太阳光线，没什么可治牛皮癣，所以他做了大量的日光浴，多得过了量——多风的春天，躺在有遮挡的沙丘上；秋高气爽时，追寻着日渐黯淡的光线；盛夏酷暑时，面朝上躺在大海上，阳光射在大海上形成明亮的光斑、亮片，在他周围的海面上闪耀弹跳。此时，他又体会到了那种在阳光下长时间暴晒的感觉，而且更为强烈，暴晒的时间缩短成了几秒。光线穿透护目镜和眼帘，在视网膜上形成红色光斑，炙热得像千根针扎着他的脸。他可以感觉到，每扎一下，发育不成熟的细胞像小小爆竹一样炸开来。

希拉轻快的声音罩在他的疼痛之上："你已经做了两分钟了，感觉怎么样？"

"十分刺激。"

"我随时可以关掉这台机器，休息一会儿再重新开始，"她说，"许多病人都很愿意这样。"

"不，我们继续吧。"弗莱舍喜欢在眼睛看不见时谈话；看不见的对话者填满了整个房间，仿佛是那无法逃遁的放射光线发出的声音。

"我随时会帮助你，"那声音还在说，"许多病人觉得他们无法忍受这种感觉。"

"跟我说说印度教吧，"弗莱舍说，仿佛火焰正在吞噬着他的脸颊和眉毛，他的皮肤下面沸腾滚烫，"它有没有一个上帝？"

"印度教有许多的神。"

"我是说，"弗莱舍说，仿佛痛苦给了他成为探求者的权利——仿佛看不见让他成了预言家——"在众神，如湿婆神和沙克提①等

① 印度教的圣母。

等之上，有没有一个包罗万象的神——或者说，万物之源的神。”他在头脑里想象着，光线之针像魔爪一样刺进来，每一针都带着毒药。

“我们称之为婆罗门，”希拉空灵的声音回应道，“请不要与梵天弄混。梵天与毗湿奴和湿婆神是主神，不过他没有另外这两位神的传说和自己的寺庙。人们喜爱梵天的程度不及另外两位神，但是在这三位神的身后是婆罗门。他是你可以称之为神中之神的神，言语无法形容。他与你们基督教概念中的上帝最为相近。你已经做了大约六分钟，差不多一半了。”

“有谁相信他吗？或者说相信它？”

“多得数不清，”希拉向他保证，她柔和的声音听上去有点不自然，“没有不信教的印度人。”

“他有没有让你们有种负罪感？”弗莱舍觉得细胞一个接着一个地在他体内燃烧，一个又一个微观小太阳。

她的声音又快活起来。“不，我们不像美国人。我们还太穷了，用不着有负罪感。我不是多嘴。每个印度人都觉得自己被安放在世俗中的某个位置上，并努力完成自己的使命。每个人，从王公大臣到乞丐叫花子，都是各司其职而已。这正是《薄伽梵歌》①中，克利须那②在战场上对阿朱那③说的：‘当一名武士，’他说，‘不要为杀戮是否道德而烦恼。’你已经做了八分钟了，大部分病人都向我保证说，现在开始感觉轻松起来。现在是往下走了。你能感觉到吗？”

“在我这个年纪，”弗莱舍说道，“一切全是下坡路。”他的眼睛

---

① 印度教重要经典，字面意思是“神之歌”。

② 毗湿奴的一个化身。

③ 印度史诗《摩诃婆罗多》中的中心人物，是追求真知的典范。

看不见，刺痛无比；嘴唇张不开，像套上了一个针罩，无数根针往里扎着。

弗莱舍的三任妻子各生了一个孩子——女儿、儿子、女儿。他们每人又依次生了两个孩子，全是男孩，奇怪。更为奇怪的是，与美国人的独立精神、各奔东西的趋势不同，他们全都住在斯沃普斯科特公寓一小时车程的范围内，那处公寓是弗莱舍退休后住的地方。他觉得自己是个不称职的爷爷或外公——不像电视广告中的祖父们，他从未带孙子外孙们去钓鱼或玩棒球——他尽量每月去各家一次。在接受蓝光治疗的几周里，他宁愿躲在自己狭小乏味的单身公寓里，拉下所有窗帘，隔绝任何光线，让角落里的电视机嘟囔着，屏幕闪烁着，像个疯子在玩单人纸牌游戏。

但是一日为父，终身为父，内疚促使他出了门。小女儿住在一幢不规则的旧农舍内，农场大部分的田地早就没了，但还保留着谷仓和长长的侧廊。她和丈夫经营着一家由谷仓改建而成的驯马场，还有一家广告公司，在地下室——波希米亚农民接入互联网了。弗莱舍觉得，这些在现实世界里都是不太稳定的生计。他最害羞、最胖乎乎的孩子格雷琴三十多岁时，成了瘦削、黝黑、自信的女骑师，还有种热心但并非总是受欢迎的坦诚。“爸爸，”她迎接他，“你的脸怎么回事？那么红，痛不痛？”

“前些天还痛，但现在不痛了。你真该看看五天前的我，像个魔鬼，不但红还肿，好像给人揍过一顿似的。”

格雷琴眨着眼，没有反驳他。她怎么能反驳呢？她又没在那儿，没有在那间无情的蓝光治疗室里。然而，他觉得有点恼怒，他应该获得比这更多的同情才是。他接着说：“我一直躲着，但我想起汤米昨天过生日，我不想让他觉得我忘了他的生日。给，我买了一个电动金刚送给他，我记得他看了电视上的广告后好像说过他想要一个。电路城商店接待我的小伙子觉得这个肯定就是我说的那种，他似乎也不太懂，还一直盯着我的脸看。”

“可怜的爸爸，汤米的生日是上周，不过他会高兴的。他在前面的谷仓里帮格雷格干活。我去叫他来。”

“别打扰他了，如果他在干有用的活的话，我把金刚留在这儿就好了。”

“别傻了，爸爸。汤米老在问起：‘外公什么时候会来看我们？’”

外公——弗莱舍无法认同这个称呼，但另一方面，他又想不出更好的称呼来。他以前就是这样称呼自己的外公的，那个可亲的老头去世前他们一直生活在一起。他外公坐在阳台上他最喜欢的扶手椅上，仰起头，透过厚厚的双焦镜片看报纸或《圣经》，抽雪茄，或在他的卧室里小酌一番威士忌，那些东西散发出过去风俗和药品的奇异味道。小弗里茨每天早上总在外公顽固的烟草咳嗽声，外婆的嘟囔声，嘎吱直响的高帮鞋上下楼梯、在地下室里抖落煤渣的声音中醒来。“大萧条”袭来时，怀孕的女儿和失业的女婿曾去那儿暂住，他们以他的名字给孩子命名。弗里茨，纯粹的老宾州德国人名字。星期天连环漫画《捣蛋鬼》中有个孩子就叫这名字。

弗里茨的外孙、孙子中间没有一个人以他的名字取名的。汤米从侧廊进来了，后面跟着他的小弟弟泰迪。这个九岁大的孩子，赤裸的胸膛上淌着汗，看上去胖得有点过头了。泰迪才六岁，还很瘦长结实，可是他粘着稻草的金发垂到了肩膀上，也没剪，多亏弗莱舍在医院里看过他洗澡，要不然还以为他是个女孩。男孩们走上前来等着他的拥抱，却一点也不配合，懒洋洋地站在那儿，拒绝扬起脸，最多只让他的嘴唇碰碰他们的耳朵。“我希望你没有这个。”他虚弱地对汤米说，递过那个长而扁的礼品。他花了好几个小时在商店里挑选和包装，在当地药房后面架子上仔细搜寻合适的生日贺卡，既要诙谐幽默又不能流于淫秽，更不能怀有恶意。

男孩一把撕开包装纸，盒子里愤怒的大猩猩面对着他，张开血盆大口，似要吞没整台嫩绿色的汽车。“耶！”他狂喜地大叫，弗莱舍觉得有点假，“这正是我问妈妈要而妈妈没给我买的。”

“它看起来相当暴力，”孩子的外公谨慎地说，“为什么连个魔鬼都要嚼大堆的钢铁呢？”他内心觉得少打点电脑游戏可以让这个男孩软乎乎、突出的腰腹部减掉几磅肉。

格雷琴听到父亲的言外之意，母性发作，插言道：“爸，关于这个，最新思潮是，暴力不管多可怕，对孩子们也有好处。它让他们的幻想具体化，把不好的幻想带走。难道这不正是亚里士多德有关宣泄疏导的旧理论的重现吗？”

“我不知道你还看亚里士多德。我不知道现在还有人看那个，”他对外孙说，“好好玩吧，汤米。泰迪，让他偶尔也给你玩玩。”

可是孩子们没再听他说话了。大的在向他妈妈发牢骚：“我得回去帮爸爸干活了。”小的放弃了，不再眼巴巴地盯着外公。“下次吧，泰迪，”弗莱舍唐突地告诉他，“今天不是你的生日。”不过，这孩子无言的失望还是令他心痛。这个女孩般的孩子让他想起的不是这个年纪的格雷琴，而是六岁时的他感觉到的那种无底的希望，没有任何理由，全然不管身处“大萧条”时代。依他活到那个年纪勉强积累的智慧，他懂得，乐观和无可救药地指望有人爱，是我们来到这个世界时随身带着的极为可怜的生存武器。弗莱舍仍然想得到爱，不管他应得的是多么少。他跟格雷琴坐着喝了几杯凉茶，没想到他的小女儿，这个讨厌自己大腿的姑娘，不仅成了个妇人，而且是穿着马裤，集马术、广告、为人母于一身的坚韧母亲。他沮丧地想，当然还有性生活。

临走时，她的道别之吻吓了他一大跳，因为她吻在他的嘴唇中间。不过，她后退时，偷眼看了他一下，查看这个吻的效果。在这一刻，她看起来是那么像——像极了——她的母亲。科琳是他最年轻的妻子，被他抛弃后，也是最看不开的。她不想他离开她；她怀疑自己享受自由、发展新关系的能力，较之她的两位前任，她更缺乏信心。她的不安全感，以及她谨慎、有保留的亲吻，曾是最初打动他的东西。在经历了前面两段年纪相仿、混乱的关系后，科琳让他产生保护欲。但是后来她的恐慌感、无法控制的恐惧感，激起他心中的不耐烦，最后不耐烦变成冷酷。在她的哀求与眼泪的围攻下，他无动于衷、铁石心肠。

格雷琴当时年仅七岁，是个双眼大睁的无辜旁观者。最后科琳还是勉强配合，搬到南岸去住，并和一个年轻点的男人来了一段后现代的同居关系。弗莱舍私底下觉得受到伤害，有种戴绿帽子的感觉。如果她不那么羞涩地抑制自己，虽然吻你却带着一种置疑的讥讽，令亲吻的韵味减弱——这种自我保护的举止在女儿身上叫作动人，可是在妻子身上却难以原谅——如果不是这样，可能在二十五年后的现在，科琳仍是他的妻子。他爱她那婴儿般、信任他人的睡姿，脚趾头从被子里伸出来，柔软而圆润的胳膊绕着脸，粉红的胳膊肘露在外面。

弗莱舍和格雷琴在长长的侧廊上分手了，侧廊上整齐地码着过冬的木材。他的脸发烫，恍惚间她与她母亲的相似温暖了他心里的痛处。

他的第二任妻子，特蕾西，就有很好的深棕色肌肤。在那段短暂的婚姻中，很多日子他们都是在海滩上一起度过，尽管他被阳光灼伤而她变得像波利尼亚人。他曾希望她的黑色素能传给他一点，但她全留给了自己。当他们与各自的配偶离婚后，他们闪电般地结了婚，又闪电般地有了个孩子——儿子杰弗里。杰弗里很小时，他们就带他到沙滩上去，把他放在奶白色油布的摇篮里，再罩上一层纱布，免得沙子吹进来，也能让阳光柔和点。到他两岁时，很明显他的皮肤跟他母亲一样，阳光根本伤害不了他。

还有，弗莱舍发现，杰弗里长到十多岁时，当时他已跟特蕾西离婚很久了，这孩子肤色有点发黄，因为总是待在室内，能不晒太阳就不晒太阳。他成了清醒而谨慎的男人，正如他母亲是个不计后果、光彩夺目的女人一般。当她和弗莱舍还没结婚、各有配偶时，在沙滩上，特蕾西晒黑的脸上绽放出白色的笑容，像是从远方、从天边的灯塔上发出的信号。然后，她走过来，站在他的脸旁，当时他躺在一块毯子上，宿醉未消，昏昏欲睡，旁边是他的第一位妻子。特蕾西裸露的长腿伸展着，简直要伸向天空。啊，那阳光明媚、欢快的六十年代！那些沙滩上耀眼的下午！那时的人们用婴儿油和仙灵葆雅油①，而不是现在这种用数字分级的防晒霜。特蕾西的赤脚就在他眩晕的脸旁，那长长的脚趾、古铜色的脚背、苍白的脚底，还有樱桃红的脚指甲，他真想去舔它们，舔每一寸肌肤，可是担心闹出丑闻，再说沙子也会粘在舌头上。

杰弗里四十二岁了，父母开始离婚时他还不到九岁，现在独自一人住在波士顿的公寓里。当他两个十来岁的儿子来看他时，公寓里便会乱成一团糟。他们的母亲，艾琳住在几里路之外的布莱顿。他们分居四年了，商谈过无数次，却没有具体的法律行动。弗莱舍经常想问儿子为什么不离婚，但他害怕答案。儿子可能会说父亲的

---

① 一种法国产防晒油。

冲动行为就是先例，他得谨慎行事。弗莱舍觉得，离婚之时，他算帮了特蕾西的忙，让她自由寻找另一位丈夫。特蕾西不忠——与滑水教练、本地工人——乱搞的事浮出水面，既成事实。显然，杰弗里没有这种体贴的想法促使他往前走，虽说艾琳比他年轻，仍然漂亮。他跟他的同龄人一样，结婚很迟，快三十岁才结婚。新娘二十一岁，一头乌发，易怒却端庄，有着瓷器般洁白的肌肤，婚礼上她完美而令人惊叹。隔着婚纱，她的黑眼睛、浓睫毛投下阴影。艾琳的父亲骄傲得眉开眼笑，心满意足，仿佛她把优质基因带到了这个家族中。多少代以来，上溯到打猎、采集的远古日耳曼时代，弗莱舍家族的人一直长相粗朴、疙里疙瘩，脸上红一块白一块的。弗里茨猜他并不是家族里唯一得牛皮癣的人。现在艾琳的大儿子，乔纳森，才十三岁，已露出艾琳微妙而准确的特征：身材颀长、举止潇洒。而他弟弟，一头金发的马丁，他身上母亲的这些特征与父亲的冷淡、不动声色融合在一起，让他变得更加温柔，像天使般英俊。弗里茨尽量履行自己当爷爷的职责，当两个孩子来看他们的父亲时，他也过来看他儿子。

“在学校里怎么样？”他问他们。

“还行。”马丁会答道。

“讨厌。”乔纳森则说。

马丁的沉默是无辜且纯粹的，因为他没有什么可说的，但乔纳森的沉默里则有种故意克制的意味。他盯着电视节目或科幻小说，或某张吸引他的画（他喜欢艺术），头甚至都不动一下，不愿承认爷爷的存在。弗莱舍清楚地记得，孩子的注意力深深地被漫画书、飞机模型、集邮所吸引——进入到他们自己的微小世界里，与更大的、控制不了的成人世界隔绝开来，不过他不知如何表达对此的理解。甚至乔纳森那光滑地梳向脑后、古怪中分的蓝黑色头发，也散发出排斥的气息。他和弟弟正在经历父母争吵不断、无休无止的分居生活，这就像一种疾病，吞噬掉他们原本美好的青少年时光，而且他们怀疑爷爷在幕后也发挥了不光彩的作用。也许这个男孩觉得他要保护和他极像的母亲，他担心任何向他爷爷示好的举动都意味着入侵，意味着背叛了母亲控制着的他的那一大半生活。弗莱舍是这样想的；他想象他的罪过就像他那张被灼伤的斑驳的脸一样一览无余。

马丁对机械而非艺术更感兴趣一点。他堆砌的乐高玩具精巧无比，木工活上的尝试越来越精致，让当爷爷的多少有点机会可以赞美孙子，甚至通过回答些有益而实际的问题参与其中。但是玩积木和工具是弗莱舍几十年前才做的事，这孩子被点燃的兴趣，在大人暂时升起的注意力飘走后，也慢慢熄灭了。孙子们是在一种完全不同的技术、一种有着超强噪声和刺激暴力的电子技术中长大的，弗莱舍老眼昏花、双手哆嗦，这些东西太快了，他应付不来。虽然他把孙子们看成他自己的延续，但还是他自己谜一般受伤的儿子更能吸引他。

“怎么样？”他会这样问杰弗里，让儿子自己去理解这个问题的意思。

“还行，”儿子会这样说，“她的脾气还是坏，不过好些了。”人称代词“她”无疑指的是艾琳。“最近这位调解员起了点作用。”他补充道。

在所有人看来，包括他父亲和他两个儿子，显然任何东西都没有用，这段婚姻在所有人看来都已经结束了，只有两位当事人不这样看。也许这是家族缺陷，弗里茨揣测——不知道如何放手。在他心中，他隐约觉得自己跟三位妻子都还没离婚：婚姻通过爱好和相互理解的渠道在秘密继续着。有时候，当他逗留时间过长或越过界时，他的这位或那位妻子提醒他，他们之间的关系早就断了。女人们，她们一定对自身生存的考虑多于男人，最后不那么伤感的反而是她们。

“不容易。”弗莱舍想了半天只说了这句，他跟唯一的儿子坐在一处，在那张固执地悲伤着、正在老去的脸上寻找自己的痕迹，听着从隔壁房间传来的模糊吵闹声，那是孙子们在打发时间等待长大成人，逃离这灵薄狱。两个成人间无助、内疚、无语的沉默蔓延着，煎熬着。为打破沉默，弗莱舍问道：“我的脸看起来很红吗？”

杰弗里飞快地瞟了一眼，回答道：“我想有点儿。不过你的脸看上去总是有点儿红。”

“真的吗？两周前在医院灼伤的。我觉得自己像个晒干了的西红柿。”

“现在看不太出来了。你看起来没那么糟，爸。”

弗莱舍觉得很恼火。“杰弗里，你根本没看。你在想别的事。”

“你说话的口气像我妻子。她总是这样说话。”

两个男人都沉默了，他们思索着这难以理解的快乐，两人中年轻的这位还能够说出“我妻子”这个词。

“爸，你的脸做过什么？看起来真漂亮！”他在希拉那儿做完治疗四周后，他的长女奥诺拉这样说。

他脸红了，皮肤又记起了蓝光的炙热。“真的吗？刚开始时太可怕了——发肿，通红，等好点儿了我才敢照镜子。”

“噢，别，”他女儿喜气洋洋地说。“岂止是一点，爸，我从没见过你的脸这么光滑过。你看上去年轻了十岁。”

他笑了，满怀渴望。“十年？那太多了，我不敢奢望。”

“为什么？要我说，尽管享受吧。”奥诺拉比格雷琴活泼，骨子里更快乐。也许是因为超前的新时代名字的缘故①，这是她年轻的父母在享受第一次制造生命的权力与快乐时赋予她的，奥诺拉关心自己的健康，一心要与这个物质世界保持友好关系：她慢跑，练瑜伽，吃东西讲究长寿法则。要不是她丈夫，一个思想传统的肯尼亚人，认为他们的两个儿子应该吃肉的话，她可能会变成素食主义者。奥诺拉五十岁出头，可令她父亲惊异的是，他清楚地记得她刚出生时的情景，比他后来的两个孩子出生时的记忆要清晰得多。她在他怀里轻得可怕，这小小的人儿毫无疑问是活的，想到这儿他的腿都颤抖起来，唯恐自己晕过去，把她掉在地上，他只好在莫琳结实而狭窄的床边坐下。那还是在得克萨斯州布利斯堡的后方医院里。那个年代许多年轻人都参军入伍，不过那时比现在和平得多。

当他从布利斯堡迁到费城沃顿商学院的那两年间，他惊异地观察着奥诺拉每天的细微变化。她青灰色的眼睛慢慢有神了，淡紫色的小拳头开始有力了；她开始爬了，然后是走，然后咿呀学语；她用逐渐增多的词汇说起话来，少不了要犯些可爱的语法错误。他和莫琳开玩笑说她是个有“工业强度”的孩子，很少生病，从不受伤，是带孩子的最好练习。他们原打算生更多，但由于简易避孕手段、寻找自我的新道德观出现，他们五十年代达成的共识破裂了。在那个闪烁而流动的海滩上，特蕾西出现了，到约翰 · 肯尼迪被刺杀时，他已偷偷地舔过她的脚、晒黑的脚背和樱桃红的脚指甲了。

奥诺拉准是在摇篮里就受到激进主义的熏陶，因为父母离婚后，她进入青春期时，表现出宽泛的性爱兴趣，从别的女生到比她大两倍的大学辅导员，到搞音乐的瘾君子，到来自第三世界的黑色爱人。从乌泱泱的一大群不合适的伴侣中，赫克特 · 卡诺格里像个

---

① 奥诺拉的英文是 Aurora，原意是“极光”。

救世主似的出现了：奥诺拉和他相识于陶艺课。他只把艺术当成一种爱好，当作严肃工作中的一种休假而已。赫克特在波士顿州立大学南校区任经济学助理教授一职。

卡诺格里夫妇四处旅游。当弗莱舍正在跟特蕾西离婚，而莫琳已再婚的那个时候，他和莫琳一起去一家咨询机构咨询他们女儿这段无药可救、不实际的恋情时，这位治疗师从她的剑桥式发髻上取下铅笔，问他们奥诺拉可有什么兴趣爱好，而让她前夫惊奇的是，莫琳毫不犹豫地回答道："旅游。"一个女人怎么会知道另一个女人的这些事呢？没错，他们具备"工业强度"的孩子的罗曼史就是各式各样的旅游。而赫克特，每隔一年，会带奥诺拉去非洲、亚洲做发展中国家的经济研究。他们位于米尔顿的家里摆满了各种头像、珠饰和雕塑，都是他们旅游的纪念品。

这对他们很好，弗莱舍想，又多了一对缓和西方种族意识的迷人的黑白配夫妇。但是他们的两个孩子呢？阿尔弗雷德和丹尼尔，他们的外公这样称呼他们——他发不出他们基库尤①语的名字，那两个名字是在基督教和异教徒的仪式上授予他们的——继承了他们母亲的快乐坚强，以及他们父亲的严谨庄重。但是这些品质，弗莱舍觉得是浮在空中的。在美国，他们被称为黑人，可是等他们成年后，他们缺乏美国黑人的街头智慧与灵巧。去非洲旅行时，他们被别的男孩戏称为 wa-zungu——白人。他们身处文明社会中，一旦离开学校强制性的宽容与多元化之后，他们没有种族根基，缺乏出自真心的接纳认可。布莱恩特 · 冈贝尔②做到了，拉尔夫 · 本齐③和

---

① 肯尼亚人口最多的民族。

② 布莱恩特 · 冈贝尔（1948—　），美国电视记者和广播员，《今日秀》的主持人之一。

③ 拉尔夫 · 本齐（1904—1971），美国政治学家和外交官。

老虎伍兹也做到了，但是还有那么多人呢？弗莱舍自责，为他有病的白皮肤和自发的自由主义而自责，责怪自己听任奥诺拉体内勇敢的种子肆意萌发生长，而且还结出了这么柔嫩、处境危险的果实。

“皮肤有记忆。”弗莱舍以前的那位老医生曾说过不止一次，说这句话时他闭着眼睛，仿佛在设想这一现象。在裸体海滩上，太阳灼伤了你的屁股；全天海上航行时，鼻子差点被烧焦；受过伤的表皮永远不会忘掉。时间的蓝光冲刷掉所有发育不成熟的东西、考虑欠妥的东西，或者根本没加考虑的东西。因他的错误，这个世界上多了几个人。爱冒险的女儿很可能因为亲眼目睹母亲因另一个女人古铜色肌肤而惨遭遗弃，故而向她父亲、向在欧洲浓雾中漂白肤色的弗莱舍的祖先们，送上了一份直接取自人类非洲故乡的黑色素之礼。

奥诺拉的孩子们是他的头两个孙子。他热心地担起外公一职。他要求带孩子，并坚持不懈，下决心“要认识他们”，自己硬是挤进来，把奥诺拉和赫克特赶出去看他们并不想看的电影。他跟男孩们一起喝牛奶，吃曲奇饼，他从这个家里的藏书中找出没有种族歧视的书，读给他们听。当他们的父母快回来时，他要求他们上床睡觉。孩子们习惯了在父母床上挤作一堆睡觉，非洲风俗。弗莱舍只好很恼火地让步，同意让他们一起睡在上下床的下铺。他们像两个书挡似的靠在一起睡着了，屁股挨着屁股。睡衣有点小了，他俩在挣扎着睡去的时候，露出一些皮肤——轻柔甜美的棕色，光滑的拿铁咖啡般的色泽，一半对一半。

去年六月，他邀请卡诺格里一家人来斯沃普斯科特海滩玩，从他的公寓可以俯瞰沙滩。他观察着这两个男孩，现在哥俩的个头都比他高，身板也比他宽，脱掉牛仔裤穿着泳裤，两人互相挑战，跑向仍然冰凉的海水中，一头扎进水里。眼前的场景令他很吃惊：他们宽阔的后背、闪着光的肩胛骨、长腿上椭圆形的肌肉、竖直有力逐渐变细的脖子，还有阿喀琉斯的脚后跟，当他们在冰凉的蓝色海水里逆风前进时，赤裸的白色脚底板泛着光。他们是成年人了——健壮优美，强而有力。如果在昏暗的小巷里遇上他们，弗莱舍会很害怕。然而他们身上流淌着他的血。丹尼尔的大鼻子上斑斑点点，有很多雀斑，弗莱舍儿时就是如此，奥诺拉也遗传了这一点。

他两次瞥见黑白混血外孙——穿睡衣和穿泳装——而其他时间一片空白，他仿佛根本不认识他们。他们脑袋里装满了学问与求生技巧，跟他没有任何关系。他们是远处的生命，在大海阴暗的水平线下。当他们从水里出来时，哆嗦着，拼命用毛巾擦干身上的水，冰冷的海水水花，他们健康肉体的温暖气息裹住了弗莱舍。

弗莱舍告诉他们：“孩子们，你们可真行。那么冰凉的水怎么受得了？哪怕坚持一秒钟都很厉害。”

“没什么大不了的，”阿尔弗雷德向他保证，“只要你下到水里。”他个头比丹尼尔高，也比丹尼尔认真，声音更柔和些。

丹尼尔一脸调皮，正好与他的雀斑相配。“你应该试试，外公，能让你血液通畅。”

“下次吧。”弗莱舍保证。

但是生命没有下一次，至少印度以外的人这么认为。今天，父亲来访时，奥诺拉快活的态度里隐藏着一丝悲哀：她的孩子们走了，阿尔弗雷德在亚利桑那州立大学里念二年级，而丹尼尔已是迪尔菲尔德中学的高中毕业生。“他们怎么样？”弗莱舍问她。

“很不错了，可是赫克特还觉得不够好。我跟他说了：‘你是杰出的。你在教会学校里总是班上第一名，总是拿外国奖学金——不过，我不是。都怪我。’我这样跟他说的。”

“你另有打算。”

这话让她笑了。她从这句话里看到自己在父亲心中的形象：一个不听话的姑娘。她的笑半路中戛然而止，头扭向一边，露出侧面。像她父母一样，她头发过早地灰白了。她五十岁都过了，弗莱舍想道，她知道她这辈子已过掉大半了。

身为人父，弗莱舍从没想过孩子的头发也会灰白，他们也会有自己的孩子。他只是自私地想创造小生命，敬仰他的小生命，尽管他有那么糟糕的皮肤。他想用孩子阳光般的纯洁来照亮自己的生命，但是当他们的纯真耗尽之后，他将他们、连同他们的母亲一道全抛弃了。现在每个孩子又创造出了下一代，延伸的分支进入这个残酷的世界。他无法想象他的孙儿们会在这个世界上做什么，如何维持生计。他们是尚未成熟的细胞，可能是痛苦的源泉。

停　电

电视上快活的天气预报员总是迫不及待地夸大灾难的级别，预测新英格兰地区会有一场剧烈的秋季雷暴，伴有狂风大雨。埃文·莫里斯在家里工作，而他妻子卡米拉则在波士顿纽贝里街上经营着一家时装店。此刻，埃文不时扫一眼窗外，看着摇曳的树木——橡树还顽强地留着它们半红不黄的树叶，枫树则在大风中放手让金黄或深红的树叶飘落——但天花乱坠的新闻并未影响到他。大雨每次下半小时左右，然后又露出银色天空，天边模糊的云层快速移动着，最糟的情况似乎快结束了。可是，下午，电脑突然死机，他眼睁睁看着辛苦收集了半天的财务数据一齐渐渐消失，像闪闪发光的水流入排水沟一般，被屏幕吞噬掉了。他周围，房子仿佛在叹息，因为所有的灯、小引擎、电脑控制的计时器和显示器，同时全都关掉了。外面一片静谧之中只听到风雨抽打着树木的声音。一根横梁在嘎吱作响，没有关严的窗户上的百叶窗砰砰拍打着窗棂。像恋人哀怨地求人注意一般，雨滴从被塞住的檐槽中啪嗒滴下，重重地敲在地下室窗井的木盖上。

为莫里斯家带来电、提供电话服务和有线电视的电线架在三根电线杆上，穿过两亩大的一片树林。埃文趁雷雨间歇之际走到屋外，想看看有没有树枝落在他家电线上。他什么也没看到，周围房子也全没有灯光，隔着树林很难看见电线，夏天时繁茂的树叶更是将它们完全遮住。最高的那些树的树梢在他几乎感受不到的风中呻吟着，大颗冰冷的雨点溅落到他身上，他返身进了屋。屋内各处角落里纷纷洒下阴影，地下室的炉子因金属逐渐冷却而发出滴答声。没有电，还能做什么？

他打开冰箱，吃惊地发现里面没有灯光迎接他。书房里，壁炉里的湿木头灰烬发出一股酸味。风在缝隙里呲呲响着，他竟不知道屋檐下、风雨窗的边框处还有些缝隙。在这个紧急状况之下，他觉得自己虚弱无力，又为自己的虚弱无力而想笑。他记得有些信他本想去这个郊区小镇中心的邮局寄的，还有张支票他打算去银行存起来，所以看来他还是有事情可做：他收拾好信和支票，穿上褐色防水拉链夹克，戴上一顶红袜队①的棒球帽。前门上的防盗报警器闪烁着微光，哔哔响，声音轻柔，仿佛是在警告它自己。埃文摁下重置键，这个装置立即安静下来。他走出门来。

车像平时一样启动了，感觉怪怪的。湿树叶粘在他家的车路和窄窄的碎石路上。这个新开发的小区是二十年前在一座不赢利的农场土地上一次性建起来的。他小心地开着车，特别是经过已消失的谷仓旁的养鸭池时。十多年前的一场暴风雪中，在谷仓那里，一个十来岁的小青年开着父母的奔驰车滑过木栅栏，奔驰车沉到养鸭池里，水没过了车轮毂盖。镇中心——两座教堂、一家药店、邓金甜甜圈店、比萨饼店、主要卖意大利餐的饭馆、两家美容院、一间服装店、一家婚纱店，几家其他商店在同样长期空置的建筑里开张关张，还有保险代理机构、地产公司、牙医、银行和邮局，以及楼上的律师事务所——虽然没有电，但仍和平时一样忙碌，暴风雨暂停时，一片灰蒙蒙中，人行道上挤满了人。

---

① 波士顿的棒球队，隶属于职棒大联盟东区。

埃文看到两个年轻女子拥抱在一起，然后慢慢说起话来，仿佛在重续一段被遗忘了很久的交情。人们三五成群站着交谈，讨论着他们的遭遇。平时灯火通明的商店橱窗现在黑漆漆的，他想到，当然，人们因为停电都跑到街上来了。货架上摆满了袋装干果、瓶装维他命和冷冻豆腐三明治的健康食品店，还有街对面竞争对手的水果店，展示橱窗后都露出让人生畏的黑黝黝的深洞。

但是他没想到，平时那么乐于接受他存款的银行居然在玻璃门上贴了张告示，告诉大家离这儿最近的另一家支行的位置。他可以看到银行柜员们坐在有垫长椅上聊天，那儿通常是受冷落的按揭申请人和透支者待的地方。他无法接触到他的钱，就像他只能把手放在玻璃缸上，却碰不到里面真正的鱼一样。银行经理，一个穿着一本正经的西服套装的急匆匆的小女人，实际上正在人行道上逡巡，她上气不接下气地告诉埃文说："很抱歉，莫里斯先生。我们的柜员机、报警器，一切全不能用了。我才去五金店查看过有没有电。"

"迈拉，我觉得我们处境一样。"埃文让她安心，不过他理解她的怀疑，他自己就不希望邮局也关门停业，虽然邮局对只投信到邮箱或到室内寻找投箱口的人是开放的。渴望现代化的美国邮政系统将一切全电脑化了，现在一封信也称不了，一张邮票也卖不成，即使有足够的光线。下午，天开始暗起来，他担心什么事也办不成，随后查看了一下健康食品店的门，门没关紧，他听到阴影处有笑声。"你们营业吗？"他叫道。

"当然啦，专门为你。"年轻女老板的声音传来，她是卷头发、皮肤永远是褐色的奥利维娅。埃文摸索着朝里面走去，地上，一支有香味的蜡烛照亮了一桶桶小塑料袋；它们发出斑斑点点的微光，他拿了一袋希望是原味的烤腰果放到柜台上。"收银机不能用了，欢迎捐款。"奥利维亚开玩笑道，从她自己钱包里找了零钱给他，而他则要凑到眼睛前才能看清楚这是张五元的钞票。

这个买卖在他看来有点调情的味道，而市中心，在低垂而无用的灯彩下，有种喜庆气氛。汽车亮着车前灯鱼贯而过。天空中不祥的厚云惊得路人们赶紧找地方躲雨。四处都满溢着友好气氛，还有真诚与开放：某些遮挡物移开了，以前没留意过的机会露了出来。埃文急匆匆地回到车上，莫名其妙地快乐地笑出声来。

当他驾车转入他们这个小区时，雨滴开始洒落在车窗玻璃上。他从一道石头墙的缺口处穿过，这里曾经是农场的边界线。一块标牌上写着："私家道路"。一个浑身素白的女人，穿着闪光的塑料薄膜雨衣和看起来很大的白色跑鞋，走在窄路中间。她两手挥舞着要他停车。他认出这位身材纤细的金发女子，是几年前跟丈夫和两个正在长大的男孩一齐搬来的新邻居。从莫里斯家看不到他们家的房子。一年里他们也只碰过几次面，在鸡尾酒会上，或小区规划听证会上。她看起来像个幽灵，在召唤他。他踩下刹车，摇下车窗。"噢，埃文，"她如释重负地喘了口气说，"是你啊。出什么事了？"她问道，"所有电器全不能用了，连电话都是。"

"我家也一样，"为了安慰她，他说道，"大家全一样。因为在这场风暴中，可能哪儿有棵树砸倒电线，这种事是可能发生的，琳恩。"他很高兴终于想起了她的名字：琳恩 · 威拉德。

她再往车窗前靠了点儿，近得他可以看到她在哆嗦。就像那些就快要掉眼泪的孩子，她的嘴唇颤抖着。她眼睛盯着他的车顶上方，仿佛扫视着树梢，想求救。然后她又垂下眼睛看着他的脸，哆嗦着解释道："威利不在家，在芝加哥，要待一整周。我一个人来的这儿，现在孩子们全在寄宿学校。我不知道我该做什么，所以我穿上跑鞋，出来走走。"

埃文记得那些男孩很吵闹很顽皮，穿着小小的运动夹克衫，在摇摇欲坠的石头墙外的路尽头等着校车。如果他们现在都大得上寄宿学校了，那这个女人也没有看上去那么年轻。她苍白的脸裹在一条疙里疙瘩的头巾里，只露出窄窄的一块，鼻头像兔鼻似的粉红，她的眼帘也是红的，像揉搓过，眼睛湿湿的。他心中纳闷：难道她是个白天喝酒的酒鬼？“我喜欢你的帽子，”她说，为填补漫长的沉默空白，“你是红袜队球迷吗？”

“普通的那种。”

“他们是世界职业棒球大赛冠军。”

“那倒是真的。上车吧，琳恩，”他说，他的话让她越来越安心，“我开车送你回去。市中心也没什么。没人知道会停多久的电，甚至银行和邮局也不知道。只有健康食品店还开着门。”

“我散了一会步，”她说，仿佛这还不足以令人相信似的，“我可以继续走。”

“你难道没注意？雨又要来了。看样子天气又要发作了。”

她眨着眼、咬着嘴唇，竭力克制不让它们颤抖——下嘴唇向两边抽搐着——她绕过车前灯，他探身过来，拉开门把手，为她推开乘客座位门，仿佛她自己不会开似的。她像条白色塑料影子似的滑进车里。她坦白道：“屋子里有哔哔声，我只好逃了出来。威利甚至都不在波士顿，要在那儿的话，我还能给他打电话。”

“我想那是你家的防盗报警器，”埃文告诉她，“或者其他什么报警装置发出来的声音，它们不喜欢停电。如果可以的话，我进去看看问题出在哪里。”

她把身上一股好闻的味道带进了车内，这味道他童年时闻到过——止咳糖浆或甘草糖。“你当然可以，”她说，靠着皮座椅坐好，“我吓死了。”她接着说，歪着嘴像在嘲笑自己，或者嘲笑从前记忆中的自己。

他从没去过威拉德家。他们家车道两旁精心种着植物作篱笆，比莫里斯家好多了——多瘤的杜鹃花叶子掉光了，卫矛仍闪耀着梦幻般的秋日洋红。停车区域铺着更大、更白的石头，而不是莫里斯家那种半寸大小的褐色石子路，卡米拉坚持要铺那种石子，哪怕（埃文指出）在冬天铲雪时它们可能会散落到草坪里。但是房子的基本结构看起来跟他家一样，都是拥有二十年左右历史的新殖民风格的木板房，尺寸宽大，长而宽的一楼砖砌正面。琳恩没有锁前门，惊慌中就这么走了出来。埃文跟在她身后，没想到她的身姿如此柔软灵巧，她走上石板门厅的台阶，进门后回身为他撑着外门不让门关上，同时又打开另一扇门。

屋内，哔哔声仍在清晰地持续，但不是那种越来越响、越来越紧迫的报警声。开始他走错了路，这套房子的室内格局跟他家的不一样，家庭室在左边而不是右边，厨房在家庭室后面，而不是旁边。不过，家具之类的，倒也相仿——二十年前的现代品位，方方正正，整个房间被塞得满满的，裸露的木头和单色羊毛，厚玻璃咖啡桌，十字形不锈钢桌腿，东方家具和家里的老家具混杂在一起。这些东西看起来比他家的家具多些时髦，少些单调。不过埃文总是觉得别人家的东西好。

“这边，”琳恩说，“靠近壁橱。”——就是她挂白塑料雨衣的前厅壁橱。雨衣下她穿着灰色针织贴身套装，让他觉得她刚从哪个女士午餐会上回来。她踮起脚尖，蹬掉笨重的跑鞋，却懒得解鞋带——也许是不想在他眼皮下弯腰——然后把它们扔在壁橱地上。

“是的，”他说着穿着袜子走到报警器面板前，“跟我家的一样。”他抬起手碰了碰它，想了想然后问：“可以吗？”

“你想怎么办就怎么办。”她说。她的声音在自己家里听来变得很随意，脱去了那种颤抖。“请随意。”

他摁了一下那个标有“重置”字样的长方形按钮，哔哔声戛然而止。她就站在他身后，惊异地问：“就这样？”

“显然，”他说，“通过这个按钮告诉报警器，断电并不是家里有人闯入。并不是我对这类技术有多在行。”

她咯咯地笑了，暗暗地开心。他现在发现，他在车内闻到的味道是酒精的味道，混着很久以前的甘草糖香味。“威利真是个讨厌鬼，”她告诉埃文，“这些东西他全都知道，可他从不跟我说。作为男人，你告诉我，”琳恩说，“你认为他真的有必要一直待在芝加哥吗？”

埃文谨慎地说：“做生意的要求可能特别高。在某种程度上，男人们——当然，生意场上的女人们也一样——得亲自面谈。我过去常常独自坐飞机，有开不完的会，等等，但是我发现在家里工作效率更高。现在各处都有电子通信设备，真的没必要走那么远。但是，不过，我不知道威尔——威拉德先生是做哪一行的。”他一紧张，话说得有点多，他的声音仿佛在这不熟悉的房间里回响——也可能，声音被这不完全相同的家给吸收，落入与他家不同的一些细微差别之中。不出他的预料，雨现在下起来，外面先是沙沙沙声，接着雨越下越大，屋内光线更加暗淡。风呼啸着，刮起一束束雨点，敲打着窗户。

“我也不知道。你想不想喝点什么？”这个女人问，把自己弄得很紧张。她又补上一串笑声。“既然你已经出来了，”她朝安静的厨房打了个手势，“我没法给你来杯咖啡。”

“你一直喝的什么酒？”埃文问她。

她瞪大眼睛，仿佛要弥补光线不足的问题。“你怎么知道我喝了酒？我和几个女朋友喝葡萄酒，饭后我们又喝了点茴香酒。”

“在车里，”他回答她说，“你闻起来甜甜的。”仿佛为了证实这一点，他又朝前迈了一步。

她的吻并没有甘草糖的味道。在家庭室里，离子电视的大屏幕茫然地瞪视着，沙发上早晨的《环球报》还装在它的塑料封套里，肯定是被人扔在那儿还没读过。琳恩的吻干巴巴的，尝试性的，仿佛在试她的唇膏。后来她的唇变得温暖熨帖了，脸扬起来贴着他的，不安的手绕过他的背，搂着他的脖子。埃文晕眩地想，也许他走得太远，这一切太突然，处境危险？但是不，他安慰自己说这是人之本性，没有害处；再说，外面正下着瓢泼大雨，屋内的光线不知不觉昏暗下来，遮掩了他们的接触。他有种冲动，想抚平她头上被头巾弄乱、压平的头发。他的手颤抖着，跟之前她的嘴唇一样。两人的脸都在发烫，他们觉得隔着衣服的爱抚有些笨拙。“我们该上楼去，”她沙哑地说，“外面路过的人可能看得见里面。”

“谁会在这种天气里从这儿经过？”他问。

“他有许多联邦快递寄来的东西。”她说着，在他前头上了楼梯——楼梯上铺着灰绿色的地毯，而他家铺的是栗色的——琳恩继续用没指明的代名词说：“他每天会给我打电话，通常就是这个时间。我猜这样他晚上就自由了。”

埃文在楼梯顶上微微喘着气，看着这个女人的腰肢在紧身针织衫下扭动。他佩服她强健的腰腹部，于是他尽量屏住呼吸问她：“你刚才不是说你的电话也不能用了吗？”

“是啊，他装的是某家小气的电话公司的电话，全是电线的。我其实搞不清到底怎么回事。在我们的新车里，我连收音机都打不开。现在他们给你太多选择了。”

“没错。”他附和道。

楼上的布局跟他家楼上不同，她领他走进的这间房里空荡荡的没什么东西，也很小，应该不是主人房。衣柜上的照片是她儿子的，不同年龄段的照片，还有老人们的照片，虽然年轻，但穿着五十年代的衣服，也许是她父母，或者是威利的父母。许多度假时的快照框在相框里，都已经褪色，有些地方的色彩甚至移了位置。墙上一张海报，身缠巨蟒的女人躺在一辆兰博基尼上。琳恩靠窗站了片刻。“你瞧，”她说，“现在树叶全落光了，可以看到你家。”埃文花了几秒钟才看清楚——透过交织的树木，一条浅灰色的淡影。

“你眼睛真好。”他告诉她。他不想觉得这位邻居比他年轻太多，但是她飞快而平静地脱掉衣服，仿佛这根本没什么了不起的，再次显现出他们的年龄差异。噢，可这真是了不起，她可爱极了，肌肤细腻，骨肉均匀。她在暗淡的房间里走来走去，把叠好的衣服放在椅子上，椅子是男孩坐的那种简单直背椅。他刚看到路中央的她那一刹那，他以为她是个幽灵，她移动的样子真有点像幽灵。当她钻进他车里，坐在他身边时，他注意到她自责地嘟着嘴。

她来到他身边，帮他脱衣服，卡米拉从来不会这样做。她为他解衬衫纽扣时皱着小脸，这种顺从的态度让他兴奋起来，不再紧张，也不觉得处境危险了——他不再去听风雨声，体内的血风暴淹没了它们。在她聚精会神解纽扣之时，她的舌头在唇间蠕动。她前面的头发，头巾没有遮住的地方，有几滴发光的东西，闻上去是雨滴的味道，那是少年时代的另一种气味。“天啊，”他说，“我爱这样。”他竭力控制着自己，没有说出“你”字。

“还没完呢，”她以一个女人对女朋友的轻声保证道，“埃文，还有呢。”

来电了。楼上的一切，墙纸图案、木头墙角的线条，突然清晰地跃入眼中。楼下，厨房里，洗碗机跳进下一档程序。前门处，防盗报警器重新开始了哔哔声，声音尖利。地下室的炉子，以一种比外面风声要低的调子点燃了，又以一种比风声更稳定的咆哮声开始重新把温暖带进正在冷却的屋子里。楼下放大的、急切的人声说明一小时前、琳恩惊慌失措前正在看电视。她的脸本来离他那么近，两人的呼吸混在一起，现在她突然往后跳开来，仿佛电视里突然插入了一条广告。“噢，亲爱的。”她说，她揉搓过的眼睛回过神来。

“我是来救急的。”他说。他开始重新扣上纽扣。

“你用不着走。”但是她因为赤身裸体的缘故，也很难为情，仿佛出疹子似的满脸通红发烫。

“我觉得我该走。他，”他说，“可能会打电话，甚至我那个她也可能，如果停电的消息传到波士顿的话。你现在没事了。听着，琳恩，报警器没有哔哔声了。它在说：‘一切都好。一切正常。’它在说：‘把那家伙从家里赶走。’”

“不。”她的抗议很微弱。

“它在说：‘现在我说了算。’”埃文从她赤裸的身体上移开视线，他纤细的金发美人。“它在说，”他告诉她，“‘事情本该如此。这就是现实’。”

杯满盈

年近八十，我有时候隔得稍远一点看自己，像看一个认识但不怎么熟悉的人。通常我觉得反省没用。我干抛光木地板的活三十年了——开着白色雪佛兰斯巴达小货车单干，车里装着几种型号的电动打磨机、皮带和抛光粗细等级不一的几沓砂纸，以及五加仑聚亚安酯和稀释剂，还有各式刷子，从六寸宽的矮胖刷子到用来刷狭窄角落和锯齿状门槛斜边的两寸宽窗格刷不等——我已经习惯了不去深究一切。像走在钢板上的莫希干人①那样，蹲在最后几块干木板上保持平衡，我懂得外表的价值，懂得从踢脚板到踢脚板之间的第二道闪光的湿漆的价值。它所需要、所要求的莫过于二十四小时不受打扰，任它慢慢干去。这些上好的新英格兰旧地板中有一些，特别是来自卡罗来纳的黄松木实木地板，是一百年前富裕家庭中常用的地板，还有稍新的短凸橡木或枫木地板，人们不爱惜造成的切割伤痕、烟头烫伤的痕迹、合成鞋底留下的黑色印迹，真能吓你一跳。人们仍然举办那种聚会吗？我当了十五年说话圆滑的白领后，为躲开桃色丑闻，转而干上了这一行。我从不发表任何看法，哪怕是对那些我刚给他们的地板刷完最后一道漆不到六小时，他们便打算要举办聚会的傲慢客户。

---

① 指六七十年代的嬉皮士。

不过现在我退休了——肺里有锯木屑，浓烟甚至穿透纸面罩吞噬着鼻窦——我热切地关注着自己，就像密切留意一个随时可能垮掉的陌生人。我最近养成了一些习惯，自己也觉得奇怪。晚上刷完牙，用牙线剔过牙，滴完眼药水，正要吃药时，我喜欢水杯里装满水。合理的解释可能是：我不想右手端着杯子，再用握着药丸的左手摸索着打开水龙头。不过，这不仅仅是图个方便的问题。在世俗快乐已被磨平的平淡生活中，在我准备吞下抗胆固醇药、消炎药、安眠药、钙片（我妻子的主意，现在我躺在床上脚抽筋，可能是因为身上被子压的），准备滴预防青光眼的舒而坦滴剂和舒缓眼干的思然滴眼液之前，有一满杯水放在白色大理石洗手池台面上等着我，这其中有一点点独特的快乐。半夜去洗手间时，我觉得眼里有一道光，不是尘埃，准确说是一柱光——我以前可从没把钦定版《圣经》中的那种景象当回事过。

妻子老是唠叨让我多喝水。一天八杯是她的医生作为女性美容窍门向她推荐的。我想起便要作呕——八杯水等于半加仑，水会从我耳朵里汩汩流出来的——但是一天行将结束之时，来上健康甜蜜的一大口却是件重要的事，恰如其分的小事：药丸跳进我的嘴里，满杯水举至唇边，将药片和水吞下，整个过程还没有讲述它的时间长，但幸福无比。

我想，追溯源头，这种极乐源自小时候焦渴得到满足的片刻。我儿时住在这个州的南方，隔着五个州，那里所有市政建筑和百货商店里都有公共饮水池；在小餐馆里，用不着你开口，冰水便会放在桌上；药店的冷饮柜台前提供泡腾消食片，不管你哪儿不舒服，从宿醉到皮肤过敏，皆可治愈。我小时候多亏“大萧条”的干扰，寄宿在外公外婆家中，跟老人们一起生活。他们的房子里地上铺着油毛毡，厨房里有深深的石板水池，水池上方长脖子铜水龙头生了锈，染上了铜绿。那个时候的孩子总是到处跑——拼命地跑，要么就拼命蹬一辆瘪了胎的脚踏车，把它想象成俯冲式轰炸机，正要灭掉一艘日本舰艇——所以总是渴得要命。在老水龙头下装满一大杯水，使你与更宽广的世界相连。想想吧，虽然我们看不见：管道穿越冰冻线以下的土层，从地下室顺着围墙上来，带给你透明的水流，你咕咚咕咚有节奏地吞下——水流过外公所谓的“小喉咙”，说这话时他的眼睛在双焦镜片后闪烁着。你要多等一会儿，水才会凉下来，铜管上因冷凝冒出许多小水珠。

离外公后院一个街区远的汽修厂里有小镇上最冷的水，就在向上滑动门的里面有一台饮水机，它的水冰得你门牙痛，它就有那么凉。我们的牙医，一个高个的瘦削网球手，三十岁就已秃顶，我十五岁那年，他为我拔掉过一颗臼齿，当时他对我说，不论我的牙齿出现什么状况，我的门牙会至死伴着我。现在，仅凭半年一次的口腔检查，他怎么能知道宾州减肥甜甜圈和甘草糖已经造成了这样巨大的破坏呢？可他是对的。虽然门牙有点微曲，但仍然还在，而其他牙齿在新英格兰根管治疗术和瑞典牙齿植入术下早就掉光了。一天两次刷牙时，我都会想起他，我最初的牙医。他是深受爱戴的小镇医生的儿子，像一种反叛，他只当了一小段时间的牙医。网球才是他真正的拿手好戏，他至少有两次打入全县半决赛。但他刚刚四十岁，就心脏病发作再也没有爬起来。那个年代没有心脏搭桥手术，我们也不知道牙线是怎么回事。

小镇网球场离他办公室很近，就在街对面——那是条主街，路中间有电车轨道，电车二十分钟一趟，可以把你送到三里路外有八万男女工人、五座一流影院以及很多正在过时的工厂的当地大都会。四个网球场就在高中操场上，那也是有轨电车的一站，当时外婆带我上钢琴课或为我买件好大衣过冬时，会在那一站下车，走完剩下的路回家，因为我告诉她我想呕。她将我生病怪罪于臭氧：在她看来，电车靠臭氧带动，或者会产生臭氧。她是老式村妇，过去总在学校操场上割蒲公英，把这些绿色植物炖成一锅恶心的菜。在小镇边上，还有一条潺潺流动的小溪，她会在那儿采豆瓣菜。再远一点，她有个表兄在乡下，一个比她还老的人，他的土地上有一口泉水，他颇为骄傲，总是坚持要我去看看。他觉得城里来的孩子在那儿会玩得很开心。

我讨厌去乡下。我觉得，乡下有太多不必要的繁文缛节。我的大表兄是个矮小精悍的养鸡户，我们最后一次下乡时，他已明显比我矮了好多。他身上一股干净的味道，举止有点僵硬，间或闻得到一丝润滑膏的气味，还有衣服在衣橱里放久了的霉味，现在我发现自己衣服上也有。他精力旺盛，喋喋不休，有点像只鸟。他诚心诚意地领我去泉水处。我们走过一条长满青苔的、滑溜的木板路，这条路长年笼罩在一棵大铁杉垂下的树枝的阴影里。在我的记忆里，过了铁杉树的荫地，便可以看见总是在阳光照耀下的泉水。泉面上有蜘蛛般的水蝇在行走，它们的腿周围泛起一圈圈涟漪，在泉底沙子的衬托下，涟漪都成了金棕色。一个锡水瓢放在环绕泉水的砂岩上，一把年纪的东道主把装满水的水瓢递给我，朝我咧嘴而笑，粉红的牙龈全露了出来。他没能保住他的门牙。

我怕把水蝇招到唇间。我端起水瓢，埋下头去喝，水瓢中我的倒影颤动着，鼻子在那一圈倒影中间差点沾到水。水很凉，尝起来有很重的锡味，但还没有小镇汽修厂角落里饮水机里的水冰。那黑色油污的水泥地，天花板让滑动门轨迹弄花了，从天花板上悬挂下的放橡胶轮胎的木框，轮胎刚从阿克伦运来。头顶上的橡胶味道能让你像咬了一口甘草糖那样神清气爽，全新的轮胎面棱角分明，像用金属切出来的一样，也像新烫过的衣服那样齐整。冰冷的水里有某种成分让我，一个九岁或者十岁的男孩，盼望生命中下一刻的到来，盼望着一个又一个满溢时刻的到来。

回首过往，我努力想找出生命中其他这种具有满杯感的时刻，我想起在新泽西帕塞伊克曾有过一次。我那时还西装革履地上班，我的工作是向不太情愿的潜在顾客推销人寿保险。帕塞伊克不在我的工作区域之内，我偷闲一天，带一个并非我妻子的女人去那里。她是罗敷有夫，我是使君有妇。我们的处境里有种满得要溢出杯沿的危险。但是那会儿我太年轻，只生活在当下，觉得整个世界都欠我的，该给我幸福。坐在租来的红色道奇跑车里，身边有个女人，我很开心，开心到彻底晕了头。这辆车才跑了几英里，正如其他你不熟悉的车一样，我的手或脚哪怕轻微地动它一下，它便开始不费吹灰之力地滑动。我也有那样的感觉。与这个女人在一起，我的血液都焦干了。她穿着我以前从没见过的花呢阔肩秋季套装，它温暖的褐色点缀着椒红，衬托出她一头浓密如火的红发，松松地绾在脑后——我记得，当她扭头跟我一道看着挡风玻璃时，一圈圈头发从她的玳瑁发夹中滑落。我们那天准是在哪儿已经上过床了，但我只记得跟她坐在车里的情形，我自豪地意识到她浓密的头发、灿烂的笑容，还有她宽宽的臀部。后来，在帕塞伊克一条并不拥挤、阳光明媚的街道上，我看到街道左边有个计时停车位时，便美滋滋一转方向盘，开到街对面去了。

一名警察目睹了整个过程。我还没打开驾驶座一旁的车门，他已站在那儿了。“驾驶证，”他说，“行驶证。”

我的心怦怦直跳，手在汽车仪表板的小柜里到处乱翻，找汽车行驶证，然而我脸上的笑意还是无法抹去。警察肯定看到了，肯定更加恼火，但他研究着我递给他的那些证件，仿佛在耐心地掌握一门困难的课程。“你横穿街道，开到路的左边，”最后他解释道，“很可能导致一起迎头相撞事故。”

“真抱歉，”我说，“我发现一个停车位，看见对面没有车辆过来。我没想那么多。”我忘了驾驶的首要公理是：红色跑车最容易招惹警察。驾着一辆红色汽车，你什么也逃不掉。

“现在你还违法停车，车头方向反了。”

“这是违法的吗？我们不是帕塞伊克人。”我的乘客插话了，她低下身子，越过我膝盖，好让他看到她的脸。她穿着那件厚垫肩、点缀着椒红色的羊毛衣，看起来美极了，我觉得任何人都该理解我为什么会如此陶醉，并且原谅我。她修长圆润的手飞快地从膝盖上抬起，抹着唇膏的嘴唇因争辩的兴奋而绷紧；她的声音，就像顶级抛光砂纸一样滑过我，明显抚掉了我最细微的不完美之处——对她刚才为我、为我的冒失所做的那一连串诱人的举动，那位警察准是跟我一样既惊讶又感动。再说，她也很优雅，她丈夫有钱。

警察一言不发把证件递回给我，弯下腰，隔着我的身体说道：“女士，你在帕塞伊克也好，在全美任何地方也好，都不能横穿道路去抢停车位，且停错方向。”

“我会移车的，”我告诉他，还没必要地重复了一遍，“我很抱歉。”我想走了；我的完美感正在渗漏。

我的同伴歇了口气，然后跟警察说了什么，也许是有关康涅狄格州的那座田园般的乡村小镇，我们从那儿来的。在那儿，横穿车道绝对合法。但是我的身体语言可能已经向她传达出强烈的信号，希望她别再说什么了，她住了口，她的嘴唇翕张着，仿佛两唇间正托着个泡泡。

那名警察感觉到她有想法，做好反驳的准备，一言不发挺直身体，恢复到完全不同意的尊严中。他很年轻，但给我留下印象的并不是他的年轻，而是他的制服、他的徽章、他的权威。当我回首从前，相对而言，那时的我们都很年轻。到晚年我才明白，这个世界是年轻人的。他们对食品、音乐和服装的品位主宰着这个世界，哪怕年轻人自以为他们是老家伙们、是法律执行者的受害者时亦不例外。

那位女士和我都已不再年轻，不能像十来岁少年那样肆意去爱，因为他们知道转过街角便是另一个季节。我们神不知鬼不觉地回到康涅狄格各自的家中，维持着这段我外公称之为恶行的关系，直到我们被捉住。随之而来的是通常的结局：受伤的妻子，咬牙切齿的丈夫，迷惑而受惊的孩子们。她离婚了，我没有。我们都留在那个小镇上，而她丈夫则进城寻找新的发展机会去了。我们尴尬地又过了十年，她和我常常相遇，在聚会上，在超市里，在操场上。她看起来还是那么光彩照人，这场不幸让她轻了几磅。那是举国狂欢的十年。在一次圣诞聚会上，我记得，她穿着红色热裤，绿色网袜，戴着毛茸茸的鹿角发带，还有一个小红球卡在她瓜子脸的中央，让人想起红鼻头鲁道夫①。

在康涅狄格州的卫星小镇上，聚会就像看戏。我和妻子冷眼旁观，没帮她，让她表演轻松点。妻子对她相当冷淡怠慢，而我坐在角落里，冷冷地看着，热情犹在。她换了个新角色，堕落的女人，浪声大笑，不知羞耻，就像在帕塞伊克跟那个警察调情一样跟每个男人调情。我远远看着她，心里升起恶毒的快感，谣言说她像弹子球似的从一段没有结局的罗曼史跳到另一段。如果她某段恋情有可

① 经典卡通形象，是一只给圣诞老人拉雪橇的驯鹿。

能成功，我便会很恼怒。我无法再去想象——那熟悉的裸体，那曾听过的、令我惊奇不断的细小呻吟。她带那些男人来参加聚会，我只好跟他们所有人握手，那些手在我看来似乎潮湿、肿胀，像在鱼市里触摸那些活墨鱼。

婚外情对我的事业影响很大。保险公司推销员就像传教士——他让人们想到死亡。他向人们要钱投资，作为回报，他应该特别热诚、品行高洁。身为一名保险经纪人，我对于填写表格十分拿手，且填写得工整，可我不擅引诱客户做投机好让我赚佣金。我和妻子搬到另一个州，马萨诸塞州，那儿没人认识我们，我可以凭我的双手工作。我们在那儿生活了十五年，有消息从康涅狄格州传来，我以前的朋友——她有着鬈曲的长发、宽广灿烂的笑容、优雅修长的手——去世了，死于卵巢癌。她死了，我有点高兴。她的死从这个世界上抹去了一个模糊的存在，抹去了象征未能长相厮守的标记。好了，你明白我为什么不反省、不深究了。撕开表面，丑陋便跳了出来。

在我们被对方宠坏之前，她觉得我单纯无知，可爱地想教育我。她以丈夫作榜样，她告诉我必须学会喝酒，酒量越大越好，仿佛酒精是成年人的药。她告诉我喝酒可以治感冒。在我们相恋之初，她曾相当害羞地告诉我，我的高潮令她知道，性爱对我相当重要。“难道不是对所有人都很重要吗？”

她撇了撇嘴，微微耸耸坦露的肩。“不是。你会很吃惊的。”她努力想让我变得更像普通人，她的教导中有种纯净的、清教徒般的透明。在我们短暂的亲密关系变得丑陋后的某个时候，她让我知道——因为在聚会上我老是去找她，想知道她对我的感觉，有点嫉妒地感受恋爱对象似乎拥有的无穷智慧——如果我“还是位绅士”，我该如何待她。如果我还是位绅士：这是个颇有启示的蔑称。我不是绅士，我不用每天清晨穿上西装，出门找那些比我有钱的人，劝他们在自身死亡的可能性上投资。说这些委婉的套语，我都会打磕巴：“在最不太可能的情况下”，以及“当照片中没有你时”以及“让你爱的人们继续有收入”以及“即使你长生不老，这仍然是种有价值的投资”。

客户们可以感觉得出，对我而言，死亡基本上无法想象，在我的销售言辞中，他们避开这个漏洞。我不是绅士，我可以搬到另一个州去，搞辆卡车、厚砂纸，掌握一门普通的技术，学会如何穿透慢慢变干的油漆封底层、钢铁和羊毛隔音垫，以及合成树脂清漆。让条边保持潮湿，以避免留下褶皱，涂油漆时不要出现最后将自己陷入角落的情况。刷纹理时，多动脑子想想表面，如果你想呼吸的话，留下些通风口。年轻人现在不愿干这一行，人人都想挤入绅士阶层，可是住宅越来越讲求高档，所以这一市场一直在扩张，到最后，有强烈需求的客户多得我只有退休方能摆脱他们。而卖保险却一直是——至少在我看来—— 一份求人的推销活计。人们更关注脚下的地板，而非被他们抛下的爱人。

我的另一个奇怪习惯只有在十二月才看得到。三十年前我和妻子搬来可以远观海景的这个殖民地风格的中等城市——安角。十二月时，我在旗杆上拉了五条圣诞节灯饰，做成帐篷形状，入夜亮灯后，它非常像一棵饰有彩灯的看不见的树。我还拉了两条加长线跟户外的聚光灯连起来，这样，从室内就可以控制户外的美景。在径直走向卧室之前——“爬木头山。”过去外公总是这样说——我关掉它。我可以不用看户外就关掉，但实际上我总是挪到附近的窗边，手尽量伸长，手指放在开关上，这样我可以看着灯光熄灭。

在十亿分之一秒内，下垂的绳子刚才还闪闪发光，在这个世界上投下圣诞树的形状，转眼间，当信号从开关沿着电线传过去时，顷刻之间，蜡烛状多彩的灯泡——红、橙、绿、蓝、白——全灭了。我一直在想，由于两根一百英尺的加长电线把电子送到院外，穿过灌木和冰冻的花床，这一过程应该能让我看到时间上的后置效应，就像先看到闪电，后听到打雷一样。但是，不对。灯光与我放在开关上的手之间的连接似乎在瞬间同时发生。灯光本来在那儿，为黑暗留下节日欢快气氛，然后突然熄灭，什么也没有了。我想要看到这瞬间转化的发生。我也认识到自己的这种需求有些不健康。我常常发誓手碰碰开关即可，放弃窥探，可我总是无法信守承诺。就像你试图抓住入眠前那难以捉摸的片刻，我觉得，潜意识里，我担心如果我不看的话，电流会堵塞、会反转，死去的是我，而非灯光。

我和妻子对我们自制的圣诞树颇为自豪。我们从下面海滩望去，它十分醒目突出，我俩傻得像孩子，甚至以为我们可以从八英里之外的马布尔黑德看到它。但是，尽管我们带上了小儿子的望远镜——现在和他的玩具、海报、科幻小说和旧《花花公子》一起，弃置在他的房间里——在海岸的一片灯海中，我们还是无法找到我们家那根结着灯彩的旗杆。十二月的海风吹得我们脸颊生疼，我们的眼睛湿润了。在如此这般搜索过后，我们觉得我们关于那棵树的幻象只是个模糊的斑点，那五种颜色、五根绳子已融合成一道颤抖的灰色，在望远镜下看有如一小滴水银那样滑溜。

我想通过加长的绳子看电流蜿蜒前进的愿望可以一路追溯到我还是个男孩时对轨迹的迷恋。我爱这个想法：有些东西不可抗拒地沿着既定路线旅行——玻璃弹珠滚下木头或塑料槽，地铁在城市街道之下呼啸而过，水被重力推着在地下管道中运行，河流奔腾不息流向大海。思考这些现象，能让我偷偷快乐，而且在我老了后，即使我渐渐对很多东西无动于衷后，它们仍然能带给我快乐。也许它们唤起了我骨子里的怠惰，唤起了我求死的愿望。在干抛光地板的活计时，我最喜爱的时刻，就是出得门来，将门在身后合上的那一刻，知道剩下要做的就是等着聚安脂漆慢慢干透。而油漆的干透，没有我，我不在场时也能完成。

还有一个满盈时刻：从幼儿园开始，一路小学、初学、高中读上来，我爱着一个我几乎从没和她说过话的同班女同学。就像玻璃弹珠顺着两个平行的槽滚下去，我们一年年终于来到毕业那一天。她很招人爱——拉拉队长、明星冰球运动员、学校活动上的独唱歌手——有很多男朋友。她身段苗条，胸部丰满。我那生活在小镇上的外公外婆一直跟农村保持联系，通过他们我获邀参加离小镇五英里外的十月谷仓舞会。也不知怎么，我鼓起勇气，邀请这个当地大美女做我的舞伴。而令人奇怪的是，她忍着惊奇，接受了邀请。也许是她牢牢统治着我们这个街道紧密相挨的小镇，觉得谷仓舞会很好玩的缘故。谷仓比教堂要大，谷仓旁的稻草垛，秋天新鲜的稻草一捆捆一直码到屋顶。我以前跟着农村的表哥们参加过谷仓舞会，知道舞步口令：向你的舞伴鞠躬，向你的邻伴鞠躬，所有的手向左。女人们全都喜欢这样，我到耄耋之年才明白过来——这是连接与结合，接触。当我的舞伴掌握了窍门之后，在鼓点的影响下，她的纤腰在我手中摇摆旋转，像抢橄榄球，像单手篮板球打在篮板上又反弹回来。我感觉到她湿润的腰侧以及柔和的腹部，那两个部位因为她跳得很起劲而绷得紧紧的。我无法想象女人性交的场面，但肯定全是关于你，而你，是万物之核心。如果我以前追求她的话，她可能会与我约会。不过在我看来，那会让她变得太过现实而失去魅力。

从地理角度来看，我这一辈子沿着东部海岸线慢慢爬行。我和妻子笑言下一步我们将去加拿大，在那里可以享受全民医疗保健。我的第三个怪癖是：当我晚上上床后等着妻子来睡觉时(她总是要么在给外孙们发电子邮件，要么在看公共电视台的英语古装剧)，我会看看杂志，徒劳地抵挡睡眠。我会把脸埋在枕头一侧，全身绷得笔直，希望能阻止脚抽筋。我会大声呻吟三声——“噢！噢！噢——噢！”——仿佛一天行将结束的极度幸福是种苦楚。起初，这是对妻子的有声信号，让她关掉不管什么电子产品(我耳聋得厉害，在这些古装剧里根本听不出什么英国口音来)，快上床跟我一起睡觉，但是现在成了我为无形的、看不见的观众表演的一出老戏码——我的制造者、我的外公会这样说，然后他的灰胡须下会露出一抹微笑。

还是孩子时，我看着外公，心里奇怪与死亡如此接近时他怎么还能这般理智和冷静。但是实际上，原来是大自然每天往你的血管里滴进几滴麻醉剂，让你觉得一天顶得上一年，而一年像一生那么长。生活的老一套——刷牙，吃药，牙线和水杯，配套的被子，将洗好的衣服分门别类放进衣橱——慢慢消磨着你。还有剃须。

我每天早上都会刮胡须。运动员和电影演员现在会留点小髭，用来恐吓对手或吸引宅女，但是我这一代的男人宁愿穿着内裤上街也不能不剃须。热乎乎的毛巾盖在干干的眼皮上。肥皂泡，刷子，剃须刀。先右边脸颊，然后左边，感觉到下巴一带有些地方没有刮到，就在靠近上嘴唇处，中间微凹的地方叫作人中，最后是修饰，大部分割伤的地方就在下嘴唇和圆鼓鼓的下巴之间。我的手还算稳，现在的三层刀片简直可以永远用下去。

我第一次跟那个差点害得我在帕塞伊克被捕的女人睡觉时，我嗓子眼里发出咕噜声。这么多年来，细节已记不太清，但是前不久，当我把别人的猫抱在腿上时，我突然想起来了。我和那位女士躺在凌乱的沙发上，沙发上盖着那时郊区家居装饰中蔚为时尚的米白色海地棉被单，当我把自己——我的基因替身，裹在蛋白质里——完全射进她身体后，我趴在她上面，慢慢冷静下来。“听听这个。”我说着将脸贴着她的脸颊，刚才的做爱让她的脸依然绯红。我让她听我喉咙里发出的那种小声咕噜，像是动物心满意足时才有的声音。我不知道自己为何竟会这样，但是我感觉得到体内的声音，我等着我的幸福多得满溢出来，发出这种声音。她听到了，她的眼睛——离我的眼睛只有几英寸——闪着惊异的光，她笑了。我曾是个本分、虔诚的孩子，但是彼时彼处我发现了真正意义上的天堂，完满的生活从此开启，无需任何多余的解释。我体验到宁静，这宁静再没离开过我，甚至现在也伴随着我，虽然只剩一点点。

多年以前，在我们的婚外情之前，我们一伙已婚年轻人曾坐在一个夏日凉亭里抽烟。那时的她，穿着网球服，跷着二郎腿，大腿根部若隐若现，弄得我唇干舌燥——干得像沙漠上的风在我头脑中呼啸。圣徒保罗说过，人类的生理欲望是我们自己无法驾驭的魔鬼。从那时开始，在我眼里她就是个惹眼的女人。而在她看来，我有可能也是个有吸引力的男人。

等到妻子离开她的电子产品上床来时，我已睡意全消。半夜三点时，镇上没有一辆车在行驶，甚至没有醉鬼或心满意足的浪荡子开着车往家赶，我醒着，惊奇地发现妻子居然睡得纹丝不动。为了不把头发睡乱，她头上包着针织头巾，头巾打结的两头竖起来，在窗口微弱的光线下，看起来像两只小耳朵支棱在她头上。她的沉静楚楚动人，就像她把化妆间和厨房布置得女孩味十足一样，如果我任她下去，她会把整栋房子布置成这样。我无法再沉入无意识的睡眠中去，只好像只水蜘蛛似的，飘浮于她美丽的沉静之上。

我听着第一辆车弄出响动，驶向黎明时的镇中心。我等着妻子醒来，下床，让整个世界再度运转起来。时间缓缓地向前移动。她说我睡得比我自以为的要多。但是她醒来我绝对知道：她终于动了，她愤怒地移动胳膊，在梦里挥打着，寻找逃离那个梦的出路。后来，在窗口越来越强的光线下，她缩回到被子里，偶尔露出弄皱了的睡衣。我看着她的侧影斜对着她坐了起来，光着脚绕床随意走动。我退休后，快八十岁了，许多个这样的清晨，我又睡着了一个小时。世界开始不需要我，我可以撒手了。

剃须镜挂在俯瞰大海的窗前。大海总是满满的，平坦如地面，或几乎平坦如地面：从大海看得出这颗星球微微向外凸出，它支撑着几艘模糊的货船和巡航舰缓缓驶离波士顿港口。入夜，地平线上跃出一圈灯光——可以说，一年多过一年。来自世界各个角落的飞机，点点灯光闪烁，倾斜着在空中画出一道弧线，朝着看不见的东波士顿机场飞去。延年益寿的药丸握在左手里，大理石台面上，水在短暂的等待中变甜。我举起杯。如果我读懂了这个怪老头的心思的话，他是在向这个世界举杯致意，就让这即将到来的撒手归天见鬼去吧。

99读书人

SHORT CLASSICS
短经典精选

短经典精选系列

走在蓝色的田野上
〔爱尔兰〕克莱尔·吉根 著 马爱农 译

爱，始于冬季
〔英〕西蒙·范·布伊 著 刘文韵 译

爱情半夜餐
〔法〕米歇尔·图尼埃 著 姚梦颖 译

隐秘的幸福
〔巴西〕克拉丽丝·李斯佩克朵 著 闵雪飞 译

雨后
〔爱尔兰〕威廉·特雷弗 著 管舒宁 译

闯入者
〔日〕安部公房 著 伏怡琳 译

星期天
〔法〕伊莱娜·内米洛夫斯基 著 黄荭 译

二十一个故事
〔英〕格雷厄姆·格林 著 李晨 张颖 译

我们飞
〔瑞士〕彼得·施塔姆 著 苏晓琴 译

时光匆匆老去
〔意〕安东尼奥·塔布齐 著 沈萼梅 译

不中用的狗
〔德〕海因里希·伯尔 著 刁承俊 译

俄罗斯套娃
〔阿根廷〕比奥伊·卡萨雷斯 著 魏然 译

避暑
〔智利〕何塞·多诺索 著 赵德明 译

四先生
〔葡〕贡萨洛·曼努埃尔·塔瓦雷斯 著 金文彪 译

房间里的阿尔及尔女人
〔阿尔及利亚〕阿西娅·吉巴尔 著 黄旭颖 译

拳头
〔意〕彼得罗 · 格罗西 著 陈英 译

烧船
〔日〕宫本辉 著 信誉 译

吃鸟的女孩
〔阿根廷〕萨曼塔 · 施维伯林 著 姚云青 译

幻之光
〔日〕宫本辉 著 林青华 译

家庭纽带
〔巴西〕克拉丽丝 · 李斯佩克朵 著 闵雪飞 译

绕颈之物
〔尼日利亚〕奇玛曼达 · 恩戈兹 · 阿迪契 著 文敏 译

迷宫
〔俄罗斯〕柳德米拉 · 彼得鲁舍夫斯卡娅 著 路雪莹 译

奇山飘香
〔美〕罗伯特 · 奥伦 · 巴特勒 著 胡向华 译

大象
〔波兰〕斯瓦沃米尔 · 姆罗热克 著 茅银辉 易丽君 译

诗人继续沉默
〔以色列〕亚伯拉罕 · 耶霍舒亚 著 张洪凌 汪晓涛 译

狂野之夜：关于爱伦 · 坡、狄金森、马克 · 吐温、詹姆斯和海明威最后时日的故事（修订本）
〔美〕乔伊斯 · 卡罗尔 · 欧茨 著 樊维娜 译

父亲的眼泪
〔美〕约翰 · 厄普代克 著 陈新宇 译

回忆，扑克牌
〔日〕向田邦子 著 姚东敏 译

摸彩
〔美〕雪莉 · 杰克逊 著 孙仲旭 译